王詩琅選集　第七卷

臺灣人物表論

王詩琅　著
張良澤　編

歷史的漏洞

藍博洲

眾所周知，因爲國共內戰、兩岸封斷的政治因素，在兩蔣時代反共國安戒嚴體制下，台灣的近現代史研究一直是充滿這樣那樣的禁忌的。到了廿世紀七〇年代中葉以後，隨著「鄉土文學論戰」在思想上的「撥亂反正」，以及黨外民主運動在政治上的左衝右撞；長期被湮滅的台灣近現代史與歷史人物，才在諸如《夏潮》雜誌等有識之士的推動下，陸續出土。

作爲日據下「黑色青年」先驅之一的王詩琅的歷史及其作品，便是在這樣的歷史條件下重新出土的。

記得，第一次知道並閱讀王詩琅先生的作品，是在一九七九年剛上大學的那年冬天吧！因爲打折的關係，在台北書店買到德馨室出版社出版的《王詩琅全集》一套十一卷，並且比較認眞地讀了第九卷《台灣文學重建的問題》和第十卷《夜雨》。幾年後，通過《陋巷清士—王詩琅選集》一書，又讀到一些《全集》沒有收錄的相關文章，對詩琅先生的歷史也有了更進一步的認識。再後來，因爲參與《警察沿革志——台灣社會運動史》中譯版的編輯工作，有機會較完整地認識到詩琅先生作爲無政府主義青年時的思想與行動。

我想，詩琅先生的歷史面貌，至此，應該已經完整而清楚地呈現，沒有隱漏了吧！吳濁流先生說：「歷史很多漏洞。」

事實的確如此。

濁流先生說：「光復後，很多人僞造歷史，……日政時代的御用紳士……一躍變爲愛國份子的也有；反之，有許多眞正的志士都埋沒在地下，這是很不公平的。」

這裡，我並不是要說，詩琅先生也有「僞造歷史」的問題。我要說的是，因爲反共國安戒嚴體制的嚴酷限制，使得詩琅先生在有生之年終究沒能把他過去的歷史，向後人作完整的交代！我的意思是說：是特殊的、不健康的歷史條件，不讓詩琅先生交代那段不爲人知的歷史；不是他「僞造歷史」。

那麼，人們要問：「詩琅先生究竟還有什麼歷史沒有交代呢？」

我說，那就是他參加中共在台灣的地下黨，也就是蔡孝乾領導的「台灣省工作委員會」的那段歷史！

我知道，人們，尤其是獨派那些靠搞台灣史升等或升官的學者們，一定會說我在虛構、僞造歷史。

「王詩琅怎麼會參加共產黨？證據拿來！」

我當然拿不出什麼物證來的！畢竟，當年的地下黨並沒有核發什麼黨證之類的東西，即使有，歷經長期肅殺的白色恐怖風暴，有誰還會留下這個殺十個頭都不夠的「罪證」呢？

「那麼，你有什麼根據？」

我的根據是：一九四五年，曾經與詩琅先生在廣東花地「國民政府軍事委員會廣州行營台籍官兵集訓總隊」共事的蕭道應醫師的歷史證言。

蕭道應（一九一六—二〇〇二），屏東佳冬人，一九四〇年台北帝大醫學部第一屆畢業後，隨即與鍾浩東等客籍愛國青年，前往大陸，投身丘念台領導的東區服務隊，爲抗日戰爭貢獻一己之心力。抗戰勝利後，在前述集訓總隊任中校政訓主任，因而與該隊台籍政治教官王詩琅等熟識。

一九四六年六月，蕭道應比王詩琅晚一步回台，隨即由杜聰明推薦，任職台大醫學院法醫學系。據安全局檔案所載，一九四七年冬，蕭道應由中共在台地下黨省委之一張志忠介紹，參加中國共產黨，接受張志忠領導，擔任上層統戰與社會調查研究工作。

一九九三年十一月七日，蕭先生在接受我的採訪時提到，當時任職國民黨台灣省黨部的王詩琅，後來也通過他的介紹入黨，由他單線領導；即便省黨部秘書——丘念台的女婿——王致遠，也不知道他和王詩琅的組織關係。

其後，蕭道應於一九五二年四月下旬在三義山區被捕，不得已「自新」後留置調查局任法醫的工作。終其一生，未曾暴露他和王詩琅在地下黨的組織關係。同樣地，詩琅先生也沒有客觀條件敘說這段「秘史」。另外，在地下黨單線聯繫原則下，除了蕭道應自己，知道這段王詩琅秘史的應該就只有張志忠了；可他已於一九五四年槍決犧牲了。因此，在所有相關人證都已故去，又沒有具體物證的情況下，人們有理由大聲說，這是「虛構」，乃至於「僞造」的歷史。

然而，我無意爲此爭辯！只是想把採集到的某種歷史說法公諸於世，讓人們可以多一個面向，去認識過去的歷史人物與他們走過的時代，如此而已。

話說回來，如果人們認識到當年花地集訓總隊的教官與隊員們在五〇年代白色恐怖時期的遭遇…包括張旺、鄧錫章、王石頭、高草、黃培奕、石聰金、賴阿煥……等等男女隊員和教官都投入地下黨的革命，並遭到槍決監禁或流亡的命運；那麼，我們對曾經是「黑色青年」的詩琅先生的這段「歷史的漏洞」，也就不會感到意外了！

二〇〇三年二月二十一日

自序

人之一生好像長途旅行一樣，可是說也奇怪，每一個人走的路，倘若仔細觀察起來卻都不相同，眞的是千態萬樣的。能夠按照自己的理想，原定的計劃走完了漫長的歲月，實在是微乎其微。走的路不是被迫跟自己的理想背道而馳，便是隨波逐流，再不然本是沒有甚麼奢望，走的卻超出自己的理想，一帆風順稱心如意……。總之，曲曲折折的人生大都是很難預料的，甚至事與志違居多。

筆者的一生平凡無奇，也可以說是屬於被環境迫出來之類；生長於商家，父母期望規規矩矩繼承家業，做個商人，當然他倆是殷望最好是能夠進一步，「鴻圖大展」，把它發揚光大。祇是筆者卻違背他倆的期待，自小就喜歡看書。可是筆者不肖，自幼即置家業於不顧，書房、學校課業之外，章回小說染上了癮；稍大，更終日手不釋卷，讀書範圍也隨之擴大。因爲父母認爲商人不要高深的學問，沒有升學，所以自己便在獨學之中，中學、大學的講義錄固不消說，舉凡今古、中、日文、通俗或學術，大收廣羅，理化、自然科學之外，無所不讀，而且讀得入迷，看不懂的，則非追根究底，摸到「通」不肯罷手。

在年輕時候，激於民族熱情，曾插手反日運動，到了反日運動被日當局扼殺之後，朋友們相繼辦雜誌，當時每有囑咐，便寫些新詩或者評論之類來塞責應付，並藉此填填精神上的空虛。後來復又由於偶然的機會，捨棄了商人生活，遠渡大陸進入報界，這遂成了文筆生活的轉捩點。本省光復之後，仍繼續編與寫的工作，編的方面，則或編報，或主編通訊社、雜誌、誌書，就是從事公務，工作也並無二致；寫的方面更加不必說了。現在雖然退休，賦閑在家，還時常寫些東西應景。

幾十年來，筆者生活就是在這編和寫之間，也可以說編是正業，寫是副業，一家大小能夠安定過日，都是這兩種工作所賜。現在年逾古稀，回憶過去，對在天之靈的父母，雖然未能依照他倆的厚望，做個商人，內心難免有點愧疚，但自己能夠走出一條小路徑來，而且不累人，未至辱及地下的兩老，也聊可以自慰。

筆者在上面也已說過，人生在世，走的路大都是環境迫出來的。筆者也是如此。而且正業都是與「編」字有關的，編輯、編輯主任、主編、編纂、編纂組長等，幾乎佔了全部生涯。至於副業的寫作，差不多也都是被迫寫出來的，這一面的時間更久，因此，範圍很廣泛。日據時期的詩、小說、論說、文學評論等固不消說，光復以還的社論、鄉土史、史論、誌書、風俗資料、考據、兒童文學、報告、民間故事等等，莫不如此。

自古，在臺灣，文字工作不受重視，這當然是這地方的客觀環境使然的，然而筆者不敏，一輩子竟然在這劣惡的環境中打滾討活，與文字結了不了緣，縱然與自己的興趣不無關係，可是或者是「命該如此」。

筆者自幼身體孱弱，且性戆直不善言詞，沒有商才，粗重的靠體力的生活，更是無能爲力。所以早年關心筆者的一些戚友就很擔心，據説每提起這「文不能童生，武不會槍兵」的將來，便感頭痛。現在半生已經安然挨過，日後互相碰頭，還要提起此事，感嘆「天不絕人之路」。

文友們每當碰頭，大都要欣羡筆者一生能夠一貫地從事文筆工作；其實，這種看法並不盡然，「一貫」地從事文筆工作固然不錯，但如正業的「編」，有編報，有編兒童讀物，有編雜誌、誌書、有文獻工作，範疇都是不同的。至於副業的寫作更是五花八門。這時候都要慶幸自己的興趣涉及多方面，而更慶幸早年亂讀所得來的知識，得以派上用場。

這次幸運，承張良澤先生的好意，把歷年來各種拙作編成全集，又承德馨室出版社主人洪宜勇先生慨允出版問世。幾十年來，筆者撰作雖多，所涉方面也廣，這些龐然的雜物是否每篇都值得一讀，或可以留下來供後人的參考，那只好讓賢明的讀者自行判斷了。

謹談些寫作往事以代序，請讀者原諒。

王詩琅　識　一九七八年八月廿日

寫於《王詩琅全集》出版前夕

張良澤

陌上桑兄來信說：「奉洪社長之命，全集鐵定於六月底出版。」這下子把我逼急了。本來約定全集十一卷校畢之後，我要寫一篇總論冠於前，年譜及作品年表附於後，以求全集之完整。不料印刷廠三拖四拖，拖了一年有餘，還沒全部就印之前，我就匆匆來日，身邊所帶資料有限，日日盼望校稿全部到齊，即可動手寫完整論文，可是來日半年，又未見動靜，而今突然要出書，叫我有如鍋中螞蟻乾焦急。

想想，也好，只要早日出書，雖不甚完整，也可了卻一樁心事。其實，我心裏老有個疙瘩，當年我編第一套全集《鍾理和全集》時，鍾理和已去世十多年了；而編第二套全集《吳濁流作品集》時，吳濁流先生也逝世一週年了。我眞恐懼這次第三套全集也叫作者無法目睹自己的全集，可就悔恨莫及矣。我這種擔心，絕非對王老先生有何不敬；相反的，只因我太敬愛他了，所以越加希望能讓他看看自己一生心血的結晶，則死亦無憾矣。說不定未老先衰的我先他而死，則我亦心有不甘。所以，能早日出書，雖欠完美，亦未嘗不是好事。

然則，總要寫點什麼前言之類的文章，交代編者的話，才像個編者的樣子。於是乎就記憶所及，略陳一二於後。再附略年譜、年表於卷末，如是差強可也。

記得早年參加吳濁流的《臺灣文藝》年會時，常見到一位白髮蒼蒼的老者坐於前，走路時，撐著拐杖一跛一拐的樣子，便覺這位老者精神眞可嘉，大熱天還趕來參加開會。可是當時我年事尚輕，正勇於衝破傳統，對於老先生們無多大興趣，也就未多加理會。以後，我從反傳統的階段漸漸鑽入傳統尋求自己的根時，發現了無窮無盡的民族文化遺產，我決心要把這塊歷盡滄桑的泥土裏所淹埋的前輩作家一個個挖掘出來，讓他們重曬太陽，發出燦光。當然個人力量有限，而當時又沒有志同道合的人，所以只能就較方便之處著手，慢慢地挖、慢慢地整理。每當我挖到一個，就有一種新的喜悅；爲了讓更多人分享我的喜悅，常誇大渲染我歡呼。因此難免叫其他還沒有被我挖到的人說我評價有欠公允。王詩琅先生就是其中的一位。

當我間接地聽到王詩琅先生對我有些微言之後，我就決心鑽入他的世界，看看他到底有哪些東西。

果然，我發現他是光復後第一個有系統劃分臺灣文學史期的文學史家；第一個有系統整理臺灣文獻的文獻學家；且是比楊逵、吳濁流、鍾理和更早，而與賴和同時期的臺灣文學創作家。最令我感到意外的是：他竟是我少年時期最崇拜的童話作家。

有一天，我按址前訪，在萬華區的充滿尿氣的窄巷裏，找到一家臺灣老式的小院宅。古老的圍牆內，擺著幾盆花木；小客廳陳設祖牌神位。老先生在後房應聲，卻久久不出來。原來家中無人，他須獨自撐杖，拖著不動的下半身，慢慢踱出來。第一次正式面謁，他很豪爽地答應把全部資料借我影印。

他雖行動不便，精神卻異常健鑠；兩排假牙雖搖搖欲墜，音量卻很宏亮。他毫無文人的臭味，提到不順眼的事，他就破口大罵「幹你娘哩」；興緻低沉下來時，他就自語道：「我們老伙仔無路用啦。」

他的書桌、書架堆積如山，可是找起東西來，卻頗順手；記憶力甚強，幾十年前的舊稿，他還記得放在哪個抽屜。只要有重複的資料，他就慨然見贈。

當他翻出一袋很多插圖的剪貼時，我眞嚇了一跳。原來我在小學時最愛讀的《學友》雜誌的臺灣民間傳說、世界童話名著等作品，十之八九都出自王先生之手。受了這些故事的影響，我於小學六年級時，寫了生平第一篇創作〈矮爺柳爺〉，並第一次大膽地投給《學友》，夢想著自己的作品被刊登時，還有精彩的插圖。當然，此去石沉大海，因爲那是仿寫王先生的〈七爺八爺〉。現在回想起來，我一生之所以會走上文學之路，不能不說是受了王先生的誘導。

三十五年後，我才見到冥冥中的啓蒙師，我要補償我的缺失。於是，一年間，我奔走於臺南、臺北間，把他的全部文稿影印並裝訂成冊，送一套給他，我保存一套。適逢德馨室出版社洪社長來索稿，我便推荐《王詩琅全集》，他頗激賞，亦爽快答應出書。

王詩琅生於一九〇八年的臺北艋舺。艋舺是臺北漢人最早開發的地方。臺南府城、彰化鹿港、臺北艋舺三地並稱，文化發達，人材濟濟。王詩琅自小拜前清秀才王采甫爲師，好讀書、尚仁義，十九歲即因反日而被捕下獄，仍不畏懼；二十歲起，以筆代槍打頭陣，以純熟之中文從事創作與評論，啓發民族思想。迄今四十多年，從未停策，質量之豐，可謂前無古人。

茲將所蒐文稿，分編下列各卷：

第一卷《鴨母王》——集臺灣民間故事爲一冊。這些故事已傳誦民間百年以上，溶入臺灣人血液中，膾炙人口。但現代的孩子們已很少再從大人口中傳聞。王詩琅多年蒐集民間故事，除了他個人的愛鄉愛土的感情之外，最大用意，想他是用來潛移默化民族的幼苗，濡濕幼小心靈。

第二卷《孝子尋母記》——集臺灣歷史故事爲一冊。此頗類似第一卷，同樣以幼少年爲對象，然大人讀之，亦不免興思古之情。民間故事或失諸荒誕離奇，歷史故事則有幾分正史根據。培育國人民族感情，陶鎔完美人格，莫甚於此。

第三卷《艋舺歲時記》——集臺灣風土民俗爲一冊。王詩琅半生用力於此，寫來有憑有據。古有稗官採集民歌，以諷王政；王詩琅可謂今之稗官。素樸古風，濃郁人情，端賴於此；逸民逸事，民憤民情，足以爲政者鑑。

第四卷《清廷臺灣棄留之議》——刪《臺灣通史》爲一冊。臺灣之有史四百年，然臺人不知，豈不可悲？文獻會出版之《臺灣通史》，部份非出自王筆，爲求名實相副，刪去他家之文，難免破離，亦非得已。讀此一卷，則知王詩琅未離中國歷史傳統。

第五卷《余清芳事件全貌》——集臺灣片斷史論第一冊。此卷爲王詩琅從事臺灣史研究之學術論文集。足爲第四卷之佐證。

第六卷《三年小叛五年大亂》——集臺灣社會生活爲一冊。王詩琅不僅關心過去的歷史傳承，且關心當前的社會生活。書生可以不問政，但不能不關心社會。他於臺灣光復之初，一如所有的臺灣知識分子，勇於擔負社會建設責任，主策《和平日報》社論，洞察過去的臺灣社會問題，籌謀建設三民主義的模範省。

第七卷《臺灣人物表論》——集臺灣人物略志爲一冊。臺灣有史以來，活躍政壇人物及言行足以垂範後世者無數。王詩琅博採群籍，摘錄其志，以免湮沒瀚海。後人尊其行跡，以明歷史，以繩志行。

第八卷《臺灣人物表論》——集臺灣人物表傳爲一冊。王詩琅於第七卷上千人物中，曾就較特殊人物爲之立表立傳。

第九卷《臺灣文學重建的問題》——集臺灣文教論文爲一冊。王詩琅是第一代的臺灣文學作家，半世紀來臺灣文壇的動態及臺灣文化的流變，王詩琅莫不瞭如指掌。本卷爲研究臺灣文學史不可或缺的珍貴史料，亦可供當前作家之指引。

第十卷《夜雨》——集文藝創作與批評爲一冊。王詩琅以從事文藝創作起來，且於日帝高壓下，以純熟之中國白話文創作，除賴和外，恐無可匹敵者。王詩琅之日文造詣甚深，然從未以日文創作，憑此，就可知道他的作品絕非無的放矢。

第十一卷《喪服的遺臣》—集兒童文學之創作及翻譯爲一册。吾未見臺灣作家之中，有如王詩琅之重視兒童教育。中年主編《學友》雜誌時，即全力鼓吹兒童的美術教育、健康教育、音樂教育、文學教育；透過《學友》社舉辦兒童各種活動。爲兒童寫報導，開臺灣報導文學之先鋒；寫臺灣民間故事、中國歷史故事、培養民族情操；簡譯西洋文學名著，提高兒童文學素養。與其説王詩琅是兒童文學作家，不如説他是教育家爲當。

以上，我又犯了喜歡誇張我的歡呼的毛病。但我的確狂喜，當另一個民族瓌寶獻給廣大讀者時。人生難得幾回狂喜。我又何必矯飾斯文？

有這份狂喜，也該感謝洪社長的魄力。臺灣出版社多如牛毛，但一口氣出個人全集十一卷，恐未多見。希望這種愛護作家、珍惜文化遺產的出版社能維持下去，就得靠廣大讀者的支持。

——一九七九年六月一日於日本筑波大學

目錄

臺灣人物表論

乙篇：臺灣人物錄

甲篇：臺灣人物表

明鄭三世轄屬渡臺文職人物表

姓名	字或號	籍貫	主要職務	渡臺時間	事蹟
陳永華			諮議參軍，東寧總制使	永曆十六年十月	有傳（宦績）
洪旭	字念盡，號九峯	福建同安人	太子少師，兵官兼吏官事，總制水陸兼理五軍	永曆十八年二月	初為鄭芝龍部將，隆武元年封忠振伯。芝龍降清，依附成功。老成持重，慎謀遠慮，成功倚為股肱。永曆八年十一月，取漳州，入城安輯，官民俱安，成功讚其節制有方。九年二月，任戶官；四月，加少師。五月，為水師右軍，會甘輝克舟山。清臺州守將馬信慕旭望，投附之。十一年十一月，兼理兵官事務，調度鎮守思明。成功伐南都，攻臺灣，俱以旭為留守，信任至厚。鄭經嗣任，益重元老；旭知無不言，而均被採納。十七年金廈兩島陷，善後皆出自旭議。退入東寧，旭與陳永華合作籌劃，倡修武備，造船交通，因此，臺灣益固。二十年八月卒，經大慟，厚葬之。
洪磊			吏官兼理戶官事	永曆十六年十月	旭長子。初任監督水師，守澎湖。抵臺後任總聯絡民社土番。迨旭卒，繼任吏官，與永華姪陳繩武並受見重。廿八年，鄭經西征，從行。初旭臨

姓名	字	籍貫	官職	時間	事蹟
					終，遺命磊以十萬餉銀濟軍需。廿九年，粵東鱟母山之役，劉國軒、何祐以數千之疲兵，應敵達萬，磊懸金以待有功，軍心為之一振，卒獲大勝。卅四年，隨衆退東寧，及克塽嗣立，馮錫範、劉國軒秉政，磊親信亞之。卅六年二月，命兼理户官事務。明鄭降清，安插內地。
楊英		不詳	户官	永曆十五年四月	永曆三年九月，獻策始見鄭成功，委職户科。五年正月，成功南下廣海勤王，三月克火星所。八年，遣師南征，英均隨征，或理糧事。九年二月，設六官，膺隨征户官司務。嗣後進略各地，攻取南都，均隨軍辦糧務。十五年，成功攻臺，奉令與楊朝棟守護赤嵌街糧粟。十六年四月，陳農務，有所獻策。鄭經嗣立，仍主糧務，二十年真除户官，兼理禮官。廿八年三藩事起，鄭經西征，英從行，前後六載，名居思明。卅四年返東寧。英在成功之世，大小征戰，幾無役不從，為軍需要人。著有《先王實錄》，即《延平王户官楊英從征實錄》是也。
蔡政	字拱樞	金門人	禮官	永曆十八年七月	性至孝，警敏多才略，號令條教，屬筆立就，鄭成功甚眷注。永曆九年二月，任刑官司務，後改禮都事。八月，成功南京敗績，遣政入燕京議和。清世祖喜其善應對，特賜一品袍褂，命回江南，與督撫會議。甫出都，言官即劾成功無禮，請戮來使，飛檄追捕。政聞報晝夜趕回。成功嘉其才智，禮待有加。十五年，首程從征臺灣，改

姓名		籍貫	職	任期	事蹟
					賞勳司。十六年五月成功薨，弟襲護理招討大將軍印，有即真之謀。政奉成功冠袍赴思明，經得依禮成服，發喪嗣位，進兵臺灣靖內難。難平，經以臺猶尚夷(荷蘭)習，派政巡防各地，毀淫祠(部份或係指基督教堂)，崇正道，定制度，別尊卑，民乃嚮化。十七年，兼理思明州事務，州民德之。六月使日本，取户官鄭泰存銀，未果。政自日本歸，將至思明，被舟人挾入泉州，以計脫離東寧。經喜，任協理禮官。廿二年五月，卒於東寧，經親臨哭之。
葉　亨			禮官	永曆十五年四月	學識甚優，才具練達。永曆九年二月，任承宜知事。十五年從征臺灣，十二月繼宰萬年縣。二十年，先師聖廟成，任國子助教。二十二年，任協理禮官。廿三年，清遺慕天顏至臺招撫，經加亨以監軍兵部郎中，與柯平報聘，議未成，歸東寧。廿八年，隨軍西征，至思明。六月，黃芳度獻漳州，亨任福州報耿使方還，即往知府事。廿九年六月，亨忖芳度將叛，借故遁海澄。後此，事蹟未詳。
鄭　斌		福建南安人	禮官	永曆十六年十月	建國公鄭彩季弟。初唐王亡，彩迎魯王，取福寧、興化等郡縣，王晉斌南伯。永曆四年八月，成功殺彩弟聯，併其軍，彩與斌浮海避之。後成功遣人徵召，彩命斌回廈覆命，全師解付，自是歸成功幕轄。成功將終，已任協理禮官。十六年十月，世子經赴臺奔喪，斌先齎諭往布。凡答賀宣慰齎印諭及國喪大葬，均斌主之。

陳繩武			兵部贊畫	永曆十八年二月	陳永華姪。叔姪輔佐嗣王經，大義相勉，忠心不貳。永曆十八年二月，同渡臺灣。武亦知兵，二十年任兵部贊畫。廿八年，從經西征。與馮錫範並專權，狼狽為奸。卅四年，歸東寧。馮錫範忌永華，與武漸疏，武遂失勢。迨經薨，克塽立，卸職賦閒。卅七年，移內地安插。
馮錫珪			兵官	永曆十八年二月	馮錫範之弟。廿八年西征從行。卅四年還東寧。及陳繩武失勢，繼任兵官。卅七年閏六月，二次奉派齎鄭克塽降表往澎湖納款。尋俱遷內地安插。
柯平		福建晉江人	刑官	永曆十五年四月	中衝鎮柯宸樞子也。永曆九年二月，設監紀。七月平奉令監周全斌軍。十三年六月，克瓜州，平任瓜州同知。七月奉調在船候令。十五年，從征平臺。十六年，任天興知縣，居大目降之北。二十年八月，任刑官，後屢任報使。二十三年，清遣慕天顏渡臺議撫，平與葉亨奉派報聘。廿七年，耿精忠有反清謀，遣使入臺，平承命往福州報之。廿六年，隨即西征至思明。卅四年，隨經退東寧。三月疫癘，與陳永華、楊英同時罹疾而卒。
鄭平英	字明持，號衡千	福建南安人	刑官	未詳(當在永曆十九年二月以後)	鄭芝鵬四子。永曆三十四年，刑官柯平卒，平英繼之。三十七年閏六月，鄭克塽初修降表，遣英齎赴澎湖施琅軍前請降。事畢，移內地安插。卒贈奉政大夫。
謝賢			工官	永曆十九年二月以後	永曆二十年九月任工官。

楊　賢			工官	不詳(當在永曆十九年二月以後)	初至臺灣任都事。永曆二十九年隨軍西征，至廈門。四月回東寧，監督洋船往販暹羅、咬𠺘吧、呂宋等國，以資兵食。尋改任協理工官。三十五年十月，鄉村行「間架之科」稅，從賢議也。初東寧府治民居有「間架之科」，惟鄉村茅舍無稅，至是以備禦清師，軍需孔亟，故賢條陳：「凡所有村落民舍，計周丈量，以滴水外每寬闊一尺徵銀五分。」克塽允啟，命員清查徵收，百姓患焉，自毀其居，十去其三。然，事終不行。
陳夢煒			工官	永曆十八年二月	陳永華子。卅七年閏六月十一日，奉遣齎降表納款於清。九月內渡進燕京，授船廠副將。
陳駿音			吏都事	不詳	嘗任降武中書舍人。永曆三十年任銅山安撫司，然曾否渡臺，頗難確定。
黃　昱(毓)			禮都事	永曆十五年四月	永曆十三年已任禮都事，從征入臺。十六年三月，以世子通乳母故，兩奉成功令箭，過廈斬世子及夫人董氏。昱於延平父子間，願化其間隙，故至金廈輒與鄭泰、洪旭等商議。成功終不能平。經恐，故拘昱羈之。餘未詳。
林　桂			禮都事	未詳(當在永曆十八年以後)	以禮都事屢任報使，永曆二十九年至廈門。三十年三月，尚之信言和，遣使通好，並有饋，桂齎書並幣帛倭刀鹿銃入廣報聘。同月汀州守將馬應麟密款，遣書精忠以紿之。九月尚可喜卒，訃至，桂奉使入粵弔祭。三十一年，清康親王遣僉事朱麟、臧慶作齎書，入思明，發桂款待之。三

					月，國太董夫人以興化喪師，下令切責，以許耀為喪軍魁首，命斬以徇。洪磊啟請允其贖罪，鄭經遣往臺灣復國太命，耀得不死。餘未詳。
李　胤			兵都事	永曆十五年四月	永曆九年二月，任兵官右司務(後改都事)。十三年，鄭成功北征，克鎮江，以胤知府事，因兵務繁重，未接事。十五年三月，從征臺灣。七月，大肚番叛，胤奉令監制各軍，不准騷擾番社，開番政之先河。廿八年，經委派赴日本，鑄永曆錢、銅熕、腰刀、器械。餘未詳。
張　宸			兵都事	永曆十五年十月	永曆十六年十月，齎延平世子鄭經過臺嗣襲諭文，自澎湖坐小快哨經安平過赤嵌布告。餘未詳。
蔡鳴雷		晉江人	掌稿參軍	永曆十五年四月	生員。永曆四年歸鄭成功，掌幕稿。六年，洩漏機密，責八十棍革職。九年，户官鄭泰説成功解之，復原職。十五年四月，以首程文員，從征入臺。犯過未發，恐成功知，藉詞搬眷，遁回廈門。時成功以子經通乳母生子，嚴令斬之，鳴雷張大其事，嚇諸將，因是，臺廈成水火。十七年降清，猶誑稱吏部尚書、文淵閣大學士。
諸葛倬			參軍	永曆三十四年三月	有傳(流寓)
李茂春			參軍	永曆十八年二月	有傳(流寓)

姓名	字號	籍貫	職務	時間	事略
葉后詔			國子司業	永曆十八年二月	有傳（流寓）
楊朝棟			承天府尹	永曆十五年四月	北將也。初為永勝伯鄭彩部將。永曆四年八月，成功殺彩弟聯，併其軍。朝棟於九月見成功，五年六月，任義武營。六年十一月陞右衝鎮，十一年八月辭。此後三年退閒，少預軍政。既而任五軍戎政，十五年正月，議取臺灣，朝棟力主可取。二月，首程從征臺灣，四月至臺灣，招降荷人，督理糧餉，咸委從事。五月改赤嵌為承天府，即任朝棟為府尹。十二月，以小斗散糧，被揭發，伏誅，一家盡戮。
鄭省英	字明志，號修千	福建南安石井人	承天府尹	永曆十五年四月	水師四鎮鄭芝莞長子，鄭成功從弟。初任户部主事，十一年三月，奉派督理沙關地方事。十三年成功北征敗歸，省英亦回南。十五年從征臺灣，十二月，任承天府尹，有政聲。永曆廿八年，三藩叛清，五月經復開府思明，省英知思明州事。三十二月，改任閩粵宣慰使，總理各府縣錢糧。卅二年六月，省英以民夫頗苦，營房重難，請酌緩急調。餘不詳。
顧礽			承天府尹	不詳	礽任府尹，約在永曆十七、十八年間。餘未詳。
翁天祐			承天府尹	永曆十八年	初任督運提督，永曆九年六月，拔為總理監營。十二年，署左提督事。世子經任轉運官。及棄金廈，渡東寧，繼顯祐為承天府尹，管帶操海軍門。餘不詳。

莊文烈			天興知縣	永曆十五年四月	從征入臺灣。永曆十五年五月，置天興縣於承天府北，以文烈首任知縣。卸任約十六年五月前後，餘不詳。
張日耀			天興知州	永曆十八年二月	忠匡伯張進之子。永曆十五年六月，郭義、蔡祿據銅山叛，降清，進被脅不得脫，自焚以殉。鄭成功旌獎忠烈，優恤其家，議官日耀。成功卒後，任長泰知縣、萬年知州。卅五年經薨，參與克塽之謀弒。十月改知天興州，日以徵輸為事。
甘孟煜		福建海澄人	天興知州	不詳(或在永曆三十四年以前)	崇明伯甘輝之子。性明敏，善屬文。永曆三十六年，知天興州。善恤民。嘗民有欠糧者，至限不能完，皆貸其責。後期悉如數照輸。孟煜察其色悽愴，詰之，民泣告乃鬻女所得。孟煜憐之，出俸金贖還。
林良瑞			天興知州	不詳(當在永曆三十四年以前)	嘗任海陽知縣(三十年三月)。三十四年退臺灣，改(三十六年十二月之前)天興知州。三十七年正月清總督姚啟聖使黃朝用至臺招撫，吏官洪磊舉瑞「材堪為使」，克塽加瑞總兵，改名「珩」，同黃學(鄭使)、黃朝用往報啟聖於福州。劉國軒囑瑞沿途密探船隻虛實。舟次遼羅，備令快哨入廈報施琅，欲進見，蓋冀覘其師旅，備作情報，而琅卻之。二月至福州，啟聖與琅一主撫一主剿，兩議未合，聖仍送瑞等還臺。閏六月鄭氏降，瑞與諸文武移內地安插。

祝　敬			萬年知縣	永曆十五年四月	從征入臺。永曆十五年五月，置萬年縣於承天府之南，以敬首任知縣。十二月，以小斗散糧，剋扣軍旅，質實，被殺，家屬發配。
謝　巖			萬年知州	不詳(約在永曆十八年前後)	任萬年知州約在永曆二十年前後，職期當頗長。餘未詳。
楊秉謨			澎湖安撫司	不詳	蒞任澎湖安撫司在鄭氏末期。永曆三十七年四月有鱷魚登澎島，死於民間廚下，百姓驚異，謨具啟以聞。
林　雲			北路安撫司	不詳	任北路安撫司當在鄭氏末期。永曆三十七年五月，上淡水通事李滄獻取金裕國之策，雲為轉啟。克塽命將往取，以諸番堅拒，不果行。
蔡　濟			察言司	永曆十八年二月	禮官蔡政長子。
蔡漢襄			察言司	永曆十八年二月	禮官蔡政次子。
洪有鼎			審理所副審理	永曆十五年	從鄭成功入臺。永曆十六年，成功以世子經通乳母生子，令黃昱齎諭往殺，未果。復令有鼎持諭與南澳守將周全斌殺之，有鼎到銅山聞全斌業已被經所執，不敢前。十八年兩島棄，鼎復至臺，奉派赴日本辦理請還鄭泰寄銀事。

傅為霖			賓客司	永曆三十四年	初為成功屬吏。永曆十七年，隨鄭鳴駿降清，授松江通判。廿九年，鄭經西征，霖自泉州復歸，授賓客司。霖與東寧總制使陳永華善，故經重之。嘗奉奉遣使姚啟聖，聖厚待之，霖仍復萌首鼠之心，與施明良(鳳)、王世澤(施齊)結，密款於清。劉國軒偵悉，為霖急，乃自首，良、澤並斬。迨東渡臺灣，永華已故，霖失所依，惶惶然不安。而輔政公鄭聰輒疑而言其「心藏不測」。霖聞而益懼，因與陳典威、朱友輩密書通款於姚啟聖。後友發其事，霖逸、大搜國中，獲之，寸磔，家屬發配。妻蔡、媳黃俱自縊。
林維榮			賓客司	未詳(約在永曆十六年)	陣亡鎮將子也，永曆八年入育胄館。及長，轉六官之內辦事。三十五年十一月傅為霖被磔，榮繼為賓客司。三十七年閏六月八日，榮與刑官鄭平英共齎鄭克塽降表，詣澎湖施琅軍前。議未成，琅送榮等往福州見督撫。七月，鄭氏舉國納土，榮等安插內地。
吳鳳胎	字仲禎，號幹甫	福建漳州府龍溪縣二十九都新岱人	占地官太史	永曆十八年二月	萬曆三十三年生。少讀書，棄家居金廈。與寧靖王朱術桂交替。鄭經採占地官太史，司造曆占天象。《大明中興永曆大統曆》則由鳳胎主其事。卒於臺。

鄭德瀟		福建思明池仔人	中書舍人	永曆卅四年二月	諸生。方正澹雅，博覽群書，與陳永華交厚。癸卯棄金廈，未東渡。永曆廿八年，鄭經西征，屢請，始出為中書科，供筆札，掌箋奏。卅四年，東渡臺灣。卅七年澎湖之敗，黃良驥主取呂宋，瀟贊之。鄭氏降，兩修降表，均瀟主稿，屈而不卑。尋移內地占居，年已九十餘，猶手不釋卷。著作有《五經通義》、《易研》、《人字圖書》等甚多。
許明廷			中書舍人	不詳	名贊。永曆二十九年隨從西征。三十年三月，提督泉漳學政，考校生童。
柯鼎開			中書舍人	永曆十八年前後	柯平子也。大將軍儀賓。能文，詩賦尤工。嘗任天興知州，愛惜士類，民亦戴之。永曆卅五年十月，改任贊畫中書舍人。卅七年，明鄭降清，移內地安插。
陳典威			都吏(令吏)	不詳	永曆三十五年與賓客司傅為霖密謀通信，其姪榮假通商往來接濟。結夥漸多，幾釀鉅變。建威後鎮朱友預其謀，懼禍自首，威等被執凌遲，子弟盡殲。
艾禎祥			鑾儀衛	不詳	永曆二十八年十二月以禎祥為鑾儀衛。其前或後，當嘗渡臺。

陳　慶			鑾儀衛	不詳	任鑾儀衛，奉委職務，俱關機要。永曆三十二年六月，監斬叛將賴陞等。三十三年二月挨查廈島民户，以除勢蔭。三十四年二月遷運廈門演武亭輕重寶玩過臺灣。三十五年在臺抄沒懷安侯沈瑞家，俱慶任之。
劉　陶			典寶	不詳	延平內府之臣也。永曆三十四年二月，將棄思明，鄭經令陶與陳慶將演武亭花園所有輕重寶玩悉運臺。陶押管至東寧。
李　景			思明知州	永曆十八年二月	初任效用官，應對便捷，數任朝使。永曆六年十一月，奉命赴廈，西行會西寧王李定國，訂會師期。後曾又再往。及經嗣立，獲眷寵。十八年隨渡臺灣；廿八年，隨至思明。卅三年二月，任思明知州。卅四年經歸東寧，擇地洲仔尾，構築園亭，景監工。景為馮錫範徒黨，亂政玩法之臣。
鄭時英	字明庸，號聖千		屯田道兼理鹽政	不詳(或在永曆十八年)	省英弟，鄭芝莞子。知永春縣。永曆三十四年，兼理鹽政，後贈明威將軍、嘉義大夫。
鄭　英	字明升，號暉千		惠州鹽政	不詳	省英弟，鄭芝莞次子。永曆廿八年，任惠州鹽政，後授中憲大夫。
陳廷章			泉州知府	不詳	永曆二十八年十二月任泉州鹽政。三十二年六月，新守泉州，嘗啟陳時弊，皆切中。廷章渡臺及後此事蹟不詳。按廷章與同任鹽政之李景、馮錫珪、鄭昐英等俱東寧舊人，非沿海新附者。其嘗至臺灣，可無疑。

吳宏濟			推官（監紀）	永曆十八年	永曆三十四年二月，宏濟奉鄭經命，持書往聘清平西王吳三桂於雲南。餘不詳。
陳克岐			推官（監紀）	不詳	永曆二十八年，三藩事發，克岐奉派往聘湖廣吳三桂。
陳　福			推官（監紀）	不詳	永曆三十六年二月，上淡水通事李滄獻策取金裕國。時福任監紀，奉令與宣毅前鎮葉明同往護衛取金。土番扼險以拒，福等無奈引還。
黃　用			不詳	不詳	永曆三十七年正月，清使黃朝用至臺灣議招撫，鄭克塽命林良瑞與用為使，以報之。
王忠孝			兵部左侍郎	永曆十八年二月	有傳（流寓）
沈佺期			右副都御史	永曆十八年二月	有傳（流寓）
辜朝薦			安慶推官，晉卿寺	永曆十八年二月	有傳（流寓）
郭貞一			都察院副都御史	永曆十八年二月	有傳（流寓）
許吉燝			刑部主事	永曆十八年二月	有傳（流寓）

張熤			兵部職方司郎中	永曆三十四年三月	有傳(流寓)
張士郁			副榜，未任職	永曆三十四年三月	有傳(流寓)
林英			兵部司務	永曆十六年四月	有傳(流寓)
徐孚遠			左副都御史	永曆十五年	有傳(流寓)
盧若騰			兵部尚書	永曆十八年至澎湖而卒	有傳(流寓)
黃驤陛			舉人，未任職	永曆十八年二月	有傳(流寓)
黃事忠			兵部職方司郎中	不詳	有傳(流寓)
沈光文			太僕寺卿	永曆十六年	有傳(流寓)
顧南金		浙江黃巖人	江南糧儲道	不詳	曾任江南糧儲道，駐京口。鄭成功北伐時，來歸，後遷臺灣，移居南路。
林敷地			禮都事(吏)	不詳	延平嗣王經既薨，諸公子用事。其爪牙顏臨、李郡、李肆虐，道路側目。永曆三十七年五月，敷地見百姓不堪，遂上啟制之，乃斂跡，百姓稍安。

楊　榮			兵都事	永曆十五年五月	榮十五年五月，押送糧餉諸食物到臺灣，並報(蔡)祿(郭)義有通清之國。鄭成功即命賚諭回復，著忠振伯洪旭行單調義、祿到臺。二人得息，即叛。餘未詳。
何　斌				崇禎元年以前	有傳(特行，拒荷)
沈　瑞				永曆三十年	有傳(流寓)
沈　珽				永曆三十年	沈瑞弟，與沈瑞同時被誣陷縊死。
吳　邁			番通事	永曆十五年以前已久居臺灣	永曆十五年四月初四日，鄭成功既攻赤嵌城，復令邁與番通事李仲同戎政楊朝棟往招其守將貓難實叮，實叮降。
李　仲			番通事	永曆十五年以前已久居臺灣	鄭成功平臺時之番通事。永曆十五年四月初四日，與吳邁、楊朝棟招諭赤嵌城荷蘭守將，降之。十一月，又奉命往諭臺灣城荷蘭長官揆一。十一月，揆一舉城降。
李　滄			番通事	不詳	永曆三十六年上淡水通事。是年以內帑空虛，徵對策，滄乃獻議取金裕國。安撫司林雲轉啟。克塽命將護衛往取，為土番所拒，未果。

註：本表係根據《臺南市志．人物志》加以修改而成。

明鄭三世轄屬渡臺武職人物表

姓名	字或號	籍貫	主要職務	渡臺時間	事蹟
馬信			提督親軍驍騎鎮	永曆十五年四月	有傳(武功下)
黃安			親軍勇衛左都督	永曆十五年五月	有傳(武功下)
周全斌			督理五軍戎務兼管前軍事	永曆十五年四月	有傳(武功下)
王進功			中提督	永曆三十一年二月	初為清漳浦總兵。永曆十八年陸路提督馬得功歿於海，以進功遞補，駐泉州。泉人先苦得功之虐，進功蒞任，反其所為，十載之間，咸粗安。二十八年三月，耿精忠反清於閩，飛檄至泉，進功恐為其下所乘，乃命剪辮。精忠以為「平北將軍」，而慮其在泉日久，未易控制，說之入覲。及至，留之，徵其兵，並勒其家眷入省。兵將憚行，進功子藩錫亦懼不測，拒不從，潛遣人入海請師，迎鄭經入泉。經以藩錫為指揮使，暫理提

	劉國軒	馮錫範
		福建晉江人
	武平侯，中提督	忠誠伯，侍衛領左提督
	永曆十五年四月	永曆十六年六月
督軍務，弟三人皆為指揮同知。精忠以兵眷未室，於進功無所挾，乃聘其次子為婿。廿九年六月，鄭經平漳州，聲勢大振。精忠欲令次男至省為經，修書精忠，取回進功。進功妻子哀請於質，經欲進功先回，然後令次子至省，三往不聽。三十年九月，耿將多叛，清師迫近，不得已命進功往漳求救。進功至，經承制射為「匡明伯」、中提督，竟不發兵。三十一年二月，進功解職，移眷東寧以居。三十四年經喪師東還，眷待進功。迨三十七年鄭氏舉國降，進功又內渡安插。	有傳(武功上)	工官馮澄世次子。成功薨，經嗣，錫範為侍衛，隨征臺灣，靖內難。永曆十七年從經還思明。八年二月，兩島陷，經全師遁臺，錫範隨焉。二十十八年，三藩起事，經西征，錫範以侍衛從，與陳繩武並見重。錫範有經理才，惟性貪婪，弄權用事，非意氣用事，即量金高低，為薦舉。三十四年棄金廈還東寧。時監國克𡒉秉政，英明果毅，錫範恨忌。及陳永華卒，鄭經薨，設計陷害克𡒉，立其壻克塽，自是大權在握，肆無忌憚。受射忠誠伯，領左提督。三十六年，清軍興師攻臺，克塽乞降，內渡，清射正白旗漢軍伯。

何義			左武衛	永曆十五年四月	首程從征入臺。十七年六月，隨鄭鳴駿降清。
林凰			左武衛	不詳	永曆十八年駐赤嵌城北。
楊富			右武衛	永曆十五年四月	首程從征入臺。卅七年六月與鳴駿同時降清。
薛進思			右武衛	永曆十五年四月	鄭成功進平臺灣，首程從征。十七年鄭經自臺灣還思明，進思隨之。十八年二月經棄金廈，途次澎湖，立營壘，置墩臺，委進思並戴捷、林陞等守之。二十年八月陞右武衛，親軍上將也。二十八年二月鄭經親統進思等軍到廈門。六月進泉州。二十九年六月，圍漳州克之。三十年四月後提督吳淑既克汀洲，以汀屬閩贛之會，啟請重師彈壓。經遣進思率十一鎮往守之。淑乃移師克邵武。十二月，清兵復邵，軍逼建寧縣，距汀數程耳。進思聞之，倉皇失措，棄城宵遁。衆心一搖，興漳泉棄如敝屣。卅一年二月，論汀洲之失，收進思斬之。
何祐	渾號：鑽子	漳州平和人	左武衛	永曆十五年四月	初任營將。鄭成功進平臺灣，首程從征。二十年八月委為左虎衛。廿八年三藩事發，祐隨鄭經西征，復同安，進泉州，下漳浦，克平和，俱建殊勳。廿九年五月粵潮鱟母山之戰，祐與劉國軒以疲卒數千，設伏以待。清兵來攻，伏發，祐以身先旗，矯尾厲角直貫驍騎，國軒繼之。大敗清

	林陞	陳蟒
	右武衛	右虎衛
	未詳（十八年二月以前）	永曆十五年四月
軍，追奔四十餘里，斬首二萬有奇，捕虜七千。自是祐名震粵東，廣兵望見旗幟皆遁。三十一年正月，祐副興明伯趙得勝率師援興化，清兵縱間，兩不相睦，祐疑得勝貳於清。祐擁兵坐視，得勝力戰死之。祐奔泉州，又不守，乃遁廈門，鄭經令奪所佩將軍印，戴罪自效。三十二年與劉國軒、吳淑破海澄，祐陞左武衛。三十四年退還東寧。翌年十月膺「北路總督」，督諸軍城雞籠，汛之，並守淡水。迨三十七年六月，澎湖失守，報至，祐密遣其子士隆，往澎湖納款，約獻臺灣。不俟鄭克塽令，悉撤所統諸師還。降清後，征烏喇有功，官襄陽、梧州二處副總兵。	鄭經以前不詳。永曆十八年二月，經全師東渡，奉命戍守澎湖，長留十載。二十八年西征，陞以戎旗鎮率師從，連攻泉州、漳浦，援潮州，圍饒平。廿九年五月，經以黃芳度降而復叛，集大軍攻漳州，陞與何祐從間道攻下平和，於漳會師後回師隸劉進忠、劉國軒。經略粵東，轉戰閩南各地。三十四年二月，敗清提督萬正色，因船乏水，全師棄諸島，遁回東寧。三十五年十月，任水師總提調，主水師。三十七年六月，清師犯澎，陞力戰負傷回臺。既而鄭氏舉臺降，陸亦隨眾內渡安插。	初任右虎衛左營將。永曆十四年，清達素、李率泰大舉犯金廈，蟒隨右虎衛陳鵬守高崎。鵬密款

姓名	字號	籍貫	官職	年代	事蹟
					於清，蟒未與預。洎清兵渡至，鵬按兵不動，蟒從殿兵鎮陳璋協力擊之，斬殺無算，論功僅次於璋。拔為右虎衛鎮。十五年四月，鄭成功進平臺灣，蟒首程從征。與宣毅前鎮陳澤坐銃船札鹿耳門，牽制荷蘭水師甲(夾)板，並防北線尾。五月，以盜匿米粟，綑責革職。後逃降清，授都督。三十七年隨施琅犯澎湖，繼至東寧。
許　耀			右虎衛	未詳(十八年前後)	甲寅(二十八年)西征，于役閩廣，頗著戰績，惠安塗嶺一捷，尤馳名遠近。三十年總督諸軍屯興化龍江，雄聲寡謀，驕肆醉淫，卒至僨事。清兵來攻，潰敗不堪。國太董氏嚴令正法。陳繩武、洪磊等力請圖贖，准之，綑責革職。不數日，病痢以死。
江　勝	乳名欽	福建漳浦人	左虎衛	永曆二十年	紫面長鬚，勇略過人。初集眾百餘於鎮海太武山，永曆二十年九月，投經，授水師一營駐廈門，及至，為亡命所拒，乃走達濠浦依邱輝。十月，勝輝會師，克廈門，重關交易。擢宣毅前鎮。後轉戰閩南各地，三十五年十月，任水師副提調，長駐澎湖。三十七年六月，施琅統師犯澎湖，勝大戰，卒不敵，發兩邊大砲，自震以沉。
林　亮			右虎衛	未詳	初任水師鎮。永曆三十五年十月，清施琅「奉旨專征」。訊至臺灣，馮錫範啟鄭克塽令劉國軒禦澎湖，一時軍需戰艦未備，以亮督修，改洋艘為戰船。嗣擢亮為右虎衛，更名曰「豪」。三十七

姓名	原名		職銜	渡臺時間	事蹟
					年六月廿二日，禦擊清軍於澎湖，敗績，隨劉國軒自吼門遁臺。時群情恟恟，各懷向背，亮與董騰、蔡添輩俱密與清諜通，請施琅速攻臺灣，願內應。
楊祥			神機鎮	永曆十五年四月	永曆九年四月任神機營副將，積功升神機鎮，從征南都。十五年二月，首程隨征臺灣。十九年，清兵有攻臺之圖，奉令守鹿耳門。廿五年，與顏望忠會，啟願領兵取呂宋，未果。
黃嶼			神威鎮	永曆十五至十八年間	初係定遠侯鄭聯轄將。鄭成功既併聯軍，以嶼為中衝鎮領兵中軍。十一年九月，五軍戎政張英，以嶼「大有將略，坐營(中軍)未足以展其材」，請乞撥歸轄下，成功許之。十四年四月，時屬提督親軍驍騎鎮馬信轄將；蓋前此信曾為啟薦於成功，成功許之，遂授嶼以親軍驍騎鎮驍翊，管理南兵營缺。至臺灣，居親軍神威鎮，署總兵官都督同知。十八年，尚在臺灣。
林鳳			右虎衛	永曆十五年四月	有傳(拓殖)
楊祖	原名姐		左先鋒鎮	永曆十五年四月	初任戎旗正領班，永曆五年八月，擢為奇兵營，改名祖。屢建奇功，十二年三月，陞左先鋒鎮。成功北征，統兵從。圍南都一役，分十路進，祖領尾(十)程兵，紮第二大橋頭山，及敗，祖以失機，按律當梟首示衆，諸將勸免，暫管鎮事，戴罪圖贖。十六年三月，首程隨征臺灣。六月，紮

姓名	字	籍貫	官職	時間	事蹟
					北路竹塹新港一帶。七月，大肚番叛，祖征之，中標槍，敗，返赤嵌，傷發而卒。
黃　應			左先鋒鎮	永曆十五年至十八年間	初任右武衛殫忠營。永曆十二年北征，十一月克磐石衛城，有功，拔管奇兵鎮事。是月紮方石地方。十三年出征江南。十四年五月紮湄州。七月北征略地取糧。十五年從征臺灣。七月楊祖死，任左先鋒。十八年仍在臺灣。二十四年三月，鄭經以舟山南日一帶新附，當遣一將統之。陳永華舉應「老練諳熟，堪為將以制之」。經令應統柳索、呂勝等將往鎮之。三十年十月，耿精忠降清，檄其將曾養性自温州撤兵回閩。應督水師邀擊於定海，獲巨艦數十號，餘船逸入福州。三十一年四月，應南汛銅山詔安一帶。
張學堯			左先鋒鎮	永曆三十一年	初為清同安城守。永曆廿八年，耿精忠反清，投耿，調守泉州。甫離同安城，家眷為馮錫範獲，入海，不得已降，授左先鋒鎮，掛蕩虜將軍印，後改驍騎將軍。三十一年，隨眷移東寧。
陳　澤	字濯源	福建海澄人	右先鋒鎮	永曆十五年四月	從鄭成功，初任右先鋒營副將。八年十月，鄭成功遣師南下勤王，澤率兵隸林察，有功。十年四月，清師襲圍頭，大勝，獲首功。以後戍守迭有調換，十三年，北伐之役，與陳輝保護眷船。隨後而行，改任宣毅前鎮。十四年四月泊崇武，堵遏泉州港清水師。五月，清水師來犯，澤擊沉，其船數隻。十五年從征攻臺。初一日大軍登赤嵌，

姓名			職銜	時間	事蹟
					澤督虎衛將坐銃船紮鹿耳門，牽制荷蘭水師甲(夾)板，並防北線尾。初三日，荷將拔鬼仔率烏統兵來襲，均被澤所殲。十六年晉右先鋒鎮，紮安平之北。二十八年，三藩之變，澤隨鄭經率師西應，時年五十七，至思明，染病卒。
陳諒			右先鋒鎮	不詳	初任授剿左鎮，永曆三十三年二月為水師總督，禦敵於海山(定海)，用心布防。二十九日自率大隊熕船，進五虎門，會陳起明、朱天貴等，大敗清水師林賢。鄭經加諒為北路統領。三十四年退東寧。三十五年十月，劉國軒出汛澎湖，啟克加諒右先鋒鎮，提調各嶼，總陸路諸師。十二月國軒歸東寧，以陸路事務託交陳諒。三十七年六月十六日，清施琅舟師來犯，諒會諸將擊之，清師敗。國軒以諒為首功，掛將軍印迎之。
李茂			右先鋒鎮	不詳	初任智武鎮，侍衛馮錫範寵將。永曆三十五年設防淡水雞籠山，左武衛何祐為「北路總督」，以茂為副。總鎮宿將若蔡文、黃良驥等俱屬茂所統。馮錫範聞之，憤甚，啟鄭克塽擢茂為右先鋒鎮以壓之，其才實不相副。三十七年澎湖既敗，茂隨何祐南旋。及舉國降，內渡安插焉。
陳廣			左先鋒鎮	永曆十五年四月	初為左衛鎮右營，十四年五月拔為侍衛鎮。翌年鄭成功進平臺灣，以首程從征。四月初六日，荷蘭有水師甲板在港(臺江)，成功遣廣與宣毅前鎮澤攻之，沉焚荷船各一，餘遁臺灣城(熱蘭遮

					城）。十九年廣尚在東寧，居統領署前鋒左鎮總兵官都督同知。
陳　瑞			右先鋒鎮	永曆十五年五月	永曆四年四月任戎旗右協。十四年二月由右提督左鎮陞英兵鎮。十五年三月，鄭成功平臺，駐料羅，官兵多以過臺灣為難而逃者，命瑞搜獲捉解之。五月率二程官兵抵臺。七月，大肚番叛，瑞與左虎衛黃安破之，班師還承天(赤嵌）。十八年居前鋒右鎮，署總兵官都督同知。
姚朝玉			前鋒鎮	不詳	永曆三十七年六月十六日，隨右武衛林陞結大隊合攻施琅。流砲橫飛，玉船被擊壞，身殉。
黃　茂			前鋒鎮	不詳	永曆三十七年汛澎湖，劉國軒敗遁後，降於清。
顏望忠			中權鎮	永曆十五年五月	初任後提督右鎮。永曆十二年，從征南京，師潰，奉令與楊正收拾中提督官兵。十五年，成功進兵臺灣。五月，忠與黃安率二程官兵往襲。六月，紮北路，平大肚番亂。尋改統領中權鎮。次年，鄭經因東寧內難既靖，將歸思明，委忠鎮守安平鎮。十九年二月，傳施琅有攻澎之圖，經苦無人員往守，忠慨然自請。六月，琅船被風飄回，情勢始緩，忠亦回臺。二十二年，清水師游擊鍾瑞約獻海澄降，忠會江勝接應之。瑞謀洩，隻身走廈門，忠與瑞回東寧。此後事蹟不詳。

洪秉誠			都督	永曆十五年(月份失詳)	十六年五月朔(初一日)，鄭成功感風寒。及疾革，秉誠調藥以進，是必為成功親信之侍衛武官也。餘待考。
曾　瑞			征北將軍	不詳	永曆三十五年，劉國軒總督諸軍出汛澎湖，瑞副之。三十七年六月，澎海大戰，瑞與焉。廿二日之役，船為施琅砲所沉，身殉。
王　順			定北將軍	不詳	永曆三十五年，劉國軒總督諸軍出汛澎湖，順與曾瑞副之。三十七年六月十六日逆戰清軍於澎海，船受砲擊而沉，身殉。
施(佚名)			定國將軍	不詳	事蹟不詳，有墓在臺南市東郊。表曰：「皇明定國將軍施公墓，癸亥(永曆三十七年)春吉旦，孝男招寶同立。」
劉國攀			宣武將軍	不詳	事蹟不詳，有墓在今臺南縣善化鎮，表曰：「明宣武將軍國攀劉公之墓」。按其名，或係武平侯劉國軒之弟。
黃(佚名)			驃騎將軍	不詳	聞有墓在臺南縣，今碑已佚。事蹟未詳。
林伯馨			寧遠將軍	不詳	永曆二十四年，降於清。按伯馨是否渡臺，未有顯明事蹟。然永曆二十四年鄭氏正專力經營臺灣，不以沿海為事，故伯馨之降，必發自臺灣，不然，亦應嘗至東寧。

林應			戎旗一鎮	不詳	永曆十八年以前不詳。金廈兩島失後，二月隨師退東寧，分汛屯墾。廿八年，率部隨從西征，隸趙得勝，自海澄拔漳浦。十二月圍沈瑞。廿九年五月潮州鱟母山之戰，續攻克平和、漳州。十月往潮州隸劉進忠、劉國軒南征惠州。八月回閩。三十年閩粵諸郡盡失，四月，守北洋井尾連江。三十二年二月，隨劉國軒進取漳州，九月敗績。卅四年，退東寧，翌年汛澎湖。卅七年六月，兩戰清軍皆敗，既而鄭氏降清。
吳潛			戎旗二鎮	永曆三十四年二月	有傳(殉國)
林定			戎旗三鎮	不詳	永曆二十八年，自東寧隨西征師至廈門。六月，鄭經從大擔由泉港進泉州，委泉州城守。三十一年二月興化師潰，泉州不守，定走不及，匿于民居。守泉時與民頗相得，故未遇害，後削髮僧裝，遁廈門。
董騰		泉州晉江人	戎旗四鎮	永曆十八年二月	鄭成功夫人董氏姪。二十八年，鄭經西征，騰率師從。卅三年，駐福滸。時海澄知縣洪蔭理兵餉，任性多忤，騰憤而毆之，因革職。劉國軒啟陳戴罪復任，許之。三十四年，隨經遁東寧。翌年二月，因鄭經新喪，澎湖不設守備，恐清乘隙來攻，乃議撥兵汛防，以騰統十五船設險守之。時清軍喇哈達出示以散人心，刻刷多份，送禮於

姓名			隸屬	時間	事蹟
					騰，囑代轄東寧，騰竟納而行。劉國軒以其搖動人心，深惡之，令右武衛林陞往代，著騰回臺。三十七年，澎湖喪師，未議降，而騰已與偵者通，請其速攻臺灣矣！
陳時雨			戎旗五鎮	不詳	永曆三十七年六月十六日，清軍犯澎湖。時雨會諸將督船與戰。坐駕為清艦火釵所中，沉沒，身殉之。
楊　正			後勁鎮	不詳	永曆六年四月任尾宿營。七年五月管理後勁鎮事。後改前衝鎮。十三年隨征南京，師潰，按律當斬，諸將勸免，准暫管鎮事，後准戴罪立功。二十四年三月，與黃應等守舟山、南日一帶。
楊　德			後勁鎮	永曆三十四年二月	初係清邵武守將。永曆二十八年，耿精忠反清於閩，德降耿，署將軍。三十年十月，後提督吳淑克汀州，傳聞精忠復降清，乃遣人往汀通吳淑。淑兼程赴之，與德並刑羽(亦邵武守將)守之。鄭經加德平虜將軍後勁鎮。既而清穆黑林襲邵淑禦之敗。德統衆援亦敗，乃退據建寧縣。清兵追近，又退汀州，而守將薛進思已先遁，德與吳淑不得已兼程回漳。鄭經改德昭義鎮。三十年四月，德屯五都(銅山詔安附近)。三十二、三年間，隨劉國軒戰漳泉。三十四年退抵東寧，尋改平北將軍果毅中鎮。及清軍有犯澎湖之訊，諸鎮出汛，德守風櫃尾。三十七年六月，劉國軒敗，德與諸將出海降，移內地安插。

姓名			職銜	時間	事蹟
劉明			後勁鎮	不詳	汛澎湖要口。永曆三十七年六月廿二日清兵再犯，明督諸鎮戰船合䑸奮擊，戰死。
蕭拱宸			中衝鎮	永曆十五年四月	原屬定國公鄭鴻逵鎮將。永曆五年正月，鄭成功南下勤王，奉鴻逵命隨征，任中衝鎮。後南征北討，俱參與，膺命每重。南京之敗，宸首當其衝，泅水得脱。十四年五月，扼崇武拒清上游之師，戰捷。十五年三月，首程從征臺灣。六月，屯鳳山，嗣隨成功巡視麻豆等四社。十六年五月，成功薨，黃昭陰結拱宸將擁襲。十一月鄭經至臺，宸拒於洲仔尾，旋平，宸被執處斬。
黃昭			後衝鎮	永曆十五年四月	初以恢剿都督協守白沙城，後從征南北，著勳勞。十一年十一月，拔為本武鎮。十二年北征，師次臺州，後衝鎮降清，以昭任鎮事。及南京敗師，隨軍退思明，八月紮三都。十四年四月，守高崎五通。五月清軍來攻，敗之。十五年從征臺灣，六月紮北路屯墾，七月移南路。十六年五月，鄭成功薨，弟襲護理，有自立意，其心腹與昭及蕭拱宸謀，昭主之。十月世子經率兵奔喪臺灣，昭公然與抗，自守潦港。十一月一日，大霧晦冥，經師登陸，昭命諸部攻經，惟各陰持兩端。獨昭先至，破營攻其前。劉國軒繼至，攻昭後，經兵卻，周全斌率衆力禦。昭忽中箭，斌令斬其首，軍皆迎降，內難遂靖。

洪　羽			前衝鎮	永曆十五年四月	初任禮武鎮協將，首程隨征。十五年四月廿四日，鄭成功進平臺灣，禮武鎮林福被荷蘭大砲所傷，撥羽管鎮事。六月，奉命屯田。十六年十一月，陞後衝鎮，久鎮於臺，改前衝鎮。廿八年隨軍西征，克漳浦，圍漳州，援潮州，略博羅，羽俱建殊勳。三十年六月，奉調回漳聽令。
劉　俊			前衝鎮	永曆十五年五月	初任前提督右鎮。從征江南歸。十四年一月，陞署前衝鎮。十四年五月，清李率泰、達素大犯金廈。陳璋、陳蟒等拒之，俊亦從東奔衝協擊，大敗之，傷斃萬計。十五年，鄭成功進平臺灣，五月，俊與黃安等率二程官兵抵臺灣。
翁　陞			前衝鎮	永曆十八年以前	十九年在臺灣，駐打狗附近。
蔡　文	亦作旻		左衝鎮	永曆十五年四月	初任戎旗鎮班將，七年五月守海澄，殺敵甚多，超擢都督僉事。後改任提督親軍驍騎鎮親隨營。十五年首程從征入臺。五月拔管左衝鎮事。六月屯墾南路。其後久駐東寧。二十八年鄭經西征，又從行。二十九年六月克漳州，三十年略粵東及三十一年興化烏龍江之敗，文俱與焉。三十四年退東寧。三十五年十月往守雞籠山。山原有城，鄭經命右武衛林陞毀之，至是復築，文見而嘆息。時馮錫範黨同營私，每屈老宿。文歷三世，江河之勢，瞭然於懷，抑鬱之衷，每難自已。

李　昂			右衝鎮	永曆十五年	初任中提督班將。七年五月，守海澄功，擢都督僉事，陞右鎮。十四年二月，陞義武鎮。十五年從征臺灣，後改右衝鎮。十八年尚在臺灣，駐打狗附近。
林　申			左衝鎮	不詳	永曆十八年在臺時駐南路屯墾。
葉　明			宣毅前鎮	不詳	永曆三十六年二月，淡水通事李滄願取金自效。鄭克塽乃遣監紀陳福偕明同往。至產金之處，其土番執銳據險以待。繞別路到力踞社，殺數人，仍堅不吐出金之所，明等無奈引還。時，方城鷄籠，命將戍守，凡軍需糧餉，悉著北路諸番接遞，男女老幼均任役使。督運弁目，酷施鞭撻，土番不堪，遂相率作亂，新港竹塹諸社皆應。八月遣明等會勦，土番盡逃入山。明於隘口樹柵困之，計窮請降，許之，明班師。
吳　豪			宣毅前鎮	永曆四年以前	早發海上，精熟水務。歸鄭成功之前，曾至臺灣，情形頗詳。初隸鄭聯軍，永曆四年八月，成功併聯軍，遂歸附，為副將隸戎旗鎮。十年前後，陞護衛後鎮。十一年十一月，紮粵東達濠浦練兵。十四年四月，清師犯金廈，豪據流拒截，擊沉敵船，擄獲兵將。十五年正月，成功議攻臺灣，豪堅主不可，成功謂其有阻貳軍心，含之。三月首程從征，四月至赤嵌。五月，以「劫掠百姓銀兩，盜匿粟石罪」被誅。右虎衛陳蟒同罪，細責而已。

魏國			宣毅後鎮	永曆十五年四月	初任右戎旗軍鎮(右武衛)右協，從征臺灣。十五年五月，宣毅後鎮伏罪被殺，以國管鎮事。
杜斌			宣毅後鎮	永曆十五年四月	初任右戎旗鎮(右武衛)前協，十五年從征臺灣。繼任宣毅後鎮，十八年仍在臺灣。
吳世德			宣毅左鎮	不詳	永曆二十八年六月以前任鎮事。是年西征，六月會師泉州。七月遣援潮州劉進忠，與援勦後鎮金漢臣(鍾瑞)約初三夜三更劫清營。世德失約，漢臣抽衆入城。是夜世德宰豬羊犒士，做甘寧法，選一百二十人報掌號。渡河業已三更將盡，獨力劫清營十餘座，及曙，失援而退。城中出援，始從容進潮州。後協守潮州，功績卓著，進忠重之，與交厚。後此事蹟難稽，或隨進忠歸清。
邱輝			宣毅左鎮	永曆三十四年	有傳(殉國)
黃聯			護衛鎮	不詳	永曆十八年駐安平，並管烏鬼。三十七年六月十六日、廿二日參與戰役，陣亡於海。
高壽			總鎮	不詳	永曆三十五年與傅為霖、陳典威等通清，密結徒黨，策反兵將，事敗，付磔。

戴捷		泉州晉江人	援剿前鎮	永曆十五年四月	永曆六年隨征漳州，鄭成功撥充角宿營。八年三月，疑援剿前鎮黃大振謀為不軌，酖之，以捷管帶鎮事。捷于役漳郡，從征南北，頗著功勳。
林明			援剿後鎮	永曆十五年四月	初任後衛鎮副將。永曆十年六月，海澄守將黃梧降清，時明守五都土城，聞變，與領兵康熊堅壁守禦。中提督甘輝等援至，存土城糧餉得盡搬運廈。鄭成功嘉獎賞賚，拔為右戎旗鎮。八月，從征北上。十一年二月，管援剿後鎮。八月克黃岩縣，明以未奉帥令，率兵登城，成功怒而綑責之，革職戴罪圖贖，仍管鎮事。十月，閩安失，明以救援無功，致城潰，綑責，充左戎旗下尾名操兵。十五年，從征平臺灣。成功薨，臺灣金廈間，調遣頗繁，明轉廈門降清，任英兵鎮。
張志			援剿後鎮	永曆十五年四月	初任右武衛中協，十四年二月初二日，陞援剿後鎮。十五年，從征臺灣，四月初一日登陸木寮港。是夜奉令與戎政楊朝棟，看守赤嵌街糧粟。六月，遣發屯墾北路。大肚番因志與黃昭所激而叛。志營被圍，黃安、顏望忠率兵解之，調移南路。餘不詳。
斐德			右虎衛	永曆十五年四月	初任賞勳司，永曆九年四月，管江陰地方事。德以文職入行伍，從成功久，頗知兵。十五年，從征臺灣，七月助守臺灣街，以困臺灣城。擢至援剿後鎮、右虎衛鎮。十八年駐守赤嵌城北畔。後不明。

姓名	別名		職銜	年代	事蹟
鍾瑞（金漢臣）			援剿後鎮	永曆二十六年	原鄭氏部將。永曆十五年被郭義、蔡祿所脅降清，授水師提標遊擊，駐海澄。廿二年六月，謀劫海澄，出思明通江勝。經派顏望忠應之。瑞謀不密，捕者將至，情急棄妻子，奔界外，登南太武山舉烽火求救。適有透越船載往廈門。望忠知事不可為，偕瑞往東寧謁經，瑞陳負恩叛銅山之罪，經慰之，並易其名曰金漢臣，授援剿後鎮。廕二子守備。廿八年隨經西征。七月，劉進忠以潮州降，遣漢臣援之。是月，清廣東巡撫劉秉權攻潮，漢臣守鳳凰洲，力戰而死。
萬宏			援剿後鎮	永曆十五年	起自卒伍。永曆十二年，膺任右虎衛前協副將。隨征江南攻南京。十四年四月，隸右虎衛鎮陳鵬駐五通，鵬與敵通。五月清兵來犯，殲之，以功敘勳。十五年，首程從征臺灣；十六年，管殿兵鎮事。二十八年，西征至廈門，七月，繼金漢臣，任援剿後鎮。二十九年六月，黃芳度降而後叛，經率師往征。宏帶所部，親登雲梯，中砲而亡。
陳啟明	亦作起明		援剿後鎮	不詳	早歲事蹟不明，永曆三十一年已任援剿後鎮。四月，駐師同安港洒洲地方措糧休養。三十二年，以從劉國軒、吳淑攻取漳州一帶。祖山頭一役，退縮論革。三十二年二月，於定海敗清林賢水師，後沿海盡棄，退東寧。三十五年，隨劉國軒出汛澎湖，任先鋒。卅七年六月十六、廿二兩日清師兩度來犯，英勇奮戰，卒於廿二日陣歿。

黃昌			援勦左鎮	永曆十五年四月	初任後勦左鎮親隨營。九年四月任鎮事。十五年首程從征臺灣。五月，偽傳南澳陳霸通清，成功命昌隨右武衛周全斌率師擊之。既而昌至金門。十六年三月，成功有斬世子之命，金廈拒命。時周全斌平南澳至廈門，諸文武恐其奉有密令，執之，交昌監守。昌勸鄭泰殺之，未果。成功薨，世子以其叔護理大將軍鄭襲有即真之謀，鄭泰與相勾結，執而幽禁之。泰弟鳴駿懼禍，與昌等入泉州降清。
沈誠			援勦左鎮	不詳	永曆二十八年以前事不詳。嘗參與興化烏龍江之役，敗遁廈門。三十二年三月，劉國軒總督諸軍克水頭山、祖山頭，逼清陸路提督段應舉於海澄，諸將多獲捷受賞，而誠以退縮革職。三十四年至東寧，誠充監國鄭克𡒉侍衛總鎮。是年正月，鄭經薨，監國奉國太董氏命入內庭議事，馮錫範與鄭聰等諸公子害之；時誠與毛興在外守候，聞變，即率諸驍將奪門救主，已不及，各嗟嘆而散。十月，誠出北路。三十六年八月，誠病歿。
姚國泰		湖廣武陵人	援勦右鎮	永曆十五年四月	善騎射。初為清雲霄旗鼓中軍。永曆三年十月，鄭成功攻雲霄，守將張國柱敗死，國泰守城，城陷，被亂兵所傷，成功聞其名，令搜得之，交醫，傷癒，授監督。九年四月任北鎮。十一年，隨師北征。十二年又北征，補授勦右鎮。十三

					年，南都敗績，至鎮江，論失機罪當斬，諸將勸免，獲赦，撥右提督右協理，隸馬信。
鄭仁			援剿右鎮	不詳	永曆七年任中提督下班將，五月攻海澄，賈勇殺敵，超擢都督僉事。十二年三月，鄭成功挑精兵入虎衛，其協將亦皆上選。時仁為左虎衛前協，嘗從征南京，十四年二月任領兵。三十五年十月往守鷄籠山。次年九月，病歿戍所。
吳禄			果毅後鎮	永曆三十四年二月	初為清海澄公黃梧標。永曆二十九年，鄭經下漳州，禄隨族兄吳淑降，經任果毅後鎮。三十年九月往鎮汀州。十二月回漳州。三十四年隨軍渡東寧，後奉命汛守澎湖四角山。三十七年六月國軒兵敗，時禄汛外塹，出海降清，九月移內地安插。
林韜			果毅右鎮	不詳	汛澎湖，守外塹，永曆三十七年六月，劉國軒兵敗，韜與果毅後鎮等降清。
黃良驥			建威中鎮	永曆十八年前後	初任上武鎮。二十八年隨西征師次廈門。二十九年六月從左提督趙得勝自石碼、古縣攻漳州。三十年十一月軍興化，以督帥許耀失措而敗。三十二年九月，隨劉國軒列陣九龍江北幹溪西逼漳之北門，兵敗遁石碼。三十四年，鄭經敗歸東寧。三十五年五月，出守鷄籠山。三十七年六月，清兵犯澎湖，兩次海戰績均與其役。敗，隨劉國軒遁東寧。鄭克塽大會文武議戰守。良驥獻議「取呂宋為基業」。提督中鎮洪邦柱、中書舍人鄭德

					瀟俱贊之。馮錫範大悅，啟克塽納之。嗣以衆志瓦解，兵弁權為，故劉國軒力阻之，乃不果行。迨克塽舉國降清，良驥亦西渡安插矣。
朱　友			建威後鎮	不詳	永曆三十五年令吏陳典盛、賓客司傅為霖謀通清，引總鎮高壽與友等為援。後友懼，乃發其事，霖等被磔。
吳天駟			建威右鎮	永曆三十四年	右提督吳淑子。淑死，鄭經分擢其轄下五鎮，餘衆，以天駟為建威右鎮統之。三十四年，東渡臺灣。
林　順			折衝左鎮	不詳	汛澎湖，永曆三十七年六月十六日迎擊清軍於澎湖，與諸將合攻施琅。琅砲傷幾殆。二十二日，清軍再犯，以驕兵之術，繼分股合圍，順船為砲所沉，身殉。
陳　璋			殿兵鎮	永曆十五年五月	初任右提督正領兵，十四年二月陞殿兵鎮。五月達素、李率泰大舉犯金廈，璋奉令守五通。時高崎中將陳鵬通清，清兵至，恃鵬有約，爭先登岸。璋汛地近，乃會陳蟒合擊之，斬殺無算，論功列首勳。十五年進平臺灣，璋為二程將，五月率兵至。
張　榮			殿兵鎮	不詳	永曆十八年迄廿八年間在臺灣，十八年駐哆吧思喊土社。

楊　奕			殿兵鎮	不詳	永曆二十八年以西征師渡廈門。六月與援潮州。圍未解，清師圍益密，攻愈急，奕會劉進忠、吳世德等力禦之。三十一年四月，分駐潮州沿海，就地取糧。
胡　靖	原名酉		遊兵鎮	永曆十五年五月	初任左提督左鎮。十四年二月初四日陞遊兵鎮，改名靖。四月守東渡寨。五月紮漳浦舊鎮。十一月隨右武衛周全斌南下取糧。十五年五月，率二程官兵渡臺協擊荷蘭。六月奉令紮南路屯墾。
張　華			遊兵鎮	永曆十八年前後	十八年在臺灣，管鎮事約在十六年二月。
陳　明			遊兵鎮	不詳	汛澎湖娘媽宮砲城。永曆三十七年六月，劉國軒敗，明與楊德等降清。
陳　勇			英兵鎮	不詳	永曆十九年間在台灣，駐柴頭港、大目降之間。
林　福			禮武衛	永曆十五年四月	初任禮武鎮左營副將，十四年正月陞管鎮事。十五年從征臺灣，四月廿四日，攻熱蘭遮城，提督親軍驍騎鎮馬信率兵困之，福與焉。為荷砲所傷，乃卸鎮事，後不詳。
楊彥欽			禮武衛	不詳	永曆十七年入閩。三十三年正月，征廣南東埔寨。
陳　侃			金武鎮	不詳	永曆二十九年西征渡廈，二十九年六月，隨鄭經圍漳州。後于役潮州。三十年八月，奉調回漳聽

					令。十一月隨趙得勝馳援興北，敗遁廈。三十四年東還臺灣，既而汛澎湖，三十七年六月十六日，清師犯澎，與諸將合攻，將敗之，而侃船為清將藍理斗頭熕所沉，赴水死。
施　廷			斗宿鎮	不詳	初任右武衛右協。永曆二十九年從征閩粵，嘗與烏龍江之役。三十一年冬，從左虎衛林陞汛東石。三十三年陞被調出征，乃委廷與前協陳申守之。精銳皆挑以往，在汛僅羸率二百餘，時有叛卒入泉，陳東石空虛狀，清馬步數千來犯。九月廿四日平明，四面環攻，自晨至午，廷力禦被創，陳申戰死，東石遂陷。後陞斗宿鎮。三十四年退東寧。三十七年六月十六、廿二兩擊清師於澎湖，舟為清砲所中，沉没以殉。
毛　興			斗宿鎮	不詳	永曆三十年九月，隨左武衛薛進思往鎮汀州。三十四年退臺灣，為監國鄭克𡒉親隨總鎮。三十五年延平嗣王經薨，馮錫範與內府諸公子矯國太命賺監國進內庭，興與總鎮沈誠隨侍，不得進。迨知內變，將奪門救，已無及，各嗟恨而散。三十七年六月二十二日，迎擊清師於澎湖海，陣亡。
楊　章			壁宿鎮	不詳	汛守澎湖四角山。永曆三十七年六月，劉國軒敗，遁東寧，降清。
林習山		同安人	忠定伯樓船鎮	不詳	初為鄭芝龍部將，射忠定伯。永曆元年十月，鄭成功任為樓船鎮。五年五月，左先鋒施琅被執，鄭交習山羈押，琅詐計遁。成功怒，杖之，革其

					職。十餘年間，被置閑員，鄭氏亡後卒。習山嘗渡臺灣，著有《明季紀事》，敘自隆武二年，止於癸亥明祚亡，今已佚。
羅蘊章			水師都督	永曆十五年四月	嘗從征江南，經略蕪湖一帶。永曆十三年八月並陳輝、阮美等水師泊舟山，防禦控制上流。十五年四月，首程從臺灣。八月荷蘭東印度水師援至，自臺江來犯，鄭成功命蘊章會陳澤、陳繼美等水師擊敗之，自是甲(夾)板永不敢再犯。
鄭耀基			水師監督	永曆十六年前後	永曆十六年前後與洪磊並監水師，協同鎮守於澎湖。
蕭　武			水師一鎮	不詳	永曆二十八年從西征師入閩。迨七府之敗，往湄洲守興化地方。三十四年退東寧。三十五年汛澎湖。三十七年六月十六、廿二日清師來犯。武與諸將環圍擊之，竟敗遁東寧。閏六月，與建威中鎮黃良驥、中提督中鎮洪邦柱等謀公子鄭明奔呂宋，不果。鄭氏降，遷內地安插。
陳　政			水師二鎮	不詳	永曆三十五年汛澎湖。三十七年六月廿二日清軍再犯澎湖，政率水師會諸軍，殊死戰，身殉焉。
薛　衡			水師三鎮	不詳	三十五年汛澎湖。三十七年六月十六日，清師來犯，衡並諸將擊卻之。二十二日再犯，衡舟為敵砲擊沉，壯烈以殉。
陳　陞			水師四鎮	不詳	永曆三十一年四月，師駐泉州之蚶江。三十二年與清將段應舉戰於日湖，敗績；與楊捷戰於陳三

					阻，再敗，解職。三十四年退東寧。三十五年汛澎湖。三十七年六月廿二日澎湖最後一戰，陞與其役，橫攻直擊，卒以身殉。
黃國柱			水師四鎮	不詳	永曆三十五年軒澎湖要口。三十七年六月十六、廿二，兩參戰役，陣亡。
蔡沖琱			水師五鎮	不詳	永曆二十八年以西征師渡廈。三十一年汛崇武及惠安沿邊。三十三年三月以沖琱老，老耄不能束兵，轄屬多逃亡，遣科員核其餘衆船隻，交虛宿營王傑接管，仍調沖琱回廈。琱懼罪，駕小舟入泉州降清。家屬在臺灣，鄭經令羈之。
陳繼美			失詳	永曆十五年四月	職銜未詳，永曆十五年從征至臺灣。八月，荷蘭東印度水師援至，鄭成功令陳澤、羅蘊章與繼美擊敗之。
黃　球			中提督前鎮	不詳	永曆三十二年七月，隨左武衛何祐分略泉屬諸郡。三十四年退東寧，既而協守澎湖娘媽宮要口。六月，劉國軒戰敗，球降清。
楊文炳			中提督前鎮	不詳	約於永曆三十五年汛澎湖，三十七年六月十六日清軍來犯，炳會諸將戰船排列攻擊，卻之。二十二日，再犯，文炳仍率師會諸將環圍攻擊，舟覆身殉。
洪邦柱			中提督中鎮	不詳	永曆三十年，邦柱率水師會宣毅左鎮邱耀等克碣石而薄靖海。三十四年入臺。三十七年六月十六日、廿二，兩與澎湖之役，兵敗，隨劉國軒自吼

					門遁臺。閏六月，建威中鎮黃良驥倡取呂宋為基業，邦柱挺身贊之，願為先鋒。議雖決而終不行。
李廷桂			中提督左鎮	不詳	約於永曆三十五年由東寧汛澎湖。三十七年六月十六日，清師來犯，桂會諸將擊退之。
尤　俊			中提督右鎮	不詳	約於永曆三十五年自東寧汛澎湖。三十七年六月十六日，與諸將會舟師禦擊清軍於澎海，敗之。二十二日，清師再犯，復與諸將合艅擊之，諸軍喪亡幾盡。俊從中提督劉國軒等遁東寧。
林　圯			不詳	永曆十八年前後	有傳(見拓殖)
江美鰲		福建惠安前型人	龍驤將軍	不詳	初從永勝伯鄭彩翊弘光，督師江上。隆武元年，帶兵衛唐王聿鍵入閩，王即位，署鰲龍驤將軍，未印。迨鄭彩為副元帥，鰲領兵隨征，出杉關，及百里而還。隆武亡，隨鄭彩走舟山擁魯王。及鄭成功併廈門鄭聯軍，彩以舟師歸之，美鰲乃從成功。其後二十餘年事蹟未詳。至永曆三十年，鰲尚在鄭軍。三月任廣東連平知州。三十一年降清，易姓林，名兆麟。清康熙三十九年任廣東督標副將，蓋年已八十餘矣。子日昇，康熙五十二年癸巳恩科解元，嘗至臺灣，著有《臺灣外記》、《東平紀略》等書。

陳大列			左提督右鎮	永曆三十四年	初屬興明伯左提督。嘗從鄭經圍攻漳州，克之。其後于役粵之潮州、博羅，閩之興化，俱著功勳。永曆三十四年，全師東渡，烈遂至東寧。以女配懷安侯沈瑞弟珽，未婚而珽受誣被害。
蔡　翼			內司鎮	永曆十五年四月	管鄭成功坐駕中軍船。十五年三月廿七日晚，舟師自澎湖開駕，適風暴；翼與陳廣跪請候風開駕，成功不從。
魏　騰			護衛鎮	不詳	永曆十八年駐守安平鎮，並管烏鬼。
洪　暄			鎮守澎湖遊擊	永曆十五年前	永曆十五年三月鄭成功復臺灣，暄前導引港，蓋先駐於澎，熟悉臺海之港道，前此或嘗過臺。二十七日，師次澎湖，令户都事楊英與暄就澎湖三十六嶼派取行糧，集所有不足全師餐用。成功知不可留，乃令開駕，暄仍前導，四月初一日，魚貫進鹿耳門。
陳　沖			左虎衛左協	永曆十五年四月	初任左虎衛後協，後改左協。鄭成功平臺，首程從征。十五年四月初六日，與陳澤、陳廣等為水師，擊荷蘭甲(夾)板於臺江。餘俟考。
林　瑞			左衝鎮左協	永曆十五年四月	初任左武衛副領兵。十四年一月管左衝鎮左協。十五年進平臺灣，瑞首程從征。
林進紳			宣毅前鎮副將	永曆十五年四月	永曆十五年八月，荷蘭東印度水師援至，自臺江來犯，鄭成功令宣毅前鎮陳澤等擊之，進紳與其役，荷蘭大敗，進紳戰死。

鍾　宇			不詳	永曆十五年	十六年延平王鄭成功薨，世子經入臺嗣襲；黃昭、蕭拱宸等擁護大理將軍鄭襲，舉兵相抗。宇等反戈迎經，亂事迅平。
朱　堯			戎旗右協	永曆十五年四月	十五年首程從征入臺。八月，荷蘭東印度援師至，自臺江來犯，堯隨陳澤、陳繼美等協力擊退之。
張　在			不詳	永曆十五年四月	十五年以首程從征入臺。
楊　明			副將	永曆十五、六年間	鄭成功未薨，已在臺灣。
李思忠			不詳	永曆十六年十月	永曆十六年十月，鄭經率師渡臺嗣襲，忠率師從。其船飄至臺，因知諸將有謀逃回者，後歸䑸，經悉其情，乃得從容部署。
曹從龍			不詳	永曆十五年四月	鄭成功弟襲心腹部將。成功薨，襲護理招討大將軍印。從龍與同僚蔡雲、季應清、張驥等謀擁護理即真。迨鄭經率衆東渡嗣襲，從龍帶兵往守安平炮臺。經入臺，內難既靖，斬從龍以徇，流其族。
季應清			不詳	永曆十五年四月	鄭襲心腹將。鄭成功薨，襲護理大將軍印，謀即真，應清預其謀。鄭經率師來攻，清在赤嵌一帶監督諸鎮策應。迨敗，經入臺，斬應清，流其族。

張驥			不詳	永曆十五年四月	鄭襲心腹將。成功薨，與同僚共謀擁襲即真。驥遊說諸鎮，密結黃昭、蕭拱宸等為同黨。十六年十月，鄭經將至東寧，驥與黃昭、左協李成埋伏鹿耳門。迨經入臺靖內難，黃昭陣歿，驥與蕭拱宸等俱斬以徇，家屬被流。
李成			後衝鎮左協	永曆十五年四月	隨後衝鎮黃昭從征入臺。鄭成功薨，昭擁其弟護理鄭襲謀即真，拒經於臺灣，命成同張驥督兵鹿耳門。
呂勝			不詳	不詳	鄭氏健將。永曆二十四年三月，以舟山、南日一帶守將阮欽為隱懷貳心。經令左先鋒鎮黃應率勝與藍盛、楊正、柳索等配船往，與欽為協守，且以監工。欽為懼勝勇猛，不敢發，乃密計乘勝不備，集衆圍而刺殺之，往投於清。
藍盛			不詳	不詳	鄭氏健將。永曆二十四年三月，隨左先鋒鎮黃應協守舟山、南日一帶。
柳索			不詳	不詳	鄭氏將。永曆二十四年三月，隨左先鋒鎮黃應自臺灣往鎮舟山、南日一帶。
黃興			不詳	不詳	永曆二十八年三月，三藩事發，鄭經西渡廈門，訓練士卒，修整舟師，密令興與楊信入泉漳招兵為援。
楊信			不詳	不詳	永曆二十八年三月，奉命自廈門往漳州各處招兵為援。

陳文煥			副將	不詳	永曆二十八年，文煥同推官陳克岐奉命報聘吳三桂於湖廣。時鄭經軍事未張，敵軍降將尚鮮延攬，故煥當為東寧舊人，前此固當渡臺。
蔡愷			副將	不詳	永曆三十五年七月，愷與賓客司傅為霖、陳典威等密結通清。事發被斬，眷屬盡流。
蔣毅庵			副總兵	不詳	事蹟未詳，其墓在彰化八卦山。表曰：「龍邑，明顯考副總毅庵公之墓，癸亥季春吉旦，男德英、瓚、瑞立石。」按毅庵當為蔣公之字；龍邑，福建龍溪縣也。癸亥，永曆三十七年。其葬距鄭氏之亡，四月耳。
陳國俊			中提督總理協	不詳	汛澎湖。永曆三十七年六月二十二日，清師再犯澎湖，國俊從諸鎮橫攻死拚於海上，舟覆以殉。
陳士勛			中提督親隨鎮	不詳	永曆三十七年六月二十二日，迎戰清軍於澎湖海，身殉。
陳旭			中提督前鋒協	不詳	永曆三十七年六月十六日，旭從諸鎮迎擊清師於澎海，船為敵將藍理坐駕左邊橫砲擊中，腹裂半邊，赴水殉難。
吳略			中提督領兵協	不詳	永曆三十七年六月二十二日，殉於澎海之役。
吳福			中提督領旗協	不詳	汛澎湖。永曆三十七年六月二十二日，迎擊清師於澎海，船中敵砲而沉，身殉之。

林武			中提督下管理大砲	不詳		守澎湖外塹。永曆三十七年六月，劉國軒敗遁，武與親隨營阮恢等降清。
金榮			中提督中軍	不詳		劉國軒中軍。隨國軒駐赤嵌，軒以為心腹，機密事皆由榮連絡。
王顯			中提督中鎮左營	不詳		汛澎湖貓嶼。永曆三十七年六月，清施琅舟師將至，顯與水師二鎮前鋒李富等禦，寡不敵衆，駕船回娘媽宮報劉國軒。
蔡穆			中提督右鎮右營	不詳		守澎湖外塹。永曆三十七年六月，劉國戰敗回東寧，穆隨協守諸將降清。
林德			中提督左協			永曆三十七年六月二十二日，於澎湖迎擊清軍，陣亡。
徐其昌			後提督領兵中軍	不詳		守澎湖娘媽宮，永曆三十七年六月，劉國軒敗遁，乃隨汛諸將降清。
王受			右提督後鎮左營	不詳		汛澎湖。永曆三十七年六月二十二日，清師再犯，與諸將合艅奮戰，船中砲而沉，遂殉。
張顯			後提督中協鎮	不詳		初汛澎湖東峙。永曆三十七年六月二十二日，澎海大戰，參與其役，船中砲沉，身殉。
曾遂			勇衛前協	不詳		永曆三十七年六月二十二日，澎湖之役，從諸將合擊清兵，船沉身殉。

林　德			勇衛左協	不詳	永曆三十七年六月二十二日，澎海會戰，船中砲而沉，身殉。
陳士勳			勇衛右協	不詳	永曆三十七年六月二十二日，於澎海遊擊清師，陣歿。
黃　德			侍衛中協	不詳	永曆三十七年六月二十二日，於澎海合擊清師，船中砲而沉，身殉。
顏國祥			侍衛後協	不詳	汛澎湖內峙。永曆三十七年六月，劉國軒敗遁，國祥出海降清。
陳　鋒			侍衛左協	不詳	永曆三十六年五月，北路供役苛繁，竹塹、新港等社土番叛。鋒奉命與宣毅前鋒葉明、右武衛左協廖進率兵勦征，諸番不支乞降。
蔡　智			侍衛右協	不詳	汛澎湖。永曆三十七年六月十六日，清施琅來犯，從諸鎮迎擊。琅幾殆，忽智船折頭桅，琅始得脫。二十二日，清師再犯，智復迎擊，船沉身殉。
蔡　添			侍衛驍翊營	不詳	馮錫範心腹。永曆三十五年正月，鄭經薨，錫範與諸公子忌監國世子鄭克𡒉英明無私，密謀害之，藏添於內庭，計賺克𡒉至，添手刃弒之。三十七年六月，與清軍戰於澎湖，敗遁東寧。既而密與清軍諜通，約為內應。
王　鯉			侍衛彈忠營	不詳	守澎湖外塹，永曆三十七年六月，與清師戰於澎海。

李德			管理大砲衛鋒營	不詳	隨戎旗二鎮吳潛協守澎湖西嶼頭。永曆三十七年六月，諸軍潰，潛無船可救援，憤而自刎，德率衆降。
廖進			右武衛左協	不詳	永曆三十六年五月，北路諸番叛。進隨陳鋒、葉明等督軍進剿並招撫。樹栅設圍困之，土番計窮，乞降。進等班師回東寧。
楊忠			右武衛右協	不詳	或嘗渡臺。永曆三十三年四月，往泉州東石南北鹽埕掘鹽。清兵襲之，不及退，投海死。
吳遜			右武衛右協	不詳	汛澎湖。永曆三十七年六月二十二日，邀擊清軍，船中砲而沉，身殉。
吳麟			右武衛隨征二營	不詳	汛澎湖。永曆三十七年六月二十二日，於澎湖迎擊清師，身殉。
楊武			左虎衛旗協	不詳	汛澎湖水安澳。永曆三十七年六月十五日，施琅舟師將至，恐不敵，回將軍澳報劉國軒。
江高			左虎衛領兵副總兵	不詳	汛澎湖外塹。參加三十六月迎擊清師之戰，敗，降清兵。
王一豹			戎旗四鎮親隨一營	不詳	隸董騰，汛澎湖。永曆三十五年清寧海將軍喇哈達，以鄭經新喪，移文臺灣，搖動人心，刻刷運澎，請董騰轉臺灣。騰受之，禮接來使，命一豹款待。八月有惡騰者訐之，鄭克塽著騰回臺。豹懼罪及己，發火藥自焚其船而死。

吳陞			大砲衝鋒營	不詳	守澎湖內塹。永曆三十七年六月，劉國軒敗遁東寧，降清。
徐秋			親隨營將	不詳	守澎湖鐵線尾。永曆三十七年六月二十二日，劉國軒敗遁東寧，與諸嶼汛將降清。
阮恢			親隨營正總班	不詳	汛澎湖外塹。永曆三十七年六月，劉國軒敗遁東寧，降清。
李錫			右先鋒鎮領兵副總兵	不詳	汛澎湖內塹。永曆三十七年六月二十二日，劉國軒敗遁東寧，降清。
莊用			後勳右鎮左營	不詳	永曆三十七年六月二十二日，隨諸鎮於澎海邀擊清師，陣歿。
廖義			後勳右鎮右營	不詳	永曆三十七年六月二十二日，隨諸鎮於澎海合擊清師，船中砲而沉，身殉。
曾勝			果毅中鎮正領兵副將	不詳	守澎湖桶盤嶼。永曆三十七年六月，劉國軒敗遁東寧，降清。
林和			果毅後鎮左營	不詳	守澎湖風櫃尾。永曆三十七年六月，劉國軒敗遁東寧，降清。
洪陞			果毅後鎮領兵	不詳	守澎湖安峙。永曆三十七年六月，劉國軒敗遁東寧，降清。
林光			神威營	不詳	隨吳潛守澎湖西嶼頭。永曆三十七年劉國軒敗，潛欲下救，苦無舟楫，發砲虛作聲勢。及國軒敗歸，潛憤而自殺。光乃與李德降清。

邱膚			果毅左鎮右營	不詳	守澎湖將軍嶼。永曆三十七年六月，劉國軒敗遁東寧，降清。
林新			果毅右鎮左營	不詳	守澎湖內塹。永曆三十七年六月，劉國軒敗遁東寧，降清。
陳勇			折衝左鎮左營	不詳	汛澎湖。永曆三十七年六月十六、二十二日，清軍兩度來犯，勇與諸鎮禁戰，陣亡。
施展			遊兵鎮中軍	不詳	守娘媽宮砲城。永曆三十七年六月，劉國軒敗遁東寧，降清。
周烈			遊兵鎮中營	不詳	守澎湖內峙。永曆三十七年六月，劉國軒敗遁東寧，降清。
劉斌			遊兵鎮右營	不詳	汛娘媽宮砲城。永曆三十七年六月，劉國軒敗遁東寧，降清。
林耀			水師四鎮右營	不詳	汛澎湖。永曆三十七年六月二十二日，清師再犯，從諸將迎擊，死拚，身殉。
李富			水師二鎮先鋒營副將	不詳	汛澎湖。永曆三十七年六月二十二日，於媽宮邀擊清師。死拚，身殉。
張欽			水師二鎮左營副將	不詳	永曆三十七年六月二十二日，於澎湖禦戰清師，陣歿。

許瑞			水師三鎮右營	不詳	汛澎湖。永曆三十七年六月，與諸將合艐迎擊於澎，陣歿。
黃明			副將	不詳	守鷄籠。永曆三十五年八月，病歿汛所。
劉秉忠			副將	不詳	汛守澎湖。永曆三十七年正月，自汛所帶眷口往廈門降清。
姚玉			不明	不詳	永曆三十七年六月，劉國軒自澎湖遁歸東寧。議戰守，建威中鎮黃良驥建議取呂宋，鄭克塽命玉與驥，中提督洪邦柱領前隊為先鋒。後為劉國軒所阻，未果行。
姚富			不明	不詳	汛澎湖。永曆三十七年六月二十四日，自澎湖返東寧。
王隆			不明	不詳	永曆三十七年六月二十二日，清軍再犯澎湖，奮戰禦之。坐駕為清將江新火罐所中，火發死殉。
林欽			不明	不詳	汛澎湖。永曆三十七年六月二十二日，清師再犯澎湖，力戰澎海，陣歿。
蔡明			不明	不詳	永曆三十七年六月二十二日，從諸將於澎海戰清師，中砲，身殉。

林福			中提督坐駕舵公	不詳	勒舵駕舟，載中提督劉國軒自吼門遁東寧。
李瑞			總理官	不詳	永曆三十七年正月，自澎湖奪民船一隻，叛往廈門降清。
黃豹			左虎衛隨征營	不詳	永曆三十七年六月，在澎湖降清。
江篇			左虎衛副將	不詳	永曆三十七年六月，在澎湖降清。
劉隆			遊兵鎮前營副將	不詳	永曆三十七年六月，在澎湖降清。
林好			果毅後鎮右營副將	不詳	永曆三十七年六月，在澎湖降清。
嚴澤			果毅後鎮旗鼓中軍	不詳	永曆三十七年六月，在澎湖降清。
李芳			中提督下副將	不詳	永曆三十七年六月，在澎湖降清。
湯興			中提督前鎮下隨征副將	不詳	永曆三十七年六月，在澎湖降清。

楊傑			果毅中鎮中營副將	不詳	永曆三十七年六月，在澎湖降清。
吳振			果毅中鎮左營副將	不詳	永曆三十七年六月，在澎湖降清。
陳李			果毅中鎮右營副將	不詳	永曆三十七年六月，在澎湖降清。
黃桂			隨征營副將	不詳	永曆三十七年六月，在澎湖降清。
張佐春			前鋒營副將	不詳	永曆三十七年六月，在澎湖降清。
楊彬			前鋒營參將	不詳	永曆三十七年六月，在澎湖降清。
廖冬			果毅後鎮左翼將	不詳	永曆三十七年六月，在澎湖降清。
楊壯			果毅後鎮左營	不詳	永曆三十七年六月，在澎湖降清。
洪存先			壁宿鎮隨征參將	不詳	永曆三十七年六月，在澎湖降清。
王建			候缺親隨營參將	不詳	永曆三十七年六月，在澎湖降清。

鄭　泗			游兵鎮親隨標參將	不詳	永曆三十七年六月，在澎湖降清。
何　正			游兵鎮親隨標參將	不詳	永曆三十七年六月，在澎湖降清。
林　興			正領班參將	不詳	永曆三十七年六月，在澎湖降清。
黃　峨			衝鋒正總班參將	不詳	永曆三十七年六月，在澎湖降清。
呢馬勒士心		滿洲人		永曆十五年四月	永曆十四年五月，率旗兵出漳州襲廈門。鄭成功親率諸軍禦擊之。清軍大敗，呢馬勒士心被俘。頗善弓馬，成功善待之，後隨征澎湖。
石山虎		滿洲人		永曆十五年四月	永曆十四年五月，自漳港出犯廈門被俘。頗善弓馬，成功善待之，後從征臺灣。

註：①本表係根據《臺南市志．人物志》加以修改而成。
②游擊、都司、守備以下，略。

清代巡察臺灣御史人物表

姓名	籍貫	出身與前歷	任期	雜考
吳達禮	正黃旗漢軍人		康熙六十年任，留任一年。	
黃叔璥	順天大興人	己丑進士	康熙六十一年任，留任一年。	有傳(宦績)
禪濟布	滿洲鑲藍旗人		雍正二年任，留任一年。	
丁士一	山東日照人	丙戌進士	雍正二年任。	任滿，轉本省按察使。
景考祥	河南汲縣人	癸巳進士	雍正三年任。	字倬雲，號恬村。在差改補吏科，轉本省鹽運使。著有：《恬村吟》、《燕臺小草》、《視臺集》、《雙椿草堂集》。
汪繼熼	浙江秀水人	戊子舉人	雍正四年任。	在臺改補吏科，未滿，丁艱去。
索琳	滿洲鑲紅旗		雍正四年任，留任一年。	光緒《臺灣通志》作「鑲紅旗漢軍人」。

尹泰	雲南蒙自人	庚午解元		
赫碩色	滿洲正紅旗人	舉人	雍正六年任，留任一年。	光緒《臺灣通志》作「正漢軍舉人」。
夏之芳	江南高郵人	雍正癸卯(元年)進士	雍正六年任，留任一年。	有傳(宦績)
奚德慎	滿洲正紅旗人		雍正八年任，留任一年。	《續修臺灣府縣志》《戊編》俱作「希德慎」。
李元直	山東高密人	癸巳進士	雍正八年任。	有傳(宦績)
高山	山東歷城人	癸卯進士	雍正九年任，留任一年。	
覺羅栢脩	滿洲鑲紅旗人		雍正十年任，留任一年。	有傳(宦績)
林天木	廣東潮陽人	雍正癸卯(元年)進士。	雍正十一年任。	有傳(宦績)
圖爾泰	滿洲正黃旗人		雍正十二年任。	
嚴瑞龍	四川閬中人	康熙戊戌進士	雍正十三年任。	任內躬往軍前，勦撫「加志悶」兇番。後擢湖南按察使。

白起圖	滿洲正藍旗人		乾隆元年任，三年三月二十一日卸。	
單德謨	山東高密人	丁未進士	乾隆二年任。	轉江南鹽運道。
諾穆布	滿洲正藍旗人	丁酉舉人	乾隆三年三月二十一日到任，五年三月二十一日差滿。	五年閏六月初七日，在歸途病故。
楊二酉	山西太原人	癸丑進士	乾隆四年四月十五日到任，六年三月十五日差滿。	有傳(宦績)
舒輅	滿洲正白旗人		乾隆五年三月廿五日到任，七年二月二十五日差滿。	七年十一月補授西安糧道。
張湄	浙江錢塘人	癸丑進士	乾隆六年四月十二日到任，八年四月十二日差滿。	八年十月二十五日聞訃丁憂。有傳。
書山	滿洲鑲黃旗人	刑科給事中	乾隆七年四月初八日到任，九年三月初八日差滿。	陞吏科掌印給事中。十一年五月補授太僕寺卿。《戊編》七五葉：五年三月二十五日親交六十七接任，詩與六十七齊名。
熊學鵬	江西南昌人	庚戌進士	乾隆八年四月十八日到任，十年三月十八日差滿。	九年六月陞太常寺少卿。

六十七	滿洲鑲紅旗人	內閣中書，刑部主事，禮部員外郎，户部給事中。	乾隆九年三月二十五日到任，十一年三月二十五日差滿，留任二年。	因故革職。與范咸修《臺灣府志》，著有《臺海採風圖考》、《番社採風圖考》。
范一咸	浙江仁和人	雍正癸卯進士。	乾隆十年四月初六日到任，十二年三月初六日差滿。	因故革職，任內與六十七合修《臺灣府志》。
伊靈阿	滿洲鑲藍旗人		乾隆十二年任，留任一年。	
白瀛	山西興縣人	丁巳進士，陝西道監察御史。	乾隆十三年任。	
書昌	滿洲正黃旗人	甲辰舉人。	乾隆十四年任，留任一年。	陞少詹。
楊開鼎	江南甘泉人	己未進士，河南道監察御史。	乾隆十四年任，十五年以憂去職。	
立柱	滿洲鑲紅旗人	户科掌印給事中。	乾隆十六年，十七年奉文，不必留駐。	

錢琦	浙江錢塘人	乾隆丁巳進士，河南道監察御史。	十六年任，十七年奉文，御史三年巡視一次，不必留駐。	乾隆十七年奉文：「提督學政關防交臺灣道兼理」。
官保	滿洲人	刑科給事中。	乾隆二十一年四月抵臺，九月回京。	
李友棠	江西臨川人	刑科掌印給事中。	乾隆二十一年四月抵臺，九月回京。	字西華，號適園，工詩。
宗室實麟	滿洲正白旗人	兵科給事中。	乾隆二十五年二月抵臺，五月回京。	
湯世昌	浙江仁和人	辛未進士，工科給事中。	乾隆二十五年二月抵臺，五月回京。	
永泰	滿洲人	給事中。	乾隆二十八年十月抵臺，二十九年五月回京。	
李宜青	江西寧都人	丙辰進士，監察御史。	乾隆二十八年十月抵臺，二十九年五月回京。	
明善	滿洲鑲藍旗人		乾隆三十二年巡視。	

朱　丕　烈	浙江海鹽人	戊辰進士。	乾隆三十二年巡視。	
喀爾崇義	滿洲人	給事中。	乾隆三十六年巡視。	
王　顯　曾	江南華亭人	庚辰進士，部科給事中。	乾隆三十六年巡視。	
覺羅圖思義	滿洲人	福建道監察御史。	乾隆四十二年巡視。	
孟　　　邵	四川中江縣人	庚辰進士，貴州道監察御史。	乾隆四十二年巡視。	
塞　　　岱	滿洲人	部科給事中。	乾隆四十六年巡視。	
雷　　　輪	四川井研人	乾隆己丑進士，部科給事中。	乾隆四十六年巡視。	

清代分巡臺澎兵備道（臺廈道附）人物表

姓名	籍貫	出身與前歷	任期	雜考
周昌	奉天	進士	康熙二十三年任，二十五年解任。	
王效宗	正白旗漢軍		康熙二十六年任。	
高拱乾	陝西榆林衛	廕生	康熙三十一年任。	秩滿，陞浙江按察使。有傳(宦績)
常光裕	浙江		康熙三十六年任。	
王之麟	鑲黃旗	貢生	康熙三十八年—四十三年。	調補湖北糧道。
王敏政	正黃旗		康熙四十四年任。	有傳(宦績)
陳璸	廣東海康	甲戌進士，古田臺灣令四川督學。	康熙四十五—五十四年。	有傳(宦績)

梁文科	正白旗	舉人	康熙五十四—五十七年。	陞廣東按察使。
梁文煊	正白旗漢軍	監生	康熙五十七—六十年。	朱一貴之變，被議。
陶範	江南吳縣		康熙五十九年。	
陳大輦	湖廣江夏	進士	康熙六十一年—雍正二年。	有傳(宦績)
吳昌祚	正白旗漢軍	監生	雍正二年—六年。	陞山東按察使。
孫國璽	正白旗	進士	雍正六年—七年	調本省鹽驛道。
劉藩長	山西洪桐	貢生	雍正七年—九年	丁憂，尋陞福建按察使。
倪象愷	四川榮縣	舉人，台灣知府。	雍正八年—十年。	有傳(宦績)
張嗣昌	山西浮山	貢生，漳州府知府。	雍正十年十一月十八日任，十三年十月十八日俸滿。	調補四川鹽驛道，歷任福建按察使、布政使。福建總督郝玉麟奏：張嗣昌為人謹慎和平，才具練達。治漳時，化導有力，曾經卓異。
尹士良	山東濟寧州	監生，淡水同知，臺灣知府。	雍正十三年。	調補湖北鄖襄道。

鄂　善	滿洲正藍旗	監生	乾隆四年—五年。	調補福建延建邵道。
劉良璧	湖南衡陽	雍正朝甲辰進士，臺灣知府	乾隆五年。	乾隆三年知臺灣府事，任內修《臺灣府志》。後轉福建糧驛道，卒於家。
莊　年	江南長州縣	由監生保舉	乾隆八年七月。	乾隆六年授淡水同知，調補建寧府知府。
書　成	滿洲鑲黃旗	監生	乾隆十三—十四年。	有傳（宦績）
金　溶	順天大興	雍正庚戌進士	乾隆十五年	十五年七月兼攝府篆，丁母憂去。後擢陝西按察使，布政使。四十二年，卒。
托穆齊圖	蒙古鑲藍旗		乾隆十七年任。	始兼提督學政。
德　文	滿洲正白旗	刑部筆帖式	乾隆二十年十月	
楊景素	江蘇	監生	乾隆二十三年四月	
覺羅四明	滿洲正藍旗	內閣中書	乾隆二十六年四月	
余文儀	浙江諸暨	丁巳進士，臺灣知府。	乾隆二十九年八月—十一月。	有傳（宦績）

蔣允焄	貴州貴陽	丁巳進士，臺灣知府。	乾隆廿九年十二月－三十年四月護任；三十四年二月－三十六年再任。	三十六年改海防汀漳道，四十年遷按察使。臺南流傳故事甚多。
奇寵格	滿洲鑲白旗	丙午舉人	乾隆三十年四月－三十一年六月，三十六年復任三年，俸滿。	有傳(宦績)
張珽	陝西涇陽人	戊午舉人	乾隆三十一年十月。	有傳(宦績)
碩善	滿洲鑲藍旗	由筆帖式陞工部郎中。	乾隆三十九年四月。	
馮廷丞	山西代州	壬申舉人，由廕生累陞刑部郎中。	乾隆四十年六月。	陞江西按察使。
蔣元樞	江蘇常熟	乾隆己卯舉人	乾隆四十一年十二月以知府護任。	任內重建木城，創增砲台，設澎湖西嶼燈台，護理學政，建樹甚多。
張棟	陝西三原	例貢生	乾隆四十二年十二月護任。	
俞成	浙江臨安	乙丑進士	乾隆四十五年五月任。	四十六年十一月以書役橫行，朋比為奸，成漫無覺察，革職。

蘇泰	江蘇元和	例貢生	乾隆四十六年十二月以知府護任。	
穆和蘭	滿洲正黃旗	丁卯舉人	乾隆四十七年二月任。	有傳(宦績)
楊廷樺	順天大興	丁丑進士	乾隆四十七年十一月。	陞山東按察使。
孫景燧	浙江海鹽	辛丑進士	乾隆四十九年正月以知府護任。	
永福	滿洲正黃旗		乾隆四十九年二月－五十三年三月。	
黃鍾傑	雲南昆明	乙酉拔貢	乾隆五十三年任。	有傳(宦績)
張鴻年				乾隆五十二年林爽文變起，為砲所擊，墜馬死。
楊廷理	廣西馬平	丁酉拔貢，臺灣知府。	乾隆五十三年三月護任，五十六年五月署，六月實陞。	有傳(宦績)
劉大懿	山西洪洞	丁酉舉人，輸餉議叙任刑部員外	乾隆六十年七月任，八月加按察使銜。	移甘肅甘涼道、甘肅、福建、山東按察使，署山東布政使，刑部奉天司員外部，總辦秋審，充寶源局監督，誥授通義大夫。子師陸，南澳

		郎，陞郎中，福建鹽道。		海防同知。
季學錦	江蘇昭文	己丑翰林，福建鹽道。	嘉慶二年二月—三年十二月。	卒於官。
遇昌	滿洲鑲白旗	生員，臺灣知府。	嘉慶三年十二月護任，四年三月陞任，八月加按察使銜，七年五月回任，十年八月卸。	陞江都按察使。
慶保	滿洲鑲黃旗		嘉慶六年三月署任，十年十月任，十一年三月加按察使銜。	七年五月回泉州府任，禦海寇蔡牽功，十二年陞福建按察使，後官至閩浙總督。能詩。任中署知府。
清華	滿洲鑲紅旗	官學生，臺灣海防同知，汀漳龍道。	嘉慶十二年七月任。	嘗署臺灣知府。
張志緒	浙江餘姚	乙卯進士	嘉慶十三年。	
糜奇瑜			嘉慶十七年任，二十年卸。	陞福建按察使。

汪　楠	安徽旌德	監生，平潭同知署龍岩知州，臺灣知府。	嘉慶二十三年	以疾卒於官。
葉世倬			嘉慶二十五年。	陞福建巡撫。
胡承珙			道光元年。	遷延建邵道。
孔昭虔	山東曲阜	嘉慶辛酉進士。	道光四年。	陞陝西按察使。
劉重麟	陝西朝邑	貢生，江西督糧道。	道光七年。	
平　慶			道光十年。	十三年張丙叛案，有虧職守，革職。官聲尚好，以六部主事用。
劉鴻翱			道光十三年。	
周　凱	浙江富陽	辛未進士	道光十七年。	有傳(宦績)
沈汝翰			道光十七年。	
姚　瑩	安徽相城	嘉慶戊辰進士。	道光十八年。	有傳(宦績)

姓名	籍貫	出身	任期	備註
熊一本	安徽六安州	嘉慶甲辰進士，臺灣知府。	道光二十三年任，二十七年十二月再任。	
仝卜年	山西平陸	嘉慶辛未進士	道光二十七年九月任，十二月卸。	有傳(宦績)
徐宗幹	江蘇通州	嘉慶庚辰進士	道光二十八年四月。	咸豐四年陞福建按察使。同治元年福建巡撫，著有《斯未信齋文集》。
裕鐸	滿洲鑲藍旗	工部筆帖式	咸豐四年四月初八日	
孔昭慈	山東曲阜	道光癸未進士	咸豐八年三月	字雲鶴，嘗任知府，同治元年，戴潮春變，陷彰化，自殺。
洪毓琛	山東清源	道光辛未進士，臺灣知府。	同治元年三月	為政慈惠，有「洪菩薩」之稱。二年六月卒於任，建有專祠。
陳懋烈	湖北蘄州	道光甲午舉人	同治二年六月任。	
丁曰健	安徽懷寧	道光乙未舉人，淡水同知。	同治二年十二月再任。	戴潮春亂平臺有功。因詆林文察搆怨。輯《治臺灣必告錄》八卷。
吳大廷	湖南沅陵	咸豐乙卯順天舉人	同治五年十月任。	任內興學校，修武備，飭吏治，睦官僚；政績頗著。

姓名	籍貫	出身	任職	備註
梁元桂	廣東恩平	咸豐二年進士	同治七年二月任。	
黎兆棠	廣東順德	咸豐癸未進士	同治八年九月任。	字召民。
定保	滿洲正藍旗	咸豐己未進士	同治十年四月任。	
周懋琦	安徽績溪	學事主事，臺灣府知府。	同治十一年七月至十一月任，光緒三年六月再任。	
潘駿章	安徽涇縣	監生	同治十一年十一月	
夏獻綸	江西新建	監生，例貢	同治十二年二月	五年病故任所。
張夢元	直隸天津	咸豐辛亥順天舉人	光緒五年七月任。	
劉璈	湖南臨湘	附生	光緒七年八月任。	有傳(宦績)
陳鳴志	湖南新寧	同治五年貢生	光緒十一年五月任。	
唐景崧	廣西灌陽	同治乙丑進士	光緒十三年四月任	有傳(宦績)

唐贊袞	湖南善化		光緒十八年以知府署任。	有傳(宦績)
顧肇熙	江南蘇州		光緒十八年五月以後	號緝熙，嘗任職吉林。
陳文騄	順天大興	進士，甲戌翰林，新設臺灣府知府。	光緒十九年	乙未割臺，請假內渡，五月廿五日自安平出發。
賴鶴年				

清代臺灣掛印總兵官人物表

姓名	籍貫	出身	任期	經歷	備註
楊文魁	奉天	正黃旗、參領	康熙二十三年任	陞本旗副都統	周《府志》、劉《府志》作遼東人。
殷化行	陝西西安府咸寧	武進士	康熙二十七年任	調湖廣襄陽鎮	蔣《通志》作殷化行。
穆維雍	奉天錦縣	鑲黃旗參領	康熙三十四年任	就任不久，同年擢入典禁軍。	周《府志》、劉《府志》作遼東人。
王國興	甘肅寧夏	行伍	康熙三十四年任		
王萬揮	陝西會寧	行伍	康熙三十六年任	陞本省陸路提督	蔣《通志》、周《府志》作王萬祥。
張玉麟	陝西榆林衛	世襲阿達哈哈番	康熙三十七年任	前任浙江温州鎮總兵官，秩滿，改調福寧鎮。	
李友臣	陝西安定	行伍	康熙四十一年任	前任福寧鎮總兵官，後調漳州鎮。	

王傑	遼東直隸易州	正白旗廕生	康熙四十四年任	卒於官。	
王元	福建晉江	行伍	康熙四十六年任	由汀州鎮總兵調補。卒於官。	
崔相國	河南汝寧府	行伍	康熙四十七年任		
姚堂	山東人，福建籍		康熙五十一年任	陞廣東提督。	號肯菴。
歐陽凱	福建漳浦		康熙五十七年至六十年	功加左都督，朱一貴之亂殉難。	有傳(殉國)
陳策	福建泉州		康熙六十年任	卒於官。	有傳(武功)
藍廷珍	漳浦	行伍	康熙六十年任	陞本省水師提督。	有傳(武功)
馬俊才				康熙六十年勦捕朱一貴，在南路春牛埔力戰墜馬被殺，贈太子太保，謚忠烈。	
林亮	福建漳浦	行伍	雍正二年任	調任浙江定海鎮。	
陳倫炯	福建同安	廕生，侍衛臺灣協副將	雍正四年任	雍正六年調廣東瓊州鎮。	

王郡	陝西乾州	行伍	雍正六年任	陞閩省水師提督。	
呂瑞麟	福建莆田	行伍	雍正九年任	雍正十一年調金門鎮。	
蘇明良	福建海澄	行伍	雍正十一年任	以征臺立功累績，初掛印，陞本省陸路提督。	
馬驥	甘肅寧夏	行伍	乾隆元年任	臺灣北路副將，海壇總兵，由臺灣調福寧鎮汀州鎮總兵。	
章隆	福建福州	行伍，澄湖副將，福寧鎮總兵。	乾隆三年任	乾隆五年調廣東左翼鎮。	
何勉	福建福州	行伍	乾隆五年任		始築大營盤城，以資捍禦。
張天駿	浙江杭州	行政	乾隆八年五月任	陞本省水師提督。	
施必功	福建	鑾儀衛	乾隆十一年五月以臺協副將署	陞江南狼山總兵官。誥授振威將軍，晉授榮祿大夫。	字朝采，號實甫。康熙辛未生，乾隆癸酉卒。
陳汝鍵	福建龍溪	藍翎尉衛，世襲騎都尉	乾隆十一年七月任		

蕭　瑔	四川閬中	武進士	乾隆十二年十二月任	卒於官。	
朱光正	瑞安	行伍	乾隆十三年七月署		
馬龍圖		興化協副將	乾隆十三年閏七月署		
薛　瑺	高密	世襲	乾隆十三年十月任	卒於官。	
沈廷耀	福建詔安	行伍，臺協副將。	乾隆十四年六月署		
李有用	四川	行伍	乾隆十四年十一月任	十五年赴浙江迎駕，十六年四月回任，尋升水師提督。	
林君陞	福建同安	行伍	乾隆十五年十月任	陞水師提督。	
馬負書	漢軍鑲黃旗	武狀元	乾隆十六年十一月任	陞福建水師提督。	
陳林每	莆田籍福建臺灣人	行伍，臺協左營遊擊	乾隆十七年二月任		
馬大用	懷寧	武進士	乾隆十八年七月任	陞水師提督。	蔣《通志》作「馬負大用」四字名。

馬龍圖	潮陽	行伍	乾隆二十一年七月任	陞水師提督。	蔣《通志》作「馬負圖」。
林洛	福建晉江	行伍	乾隆二十四年八月任		
甘國寶	吉田	武進士	乾隆廿五年正月任，乾隆廿六年三月卸，乾隆卅一年十一月再任	陞水師提督。	
斐鏡		臺協副將	乾隆廿六年三月署		
游金輅	湖南辰溪	行伍	乾隆廿六年四月任		
楊瑞	廣東潮州	行伍	乾隆二十九年二月任		
王巍	江南亳州		乾隆三十二年十二月任	次年晉京仍回本任，後以黃教之亂事，去職。	
龔宣		澎協副將	乾隆三十三年三月署		
葉相德	浙江歸安	武進士	乾隆三十四年正月任	調赴雲南征剿。	

戴廷棟	貴州	功加	乾隆三十四年四月署		
章紳	直隸天津	武進士	乾隆三十四年九月任		蔣《通志》作直隸人，卅五年任。
何思和	福建侯官		乾隆三十七年十二月任	卒於官	
金蟾桂	江南蘇州	武進士，臺協副將。	乾隆三十八年九月署，四十七年九月任。	以議去。	
顏鳴皐	廣東嘉應州	武進士	乾隆三十九年三月任		善行書，在臺灣其遺墨尚多。
董果	直隸	武進士	乾隆四十二年五月任	建寧府總兵。	
張繼勳	羅源	行伍	乾隆四十五年十一月任		
鄭瑞		臺協副將	乾隆四十七年五月署		
孫猛	鑲白旗滿洲人	世襲	乾隆四十七年十二月任	卒於官。	
柴大紀	浙江	武進士	乾隆四十八年九月任	五十一年晉京，仍回本任，後以議去。	

陸廷桂			乾隆五十一年三月任。	尋調回。	
普吉保	正黃旗滿洲人	侍衛	乾隆五十三年二月任	尋調回。	
奎林	鑲黃旗滿洲人	伊犁將軍	乾隆五十三年二月任，五十六年卸。	五十二年陞西藏大臣紅旗都統。	
哈當阿	正黃旗蒙古人	參領，水師提督	乾隆五十六年兼管	嘉慶四年回提督任。	
愛新	正白旗滿洲人	健銳營前鋒	嘉慶四年九月任	軍功加提督都騎尉，世襲，以勞瘁歿滬尾。	《臺灣採訪冊》，都騎尉作雲騎尉。
許松年			護任	愛新泰出征，松年護任。	
武隆阿	正黃旗長白滿洲人		嘉慶十二年，二十二年卸		字駿亭，善草書，在臺灣其遺墨尚多。
張世昌	浙江			嘉慶十二年追剿蔡牽船至黑水洋，陣亡。追封伯爵，謚忠烈。	
音登額	正藍旗滿洲人		嘉慶二十五年任		
觀喜	鑲紅旗滿洲人		道光元年任		《明清史料戊編》：道光三年八月尚在任。

明保	正白旗漢軍		道光四年任		
蔡萬齡	江南上海		道光四年十月任，五、六、七年尚在任。		
趙裕福		副將	道光五年署		
劉廷斌	四川温江		道光七年任	十二年陞任廣東提督。以張丙亂事離職，後被議。	
陳化成			道光九年前署任		
張琴			道光十四、十五年任		
達洪阿			道光十九年任	道光廿一年八月英船犯臺，擊沉其兵船。廿二年，復於澎汀交界欲入口，不得逞，後誘之進土地公港，擊沉其船，擒殺甚衆。賞太子太保。《南京條約》成，受誣，收審。	
葉長春		北路協副將	道光二十五年署任		

武攀鳳			道光二十六年任	後告病。任中諸多廢弛，被參。	
呂恆安			道光廿九、卅年任		
恆裕			咸豐元年四月任		
邵(佚名)			咸豐四年署，六年任		
林向榮	福建同安		咸豐十一年至同治元年任。	戴潮春變，率軍解嘉義圍。進駐斗六門，被圍，援絕，仰藥自殺。子、妻死。	
吳逢源	福建同安	水師提督	同治二年署		
曾玉明	福建晉江	行伍	同治二年任		
曾元福	福建晉江	行伍	同治六年任		
劉明燈			同治七年任		
張(佚名)			光緒二年任		

吳光亮	廣東			光緒元年，在任多年，後嘗再任。		
奇東博						
楊再元				光緒初		
孫（佚名）				光緒十三年前後		
余保元				光緒十八年		
萬道生				光緒十八、十九年		按道生當係萬鎮之字，或非萬鎮。

清代鎮守臺灣水師副總兵人物表

姓名	別名	籍貫	出身	前歷	任期	雜註
林葵		漳浦人			康熙二十三年任	
李日煋		安溪人	武生		康熙二十五年任	陞永州總兵
唐希順		涼州人	行伍		康熙三十一年任	陞貴州總兵
衛聖疇		洪洞人，京衛籍	武舉		康熙三十二年任	
張憲載		臨洮人	行伍		康熙三十六年任	
董大功		奉天人	行伍		康熙四十一年任	
張應金		太原人				
張得功		瑞昌人				

許　雲		海澄人			康熙五十七年任	六十年殉難，有傳。
倪　興		海澄人	行伍		康熙六十年任	
林　亮		漳州人			康熙六十一年任	陞臺鎮總兵。
魏大猷		臺灣縣人，同安籍				
康　陵		福建人				蔣《通志》作「陳陵」。
祁進忠		晉江人	行伍		雍正六年任	卒於官。
陳倫烱		同安人	侍衛		雍正十年七月任	陞江南蘇松鎮，蔣《通志》作「陳倫亮」。
高得志		崇明人	行伍		雍正十二年三月任	乾隆四年二月調閩安副將。
王　清		海陽人	武進士		乾隆四年二月任	六年卒於官。
林榮茂		海澄人	世襲雲騎尉		乾隆六年任	
施必功		泉州人	行伍		乾隆九年四月任	王《臺志》載其後任為林洛，十二年十二月護任。

沈廷耀		詔安人	行伍		乾隆十三年閏七月任	王《臺志》載其前任為林洛，十二年十二月護任，其後任為官玉，十五年七月護任。
張　勇		惠安人	行伍		乾隆十七年二月任	王《臺志》載其前任為官玉，十五年七月護任。
黃　良		龍溪人	行伍		乾隆二十年八月任	
斐　鏡		武陵人	行伍		乾隆二十二年九月任	
陳啟燦		芷江人	行伍		乾隆二十七年四月任	
趙一琴		永嘉人	武舉		乾隆三十一年任	
黃　鳳		潮陽人			乾隆三十五年任	
金蟾桂		浙江人	武進士		乾隆三十八年四月任	
陳宗溥		興化人	世襲			陞廣東左翼鎮。
劉子楨		定海人				
鄭　瑞		新安人			乾隆四十六年任	

丁朝雄		江南人	行伍		乾隆四十九年閏三月任	陞海壇鎮。
孫全謀		龍溪人	行伍		乾隆五十三年四月任	陞浙江蘇松鎮。
陳上高		廣東人	行伍		乾隆五十八年十二月任	陞浙江黃巖鎮。
李　鉷		寧波人	武舉		嘉慶二年十月任	
張見陞		廣東人	行伍		嘉慶六年四月任	陞福寧鎮。
錢萬逵		懷寧人	行伍		嘉慶九年正月任	
邱良功		同安人	行伍		嘉慶十年十一月任	十一年加副將銜。
陳光求		同安人			嘉慶十八年任	

清代澎湖水師副總兵人物表

姓名	別名	籍貫	出身	前歷	任期	雜註
詹六奇		福建海澄縣人	將材		康熙二十六年任	二十八年陞韓南鎮。
張旺		山西老營堡人	外委		康熙二十九年任	三十年陞贛南鎮。
王國興		寧夏左衛人	行伍		康熙三十年任	三十三年陞臺灣鎮。
陳國任		陝西長安縣人	行伍		福州城守副將	康熙三十七年任。
王三元		陝西甘州衛人	行伍		福州將軍中軍副將	康熙三十九年任。
尚宣		直隸騰驤衛人	兵部效營		康熙四十三年任	四十五年改調三屯營副將。
趙呈烜		陝西安定人		投誠	康熙四十五年任	王《臺志》作趙烜。

葉國鼎		福建閩縣人		功加左都督建寧協	康熙四十六年任	
張　進		福建漳州人	行伍	萬安協	康熙五十年任	秩滿，改調福州將軍標副將。
朱　杰		順天人	武舉	福州將軍副將	康熙五十三年任	秩滿，調興化城守副將。
許　雲		海澄縣人		興化城守	康熙五十六年任	五十七年調臺灣水師副將。
藍廷珍		漳浦人		溫州鎮中軍遊擊	康熙五十七年任	是年陞南澳鎮，(有傳)。
羅光前		山西天城衛人		閩浙督標中軍副將	康熙五十八年任	王《臺志》作羅光乾。
戴憲宗		浙江太平衛人				
陳倫炯		同安人			雍正元年任	
董　方		同安金門人			雍正三年任	
呂瑞麟		晉江人	行伍		雍正五年任	

陳　勇		海澄人			雍正六年任	
章　隆		福州人	行伍		雍正十年任	十二年陞福寧鎮總兵。
顧元亮	明甫	廣東番禺人	行伍		雍正十二年任	
李維揚		廣東陽春人	武榜眼		乾隆四年任	同年休致。
高得志		江南崇明人	行伍		乾隆五年任	
楊　瑞		廣東潮州人	行伍		乾隆九年五月任	
邱有章		晉江人	行伍		乾隆十三年任	
林　洛		同安人	行伍		乾隆十七年任	十八年陞浙江温州鎮。
林　貴		晉江人	行伍		乾隆十九年任	二十一年陞浙江温州鎮總兵。
葉相德		浙江歸安人	武進士		乾隆二十二年任	

談　秀		廣東新會人	行伍		乾隆二十五年任	
魏宗聖		浙江温州人	行伍		乾隆二十六年任	
龔　宣		江南通州人	武進士		乾隆二十七年任	
江起蛟		浙江鎮海人	行伍		乾隆二十九年任	卒於官。
許　德	字聿修號懋亭	廣東陽江人	侍衛		乾隆三十一年任	三十三年陞總兵。
顏鳴皋	號丹崖	廣東嘉應州人	武進士		乾隆三十四年任	
周成萬						實任林《澎志》姓名作招成萬。
王元萬						實任林《澎志》姓名作王光韜。

何　俊						實任
葉巨剛						實任
魏大斌						實任
潘　韜						實任
李南馨		同安人				實任 陞金門總兵
魏成名						護理
胡振聲		同安人				護理，後陞總兵，死於海寇蔡牽之亂。
陳光昭						護理
何定江						實任
聶世俊						護理

吳奇貴						實任
張世熊						實任
王得禄						嘉義人，原籍廈門，有傳，實任。
陳景星						護理
蔡安國						實任
劉成魁						實任
李文瀾						護理
陳夢熊						實任
郭繼青						實任
蕭得華		福建海壇人				護理
莊秉元						護理

陳一凱		閩縣人				護理
蕭得華						護理
熊廷揚						實任
陳化成						實任
沈朝冠		紹安人				護理
常遇恩		温州人				實任
沈朝冠						護理
孫得發		侯官人				實任
江鶴						護理 有傳(武功)

楊武鎮		同安金門人				護理
謝建雍						署理
陳景嵐						護理
吳朝祥		同安人				實任
詹功顯		同安人			道光二十年間	實任
林瑞鳳						
郭揚聲		同安金門人	行伍		道光二十五年任	
謝焜		直隸天津人				移任廈門。

王國忠		嘉義人				左營遊擊，咸豐元年十月護理，有傳(殉國)。
邵連科		福州人			咸豐三年五月任	
黃進平				艋舺營參將	咸豐五年六月在台北接署。	
陳國銓		福寧人		左營遊擊	同治元年春護理。	旋赴臺出軍，病故。
劉文珍				右營遊擊	同治三年二月護理。	
張顯貴				南澳左營遊擊	同治五年二月護理	有傳(武功)
吳奇勳						實任
黃錦雲				水師儘先參將	同治八年十二月署理	
吳奇勳					同治九年閏十月回任	以功記名提督，光緒四年十一月陞山東登萊總兵，移鎮海壇。

李定勳		廣東人			光緒五年四月署理	
蘇吉良		同安人			光緒五年十二月接任	
周善初		浙江奉化人			光緒十年正月署理	十一年六月病故。
蘇吉良					光緒十一年任六月回任	十二年四月休致。
陳宗凱		同安人			代理	

清代臺灣進士人物表

姓名	字或號	籍貫	隸屬	年代	榜名	經歷	備註
陳夢球	二受	正白旗	臺灣縣	康熙卅三年甲戌	胡任興榜	翰林院編修。	
王克捷	必昌		諸羅縣	乾隆廿二年乙丑	蔡以臺榜		有傳（學藝）
莊文進			鳳山縣	乾隆卅年丙戌	張書勳榜	福寧教授	或作胡珊榜
鄭用錫	字在中號祉亭	竹塹	淡水廳	道光三年癸未	林召棠榜（或作杜受田榜）	候選知縣	有傳（鄉賢）
曾維楨	雲松	泉州	彰化縣	道光六年丙戌	朱昌頤榜（又作劉有慶榜）	翰林院庶吉士湖南石門知縣	有傳（鄉賢）
黃驤雲	龍光（榜名）	廣東嘉應	淡水廳	道光九年己丑	李振鈞榜（又作劉有慶榜）	工部主事	有傳（鄉賢）
郭望安			嘉義縣	道光十五年乙未	劉澤榜	湖北知縣	

蔡微藩	國瑛		臺灣縣	道光廿一年辛丑			
蔡廷蘭	香祖		澎湖廳	道光廿四年甲辰	孫毓湋榜	江西、峽江、豐城知縣	有傳(學藝)
施瓊芳	名龍文 字見田	臺南	臺灣縣	道光廿五年乙巳	恩科 蕭錦忠榜		有傳(鄉賢)
曾雲鏞			臺灣縣	同治三年			
蔡鴻章			彰化縣	同治七年戊辰	蔡以瑺榜(又作洪鈞榜)		欽賜
楊士芳	蘭如	噶瑪蘭	淡水廳	同治七年戊辰	蔡以瑺榜	浙江知縣 仰山書院山長	有傳(學藝)
鄭廷揚		同安	淡水廳	同治七年戊辰	蔡以瑺榜	翰林院檢討	欽賜
張維垣	字禄興 號景樞	苗栗	臺灣縣	同治十年辛未	李聯珠榜	浙江遂昌縣知縣	
黃裳華			臺灣縣	同治十二年			
蔡德芳			彰化縣	同治十三年甲戌	不明	廣東新興知縣	有傳(鄉賢)
施葆修			彰化縣	同治十三年甲戌	不明	兵部員外郎 寧都州知縣	

陳望曾	字省三 號魯村	臺南		同治十三年甲戌		廣東勸業道	有傳（鄉賢）
丁壽泉			彰化縣	光緒三年丁丑	不明	廣東知縣	
陳錫恩			臺灣縣	光緒三年丁丑	不明		
黃丁瀛			彰化縣	光緒三年丁丑	不明		
施士洁	字應長 號雲舫	臺南		光緒三年丁丑	不明	內閣中書	有傳（學藝）
張覲光		大埔	嘉義縣	光緒六年庚辰	不明	吏部主事	
葉題雁			臺灣縣	光緒六年庚辰	不明		
蔡壽星		晉江	彰化縣	光緒六年庚辰	不明	户部主事	
江昶榮	字樹君 號春舫	嘉應州		光緒九年癸未	寧本瑜榜	四川即用知縣	
林啟東	乙垣		嘉義縣	光緒十二年丙戌	不明	工部主事	
徐德欽	字仞千	鎮平	嘉義縣	光緒十三年丁亥	不明	工部主事	有傳（鄉賢）
丘逢甲	字仲閼 號仙根	鎮平	彰化縣	光緒十五年己丑	許葉棻榜	兵部主事 團練使	有傳（抗日）

黃玉書		彰化縣	臺南府	光緒十六年庚寅	恩科榜不明		
陳登元	字君聘號心齋	桃園	淡水縣	光緒十六年庚寅	恩科榜不明	即用知縣	有傳(鄉賢)
許南英	字蘊白號霽雲		臺南府	光緒十六年庚寅	恩科榜不明	三水、龍溪知縣	有傳(鄉賢)
施之東			彰化縣	光緒十八年壬辰	劉可毅榜		
蕭逢源	字左共號麗村	南安	鳳山縣	光緒十八年壬辰	劉可毅榜	浙江釐金局長會稽縣知縣	
陳濬之	瑞陔	新竹		光緒二十年甲午		五品銜	
黃彥鳴		福建侯官		光緒二十四年戊戌		翰林編修	
汪春源	杏泉	臺南		光緒二十五年		江西省縣令	有傳(鄉賢)
李清奇	石鶴	晉江	彰化縣	光緒		翰林	

清代臺灣武進士人物表

姓名	字或號	籍貫	隸屬	年代	榜名	經歷	備註
阮洪義			臺灣省	康熙卅三年甲戌			聯捷
葉宏楨(宏或作弘)		同安	臺灣縣	康熙四十五年丙戌			聯捷
柯參天		漳浦	鳳山縣	康熙四十八年己丑			
林大瑜(大又作文)		長泰	臺灣縣	康熙五十一年壬辰		守備	聯捷
許瑜			諸羅縣	康熙五十二年癸巳	恩科	延平府遊擊	
范學海			臺灣縣	康熙五十七年戊戌		署遊擊	
蔡莊鷹			鳳山縣	乾隆四年己未		御前正黃旗藍翎侍衛，卒於姑蘇旅邸。	

周士超		永春	淡水廳	乾隆五十八年癸丑		香山副將	
吳安邦			彰化縣	嘉應元年丙辰		閩安副將	聯捷
張建昌			嘉義縣	嘉慶十九年甲戌			
許捷標		同安	臺灣縣	道光六年丙戌			聯捷
吳士邦			臺灣縣	道光二十五年乙巳			

清代臺灣舉人人物表

姓名	字或號	籍貫	隸屬	年代	榜名	經歷	備註
蘇峩		泉州	鳳山縣	康熙二十六年丁卯	蕭宏樑榜(宏又作弘)		
邑星(又作包里煥)			鳳山縣	康熙二十九年庚午	潘金卣榜		
陳夢球		正白旗	臺灣縣	康熙卅二年癸酉	鄭基生榜	甲戌進士	
王璋	昂伯	福建	臺灣縣	康熙卅二年癸酉		宜良知縣，監察御史。	有傳（學藝）
王際慧		福建	鳳山縣	康熙卅五年丙子	余正健榜	龍溪教諭。	
王茂立			臺灣縣	康熙四十四年乙酉	施鴻論榜	龍巖教諭。	
王錫祺		晉江	諸羅縣	康熙五十年辛卯	許斗榜		

楊阿捷		晉江	諸羅縣	康熙五十年辛卯	許斗榜	惠安縣教諭	
楊朝宗			臺灣縣	康熙五十二年癸巳	恩科江日昇榜		
張飛（本姓陳，故又作陳飛）			臺灣縣	康熙五十三年甲午	林廷選榜（又作林登選）		
王世臣（本姓陳）			臺灣縣	雍正元年癸卯	恩科廖學信榜		
莊飛鵬	伯遜	安溪	臺灣縣	雍正四年丙午	吳士拔榜（拔又作板）	浦城教諭	
陳文苑		福建	鳳山縣	雍正七年己酉	陸祖新榜		
廖殿魁		福建	鳳山縣	雍正十年壬子	葉有詞榜		
陳邦傑	俊千		臺灣縣	雍正十三年乙卯	黃元寬榜		
石國球	世鳴		臺灣縣	雍正十三年乙卯	黃元寬榜	海澄縣教諭	
蔡朝英			臺灣縣	乾隆元年丙辰	恩科蔡雲從榜（又作蔡雪從）		

李樹橴（又作滋）	德隅	福建	鳳山縣	乾隆元年丙辰	恩科蔡雲從榜（又作蔡雪從）		
張岳	次山		臺灣縣	乾隆元年內辰	恩科蔡雲從榜（又作蔡雲從）		
王貴			臺灣縣	乾隆元年內辰	恩科蔡雲從榜（又作蔡雲從）		
陳輝	字旭初號明之		臺灣縣	乾隆三年戊午	山科連榜		
王賓	利尚	鳳山縣	臺灣縣	乾隆三年戊午	山科連榜		
陳聯榜（聯又作連）			臺灣縣	乾隆六年辛酉	邱鵬飛榜		
李如松		福建	鳳山縣	乾隆六年辛酉	邱鵬飛榜		
陳連榜			鳳山縣	乾隆九年甲子	朱士琇榜（士又作仕）		
張簡拔		南靖	諸羅縣	乾隆九年甲子	朱士琇榜（士又作仕）		
黃師琬		海澄	彰化縣	乾隆九年甲子	朱士琇榜（士又作仕）		

陳名標	孫榜	福建	臺灣縣	乾隆十二年丁卯	黃元吉榜		
林垂芳	孫梅		臺灣縣	乾隆十二年丁卯	黃元吉榜		
卓肇昌	克思	南安	鳳山縣	乾隆十五年庚午	藍彩琳榜	揀選知縣	
林大鵬		福建	鳳山縣	乾隆十五年庚午	藍彩琳榜		
林昂霄	履尊		臺灣縣	乾隆十七年壬申	恩科 蔡廷芳榜（廷又作庭）	署同知	
唐謙		福建	鳳山縣	乾隆十七年壬申	恩科 蔡廷芳榜（廷又作庭）		
鄭鴻善			臺灣縣	乾隆十七年壬申	恩科 蔡廷芳榜（廷又作庭）		
謝其仁		福建	鳳山縣	乾隆十八年癸酉	駱天衢榜		
王克捷		晉江	諸羅縣	乾隆十八年癸酉	駱天衢榜	丁丑進士	有傳（學藝）

莊文進		福建	鳳山縣	乾隆廿一年丙子	楊鳳騰榜（鳳又作風）	丙戌進士	
穆帝賚			鳳山縣	乾隆廿一年丙子	楊鳳騰榜（鳳又作風）		
楊對時			鳳山縣	乾隆廿四年己卯	孟超然榜		
白紫雲		安溪	彰化縣	乾隆廿四年己卯	孟超然榜		
張源仁		晉江	臺灣縣	乾隆廿五年庚辰	恩科張克綏榜		
吳兆亭			諸羅縣	乾隆廿五年庚辰	恩科張克綏榜		
施廷對（施又作尤）		晉江	鳳山縣	乾隆廿五年庚辰	恩科張克綏榜	平和教諭	
張源德		晉江	臺灣縣	乾隆廿七年壬午	賴濤榜		
蔡霞舉			臺灣縣	乾隆廿七年壬午	賴濤榜		
蔡雷峰			臺灣縣	乾隆廿七年壬午	賴濤榜		

王振聲			臺灣縣	乾隆三十年乙酉	王國鑑榜		
楊道成		福建	鳳山縣	乾隆三十年乙酉	王國鑑榜		
張植發		晉江	諸羅縣	乾隆三十年乙酉	王國鑑榜		
許國財			諸羅縣	乾隆三十年乙酉	王國鑑榜		
許國樑			諸羅縣	乾隆三十年乙酉	王國鑑榜		
許宇博			諸羅縣	乾隆三十年乙酉	王國鑑榜		國財堂弟國樑胞弟
張源俊			臺灣縣	乾隆卅三年戊子	翁雲霖榜（雲又作霈）	松溪訓導	
張植革（又作植發）		晉江	諸羅縣	乾隆卅三年戊子	翁雲霖榜（雲又作霈）	永春州學正	
張源義		晉江	臺灣縣	乾隆卅五年庚寅	恩科鍾大受榜		
周德瀛			臺灣縣	乾隆卅五年庚寅	恩科鍾大受榜		

周朝源			臺灣縣	乾隆卅五年庚寅	恩科 鍾大受榜		
梁舟元				乾隆卅五年庚寅	恩科 鍾大受榜		
許拔萃			諸羅縣	乾隆卅六年辛卯	倪元實榜		
葉期頤		南安	彰化縣	乾隆卅六年辛卯	倪元實務	宣成知州	有傳（鄉賢）
陳作霖			臺灣縣	乾隆卅九年甲午	張舫榜	候補內閣中書	
郭廷機		龍溪	諸羅縣	乾隆卅九年甲午	張舫榜		
劉應熊			臺灣縣	乾隆四十二年丁酉	趙有成榜	屏南縣訓導	
陳栢		晉江	彰化縣	乾隆四十二年丁酉	趙有成榜		
王泰			臺灣縣	乾隆四十四年己亥	恩科 張經邦榜		
尤式鈺		晉江	彰化縣	乾隆四十四年己亥	恩科 張經邦榜		

黃朝輔			臺灣縣	乾隆四十五年庚子	陳後朝榜（朝又作潮、湖）		
曾大源		晉江	彰化縣	乾隆四十五年庚子	陳後朝榜（朝又作潮、湖）	內閣中書	
史錦華			臺灣縣	乾隆四十八年癸卯	張騰蛟榜		
郭旁達			臺灣縣	乾隆四十八年癸卯	張騰蛟榜	福安教諭	
潘振中			臺灣縣	乾隆五十一年丙午	謝淑元榜	加六品銜	
王搢奎			臺灣縣	乾隆五十一年丙午	謝淑元榜		
郭一簪			嘉義縣	乾隆五十一年丙午	謝淑元榜		
童峻德		同安	彰化縣	乾隆五十三年戊申	恩科韓學泰榜（泰又作秦）	日照知縣	
李維梓（本姓石，梓又作捽）			臺灣縣	乾隆五十四年己酉	恩科鄭烱榜	閩縣安溪教諭	

柯梅溪		晉江	嘉義縣	乾隆五十四年己酉	恩科鄭燜榜	密縣知縣	
林毓奇			嘉義縣	乾隆五十七年壬午	吳宏謨榜		
何肇成		詔安	彰化縣	乾隆五十七年壬午	吳宏謨榜		
洪禧			臺灣縣	乾隆五十九年甲寅	恩科楊忠元榜	山西試用知縣	
蔡廷懋			嘉義縣	乾隆五十九年甲寅	恩科楊忠元榜		
鄭錫金（本姓吳，金又作全）			臺灣縣	乾隆六十年乙卯	龔正標榜（標又作調）	雲南麗江知府	
蔡廷烱			嘉義縣	乾隆六十年乙卯	龔正標榜（標又作調）		
郭紹芳			臺灣縣	嘉慶三年戊午	鄭兼才榜		
蔡廷槐			嘉義縣	嘉慶三年戊午	鄭兼才榜		
張文雅			臺灣縣	嘉慶三年戊午	鄭兼才榜		

蔡真英（真又作其）			臺灣縣	嘉慶五年庚申	張光浩榜		
周瓊漿		晉江	彰化縣				
許廷杰		永春	彰化縣	嘉慶六年辛酉	張翹榜	晉江訓導	
劉大業		晉江	彰化縣	嘉慶六年辛酉	張翹榜	福州府教導	
林望恩			臺灣縣	嘉慶九年甲子	林鳳翹榜		欽賜
吳逢春			鳳山縣	嘉慶九年甲子	林鳳翹榜		
王三錫		永春	彰化縣	嘉慶九年甲子	林鳳翹榜	晉江訓導	
陳王輝			臺灣縣	嘉慶十二年丁卯	郭尚先榜（先又作光）		
林煥章		永春	彰化縣	嘉慶十二年丁卯			
鄭捧日		晉江	彰化縣	嘉慶十二年丁卯		大田儒學教諭	
劉鳴皐			臺灣縣	嘉慶十三年戊辰	恩科姚大椿榜	欽賜翰林院檢討	

黃名標		安溪	鳳山縣	嘉慶十三年戊辰	恩科姚大椿榜		
張士鳳			嘉義縣	嘉慶十三年戊辰	恩科姚大椿榜		
林希哲			嘉義縣	嘉慶十三年戊辰	恩科姚大椿榜		
張安邦			嘉義縣	嘉慶十三年戊辰	恩科姚大椿榜		
許捷陞			臺灣縣	嘉慶十五年庚午	羅葉孫榜	試用知縣	
王圭璋(圭又作珪)		同安	彰化縣	嘉慶十五年庚午	羅葉孫榜		
楊啟元		同安	彰化縣	嘉慶十五年庚午	羅葉孫榜		
林謙光(原名謙晉)			臺灣縣	嘉慶十八年癸酉	周濱海榜	署建平知縣	
陳享昌		海澄	鳳山縣	嘉慶十八年癸酉	周濱海榜		欽賜
王克成(原姓蔡)		安溪	彰化縣	嘉慶十八年癸酉	周濱海榜		

李三山			臺灣縣	嘉慶十八年癸酉	周濱海榜		
辛齊光	愧賢	澎湖	臺灣縣	嘉慶十八年癸酉	周濱海榜		
林遜賢（改名世賢，又作廷章）		晉江	彰化縣	嘉慶廿一年丙子	沈捷鋒榜	內閣中書	
曾作霖	雨若	晉江	彰化縣	嘉慶廿一年丙子	沈捷鋒榜	閩清訓導	
林廷章		晉江	彰化縣	嘉慶廿一年丙子	沈捷鋒榜		
辛齊光			澎湖廳	嘉慶廿一年丙子	沈捷鋒榜		欽賜
葉向榮		晉江	彰化縣	嘉慶廿三年戊寅	恩科，葉大章榜		
鄭用錫	在中祉亭	同安	淡水廳	嘉慶廿一年丙子	沈捷鋒榜	癸未進士	有傳（鄉賢）
曾維楨		晉江	彰化縣	嘉慶廿一年丙子	沈捷鋒榜		有傳（鄉賢）
陳泰階			臺灣縣	嘉慶廿四年己卯	魏本唐榜	候選知縣	

姓名	字號	祖籍	籍貫	科年	榜	仕歷	備註
郭成金	甄相貢南	南安	淡水廳	嘉慶廿四年己卯	魏本唐榜	大挑教諭	有傳（學藝）
陳玉珂			臺灣縣	嘉慶廿四年己卯	魏本唐榜		
黃驤雲	龍光	廣東	淡水廳	嘉慶廿四年己卯	魏本唐榜	己酉進士	有傳（鄉賢）
林大元			臺灣縣	道光元年辛巳	林文斗榜（斗又作手）		
韓治			臺灣縣	道光元年辛巳	林文斗榜（斗又作手）		
林西園		嘉義	嘉義縣	道光元年辛巳	林文斗榜（斗又作手）	龍溪附生	
柯琮璜		晉江	彰化縣	道光元年辛巳	林文斗榜（斗又作手）		
林長青	子鶴放亭	漳浦	淡水廳	道光元年辛巳	林文斗榜（斗又作手）		
吳景中			臺灣縣	道光二年壬午	李嘉輝榜（嘉又作家）		
李青蓮			臺灣縣	道光二年壬午	李嘉輝榜（嘉又作家）		

洪天衢		晉江	彰化縣	道光二年壬午	李嘉輝榜（嘉又作家）		
林大均			臺灣縣	道光初年			
鄭應元			臺灣縣	道光五年乙酉	林揚祖榜		
王朝綱			嘉義縣	道光五年乙酉	林揚祖榜	刑部直隸司員外郎	
陳維藻	鳳阿	同安	淡水廳	道光五年乙酉	林揚祖榜		
鄭朝蘭			臺灣縣	道光八年戊子	郭禮圖榜		
王瓊珮			臺灣縣	道光八年戊子	郭禮圖榜		
謝天申		廣東	鳳山縣	道光八年戊子	郭禮圖榜		
謝有祥		晉江	彰化縣	道光八年戊子	郭禮圖榜		
曾偉中			鳳山縣	道光十一年辛卯	張濟清榜（清又作標）		

吳春輝	名梅		臺灣縣	道光十一年辛卯	張濟清榜（清又作標）		
丁捷三		晉江	嘉義縣	道光十一年辛卯	張濟清榜（清又作標）		
陳尚忠			嘉義縣	道光十一年辛卯	張濟清榜（清又作標）		
梁渏時（渏又作濟）		南安	彰化縣	道光十一年辛卯	張濟清榜（清又作標）		
鍾桂齡		廣東	鳳山縣	道光十二年壬辰	恩科 吳景禧榜		
王滋培		同安	彰化縣	道光十二年壬辰	恩科 吳景禧榜		
郭望安			嘉義縣	道光十二年壬辰	恩科 吳景禧榜		
劉獻廷		平遠	淡水廳	道光十四年甲午	林廷棋榜		
林巽中			臺灣縣	道光十四年甲午	林廷棋榜		
劉拔元			嘉義縣	道光十四年甲午	林廷棋榜		

沈鳴岐			嘉義縣	道光十四年甲午	林廷棋榜		
張振南		漳浦	鳳山縣	道光十五年乙未	恩科曾慶嵩榜		欽賜
陳松齡			臺灣縣	道光十五年乙未	恩科曾慶嵩榜		
黃景琳			臺灣縣	道光十五年乙未	恩科曾慶嵩榜	候補知府	
吳銘鍾（鍾又作仲）		嘉應	淡水廳	道光十五年乙未	恩科曾慶嵩榜		
李樹澤			臺灣縣	道光十五年乙未	恩科曾慶嵩榜		
楊緝光		廣東	鳳山縣	道光十七年丁酉	劉志忠榜（忠又作博）		
蔡廷蘭			澎湖廳	道光十七年丁酉	劉志忠榜（忠又作博）		有傳（學藝）
施錫文			臺灣縣	道光十七年丁酉	劉志忠榜（忠又作博）		
沈廷載			嘉義縣	道光十七年丁酉	劉志忠榜（忠又作博）		

楊占鰲		平和	臺灣縣	道光十九年己亥	恩科葉修昌榜		
馮謙光			臺灣縣	道光十九年己亥	恩科葉修昌榜		
陳學先（先又作光）		嘉應	淡水廳	道光十九年己亥	恩科葉修昌榜		
柯為基			臺灣縣	道光十九年己亥	恩科葉修昌榜		
江中安		平和	臺灣縣	道光二十年庚子	恩科沈劍波榜		
陳德言			嘉義縣	道光二十年庚子	恩科沈劍波榜		
黃纘緒	龍芸		淡水廳	道光二十年庚子	恩科沈劍波榜		
劉翰（榜名順）		平遠	淡水廳	道光二十年庚子	恩科沈劍波榜		
邱位南		南靖	臺灣縣	道光廿三年癸卯	曾照榜	大挑知縣	
王晨嘉			臺灣縣	道光廿三年癸卯	曾照榜		

利鵬程		鎮平	鳳山縣	道光廿三年癸卯	曾照榜		
石耀宗			臺灣縣	道光廿三年癸卯	曾照榜		
李聯棻（棻又作芬）		晉江	淡水廳	道光廿三年癸卯	曾照榜		
詹道新			臺灣府	道光廿四年甲辰	恩科葉畊心榜		
陳宗璜			臺灣府	道光廿四年甲辰	恩科葉畊心榜		
鍾洪誥		廣東	鳳山縣	道光廿四年甲辰	恩科葉畊心榜		
吳敦德（後改名敦禮）			臺灣府	道光廿四年甲辰	恩科葉畊心榜		
陳采潢		同安	彰化縣	道光廿六年丙午	黃維岳榜	內閣中書	
施大猷			嘉義縣	道光廿六年丙午	黃維岳榜		
許超英		同安	淡水廳	道光廿六年丙午	黃維岳榜	候選教諭	

黃延祐		廣東	淡水廳	道光廿六年丙午	黃維岳榜	候選教諭	黃驤雲子
鄭如松	字友生號蔭坡	同安	淡水廳	道光廿六年丙午	黃維岳榜	候選員外郎	
施啟東		晉江	彰化縣	道光廿九年己酉	盧紉芳榜（紉又作紐）		
吳尚震			臺灣府	道光廿九年己酉	盧紉芳榜（紉又作紐）		
陳雲史		廣東	淡水廳	道光廿九年己酉	盧紉芳榜（紉又作紐）	晉江學教諭	
陳光昌			彰化縣	道光廿九年己酉	盧紉芳榜（紉又作紐）		
蔡鳴猷		晉江	臺灣縣	咸豐元年辛亥	恩科孟曾穀榜		
徐煥梯		廣東	鳳山縣	咸豐元年辛亥	恩科孟曾穀榜		
陳尚恭			嘉義縣	咸豐元年辛亥	恩科孟曾穀榜		
王獻瑤			嘉義縣	咸豐元年辛亥	恩科孟曾穀榜		

李春華	正芳	噶瑪蘭	淡水廳	咸豐元年辛亥	恩科孟曾穀榜		
王藩			臺灣縣	咸豐年間			
張維楨		廣東	鳳山縣	咸豐二年壬子	陳翔墀榜		
王明模			臺灣縣	咸豐二年壬子	陳翔墀榜		
劉達元			嘉義縣	咸豐二年壬子	陳翔墀榜		
鄭步蟾			澎湖廳	咸豐二年壬子	陳翔墀榜		
蔡啟華		晉江	彰化縣	咸豐五年乙卯	劉懿璜榜	大挑知縣	
黃廷祚		廣東	淡水廳	咸豐五年乙卯	劉懿璜榜	晉江教諭	黃驤雲子
林鳳池		龍溪	彰化縣	咸豐五年乙卯	劉懿璜榜	內閣中書	
陳霞林	洞漁	同安	淡水廳	咸豐五年乙卯	劉懿璜榜	候選知府	有傳（鄉賢）

姓名	字號	祖籍	籍貫	科年	榜	官職	備註
黃玉柱	字筍山	竹塹	淡水廳	咸豐五年乙卯	劉懿璜榜	廣西思恩知州	
黃花節			淡水廳	咸豐五年乙卯	劉懿璜榜		欽賜
余春錦		廣東	鳳山縣	咸豐九年己未	恩科補行戊午正科周慶豐榜		
吳尚霑			臺灣縣	咸豐九年己未	恩科補行戊午正科周慶豐榜		
蔡德芳		晉江	彰化縣	咸豐九年己未	恩科補行戊午正科周慶豐榜		有傳（鄉賢）
陳有容			臺灣縣	咸豐九年己未	恩科補行戊午正科周慶豐榜		
黃煥奎		晉江	彰化縣	咸豐九年己未	恩科補行戊午正科周慶豐榜	臺北府教諭	
韋國琛			嘉義縣	咸豐九年己未	恩科補行戊午正科周慶豐榜		

陳肇興	伯康	平和	彰化縣	咸豐九年己未	恩科補行戊午正科周慶豐榜		有傳（鄉賢）
李望洋		噶瑪蘭	淡水廳	咸豐九年己未	恩科補行戊午正科周慶豐榜		有傳（鄉賢）
簡化成		漳州	淡水廳	咸豐九年己未	恩科補行戊午正科周慶豐榜		
陳培松			彰化縣	咸豐九年己未	恩科補行戊午正科周慶豐榜		
李文元		安溪	彰化縣	咸豐九年己未	恩科補行戊午正科周慶豐榜		
陳維英	迂谷		彰化縣	咸豐九年己未	恩科補行戊午正科周慶豐榜	內閣中書	有傳（學藝）
陳謙光		廣東	彰化縣	咸豐九年己未	恩科補行戊午正科周慶豐榜		

李春波		噶瑪蘭	彰化縣	咸豐九年己未	恩科補行戊午正科周慶豐榜		
林國芳		龍溪	彰化縣	咸豐九年己未	恩科補行戊午正科周慶豐榜	候選道，戴花翎運使銜，通奉大夫。	欽賜有傳（鄉賢）
林維讓	巽甫	龍溪	彰化縣	咸豐九年己未	恩科補行戊午正科周慶豐榜	候選知府	欽賜有傳（鄉賢）
林維源	時甫	龍溪	彰化縣	咸豐九年己未	恩科補行戊午正科周慶豐榜	戴花翎道銜，太僕寺正卿侍郎銜	欽賜，國芳子，有傳（鄉賢）
吳壽祺		福建	鳳山縣	同治元年壬戌	恩科補行辛酉正科王彬榜		
葉在甲（本名宏慶）	字先庚號壽堂		臺灣府	同治元年壬戌	恩科補行辛酉正科王彬榜		
廖宗英		晉江	彰化縣	同治元年壬戌	恩科補行辛酉正科王彬榜		

姓名		籍貫	縣廳	年份	科別		備註
曾雲鏞			臺灣縣	同治元年壬戌	恩科補行辛酉正科王彬榜		
蔡鴻章		晉江	彰化縣	同治元年壬戌	恩科補行辛酉正科王彬榜		
林步瀛			淡水廳	同治元年壬戌	恩科補行辛酉正科王彬榜		
王藩			嘉義縣	同治元年壬戌	恩科補行辛酉正科王彬榜		
羅萬史		廣東	淡水廳	同治元年壬戌	恩科補行辛酉正科王彬榜		
楊士芳			淡水廳	同治元年壬戌	恩科補行辛酉正科王彬榜		有傳（學藝）
蔡景雲			臺灣縣	同治元年壬戌	恩科補行辛酉正科王彬榜		

姓名							
黃登瀛			嘉義縣	同治元年壬戌	恩科補行辛酉正科王彬榜		
蔡丕基		同安	彰化縣	同治元年壬戌	恩科補行辛酉正科王彬榜		
陳澄清		同安	彰化縣	同治元年壬戌	恩科補行辛酉正科王彬榜		
蕭國香		廣東	彰化縣	同治元年壬戌	恩科補行辛酉正科王彬榜		
高登瀛				同治三年甲子	不明	丁丑進士	
李騰芳		漳州	淡水廳	同治四年乙丑	恩科補行甲子正科郭尚品榜		
曾雲登			臺灣縣	同治四年乙丑	恩科補行甲子正科郭尚品榜		

吳子光	子芸閣	嘉應	淡水廳	同治四年乙丑	恩科補行甲子正科郭尚品榜		有傳（學藝）
曾雲書			嘉義縣	同治四年乙丑	恩科補行甲子正科郭尚品榜		
陳慶勳		同安	淡水廳	同治四年乙丑	恩科補行甲子正科郭尚品榜		
蘇袞榮	子褒	晉江	淡水廳	同治四年乙丑	恩科補行甲子正科郭尚品榜	候選內閣中書	有傳（鄉賢）
張書紳	字子訓號平崖	同安	淡水廳	同治四年乙丑	恩科補行甲子正科郭尚品榜	候選訓導	有傳（學藝）
鄭廷楊（楊又作揚）			淡水廳	同治四年乙丑	恩科補行甲子正科郭尚品榜	進士	欽賜
張維垣		廣東	鳳山縣	同治六年丁卯	王贊元榜	辛未進士	張維楨弟
陳超群			臺灣縣	同治六年丁卯	王贊元榜		

詹正南		安溪	淡水廳	同治六年丁卯	王贊元榜		
郭黃槐			嘉義縣	同治六年丁卯	王贊元榜		
何清霖		惠安	淡水廳	同治六年丁卯	王贊元榜		
許廷崙			臺灣縣	同治六年丁卯	王贊元榜		
李連科			臺灣縣	同治六年丁卯	王贊元榜		
江昶榮（原名上蓉）	上蓉	鎮平	鳳山縣	同治九年庚午	趙啟植榜	癸未進士	
曾登洲				同治九年庚午	趙啟植榜		
吳士敬		同安	淡水廳	同治九年庚午	趙啟植榜	候選訓導	
陳望曾			臺灣縣	同治九年庚午	趙啟植榜		有傳（鄉賢）
林師洙		噶瑪蘭	淡水廳	同治九年庚午	趙啟植榜		

施贊隆		晉江	淡水廳	同治九年庚午	趙啟植榜		
郭鄂翎			澎湖廳	同治九年庚午	趙啟植榜	臺灣府教授	
李望洋	靜齋	宜蘭		同治十年辛未		甘肅省知州	有傳（鄉賢）
林洪春（春又作香）		鎮平	淡水廳	同治十二年癸酉	方兆福榜		
陳樹藍	春綠	大頭峒	淡水廳	同治十二年癸酉	方兆福榜		
鄭維藩	蓂臣价人	南安	淡水廳	同治十二年癸酉	方兆福榜		
王均元			嘉義縣	同治十二年癸酉	方兆福榜		
王藍玉	潤田		臺南府	同治十二年癸酉	方兆福榜	臺北府學教授	
施炳修（改名葆修）		晉江	彰化縣	同治十二年癸酉	方兆福榜		
李春潮		南靖	噶瑪蘭廳	同治十二年癸酉	方兆福榜	試用知縣	

林鳳池			彰化縣	同治十三年甲戌	不明		
李逢時	字泰階		噶瑪蘭	同治年間	不明		
邱鵬雲		鎮平	鳳山縣	光緒元年乙亥	恩科何成德榜		
丁嘉泉		晉江	彰化縣	光緒元年乙亥	恩科何成德榜		
張覲光			嘉義縣	光緒元年乙亥	恩科何成德榜		
潘成清	翹江	八芝蘭	淡水縣	光緒元年乙亥	恩科何成德榜	候補浙江府	有傳（鄉賢）
李藩嶽		閩縣	淡水縣	光緒元年乙亥	恩科何成德榜		
徐仲山	次岳	揭陽	彰化縣	光緒二年丙子	鄭瀛洲榜		
李春瀾	澄如	南靖	宜蘭縣	光緒二年丙子	鄭瀛洲榜	銓選知縣	
連日春	藹如	長泰	淡水縣	光緒二年丙子	鄭瀛洲榜		

陳登元			淡水縣	光緒二年丙子	鄭瀛洲榜		有傳（鄉賢）
劉仁海		鎮平	鳳山縣	光緒五年己卯	傅朝旭榜		
莊芸香			嘉義縣	光緒五年己卯	傅朝旭榜		
莊士勳	竹書	晉江	彰化縣	光緒五年己卯	傅朝旭榜		有傳（鄉賢）
葉題雁			臺灣縣	光緒五年己卯	傅朝旭榜		
趙光沼			臺灣縣	光緒五年己卯	傅朝旭榜		
蔡壽星		晉江	彰化縣	光緒五年己卯	傅朝旭榜		
張忠侯（原名贊忠）	思補	同安	淡水縣	光緒五年己卯	傅朝旭榜	臺南府學教諭	
陳大猷		安溪	彰化縣	光緒八年壬午	鄭孝胥榜		
蔡國琳			臺灣縣	光緒八年壬午	鄭孝胥榜		有傳（鄉賢）

張琮華			嘉義縣	光緒八年壬午	鄭孝胥榜		
吳廷琪			彰化縣	光緒八年壬午	鄭孝胥榜		
陳濬之		安溪	新竹縣	光緒八年壬午	鄭孝胥榜	五品銜	
林啟東			嘉義縣	光緒八年壬午	鄭孝胥榜		
余紹賡	亦皐	廣東	淡水縣	光緒八年壬午	鄭孝胥榜	五品同知候用	
王藍石		舟州	臺南府	光緒八年壬午	鄭孝胥榜	彰化縣學教授臺南市第一區長	
陳日翔	字藻耀號梧岡	同安	鳳山縣	光緒十一年乙酉	章其浚榜（童又作唐）	中國駐呂宋總領事	
徐德欽			嘉義縣	光緒十一年乙酉	章其浚榜（童又作唐）		有傳（鄉賢）
林鳳藻			臺灣縣	光緒十一年乙酉	章其浚榜（童又作唐）		
謝錫光		鎮平	新竹縣	光緒十一年乙酉	章其浚榜（童又作唐）		

林廷儀	獻仰	漳浦	宜蘭縣	光緒十一年乙酉	章其浚榜（童又作唐）		
盧德祥		南靖	鳳山縣	光緒十四年戊子	郭懷核榜	鳳儀書院教授廳參事	
林際春			臺灣縣	光緒十四年戊子	郭懷核榜		
汪春源			臺灣縣	光緒十四年戊子	郭懷核榜		
丘逢甲	仲閼仙根	鎮平	彰化縣	光緒十四年戊子	郭懷核榜		有傳（抗日）
葉懋禧			臺灣縣	光緒十四年戊子	郭懷核榜		
蔡逢辰			淡水廳	光緒十四年戊子	郭懷核榜		
呂賡年		紹安	彰化縣	光緒十四年戊子	郭懷核榜		
蕭逢洹		南安	鳳山縣	光緒十五年己丑	恩科 陳懋鼎榜	壬辰進士	
李向榮		鎮平	鳳山縣	光緒十五年己丑	恩科 陳懋鼎榜		

蕭雲鏞			安平縣	光緒十五年己丑	恩科陳懋鼎榜		
陳元音			彰化縣	光緒十五年己丑	恩科陳懋鼎榜		
江呈輝		永定	基隆廳	光緒十五年己丑	恩科陳懋鼎榜		
張大江		惠安	鳳山縣	光緒十七年辛卯	陳君耀榜		
林金城		嘉應	鳳山縣	光緒十七年辛卯	陳君耀榜		
劉汶澄	濃芷	臺南	嘉義縣	光緒十七年辛卯	陳君耀榜		
施仁思	香藻	晉江	彰化縣	光緒十七年辛卯	陳君耀榜		
施之東		晉江	彰化縣	光緒十七年辛卯	陳君耀榜		
李應辰			淡水縣	光緒十七年辛卯	陳君耀榜		
蔡國琳	字玉屏		臺南府	光緒十八年壬辰	不明	文君、蓬寧兩書院教諭，縣參事	有傳（鄉賢）

施菼（原名藻修）	悅秋	晉江	彰化縣	光緒十九年癸巳	林旭榜		
林文欽		平和	彰化縣	光緒十九年癸巳	林旭榜		
洪謙光			彰化縣	光緒十九年癸巳	林旭榜		
李師曾		晉江	新竹縣	光緒十九年癸巳	林旭榜		
謝維岳		嘉應	苗栗縣	光緒十九年癸巳	林旭榜		
賴文安			安平縣	光緒十九年癸巳	林旭榜		
林瑤			安平縣	光緒十九年癸巳	林旭榜		
許獻琛			安平縣	光緒二十年甲午	伊象昂榜		
歐道行			鳳山縣	光緒二十年甲午	伊象昂榜		
鄭宗珍	伯興 雪汀	南安	新竹縣	光緒二十年甲午	伊象昂榜		

黃鳴藻	采侯		嘉義縣	光緒年間	不明		
黃鴻翔	幼垣		嘉義縣	光緒年間	不明		
曾雲峰	青孺		臺南府	光緒年間	不明		
羅秀惠	字蔚村 號蕉鹿		臺南府	光緒年間	不明		
曾浦			臺灣縣	同治年間			
王人驥				不明			
張蘭如			臺南府	不明			
陳廷猷			嘉義縣	光緒年間			
蔡然標			嘉義縣	光緒年間			
丁自來			嘉義縣	光緒年間			

黃喜彩			淡水縣	光緒年間			
蔡其英							
施景琛	涵宇	鹿港		光緒年間		(臺灣民主國)總統府，國務院參議	
高選鋒	拔庵	錫口		光緒年間			
張步蟾			嘉義縣	光緒年間			

清代臺灣武舉人人物表

姓名	字或號	籍貫	隸屬	年代	榜名	經歷	備註
林逢秋		福建	鳳山縣	康熙廿九年庚午	周特士榜		
阮洪義			臺灣縣	康熙卅二年癸酉	鄧尚文榜	甲戌進士	
許儀鳳			鳳山縣	康熙卅五年丙子	林和榜		
王之彪			臺灣縣	康熙卅八年己卯	柯元烱榜		
卓飛虎			鳳山縣	康熙卅八年己卯	柯元烱榜		
吳有聲	聞于	福建	鳳山縣	康熙四十一年壬午	黃夢熊榜		
洪國球（球又作珠）	隋侯		臺灣縣	康熙四十一年壬午	黃夢熊榜	平和千總	

陳進元			鳳山縣 臺灣府學	康熙四十一年壬午	黃夢熊榜		
王臣			臺灣縣	康熙四十一年壬午	黃夢熊榜		
曾國翰		福建	鳳山縣	康熙四十一年壬午	黃夢熊榜		又作卅八年中
蕭鳳來	儀伯		臺灣縣	康熙四十四年乙酉	陳萬言榜		
張化龍	飛地	福建	鳳山縣	康熙四十四年乙酉	陳萬言榜		
許瑜			諸羅縣	康熙四十四年乙酉	陳萬言榜	癸巳進士	
李清蓮	度侯		臺灣縣	康熙四十四年乙酉	陳萬言榜		
蔡志雅			臺灣縣	康熙四十四年乙酉	陳萬言榜		
柯參天	子儀	福建	臺灣縣	康熙四十四年乙酉	陳萬言榜	己酉進士	
洪奇英			臺灣縣	康熙四十四年乙酉	陳萬言榜		

施世瓛		福建	臺灣縣	康熙四十四年乙酉	陳萬言榜		
葉宏楨（宏又作弘）			臺灣縣	康熙四十四年乙酉	陳萬言榜	癸巳進士	
黃應魁	梅卿		臺灣縣	康熙四十四年乙酉	陳萬言榜		
黃彩			臺灣縣	康熙四十四年乙酉	陳萬言榜		
黃繼捷			臺灣縣	康熙四十四年乙酉	陳萬言榜		
許兆昌	爾熾		臺灣縣	康熙四十七年戊子	顏滄洲榜		
薛寶林			臺灣縣	康熙四十七年戊子	顏滄洲榜		
周良佐			臺灣縣	康熙四十七年戊子	顏滄洲榜		
謝希光		福建	鳳山縣	康熙四十七年戊子	顏滄洲榜		
蔡一聰	謙思	福建	鳳山縣	康熙四十七年戊子	顏滄洲榜		

蔡朝鳳	紫亭	福建	鳳山縣	康熙四十七年戊子	顏滄洲榜		
翁士俊		福建	鳳山縣	康熙四十七年戊子	顏滄洲榜		
許興			諸羅縣	康熙四十七年戊子	顏滄洲榜		
吳朝佐			諸羅縣	康熙四十七年戊子	顏滄洲榜		
陳士成	子仁	同安	臺灣縣	康熙五十年辛卯	王必懋榜		
林大瑜	撫陞	長泰	臺灣縣	康熙五十年辛卯	王必懋榜	壬辰進士	
顏士俊（俊又作駿）		福建	鳳山縣	康熙五十年辛卯	王必懋榜		
林培		同安	鳳山縣	康熙五十年辛卯	王必懋榜		
余立贊（本姓蔡）			諸羅縣	康熙五十年辛卯	王必懋榜		
黃廷魁		海澄	臺灣縣	康熙五十二年癸巳	恩科 陳名臣榜		

林中穎		同安	諸羅縣	康熙五十年辛卯	王必懋榜		又作五十三年中
王元功			臺灣縣	康熙五十三年甲午	王中璜榜		
許宗威（宗又作莊）			臺灣縣	康熙五十三年甲午	王中璜榜		
曾天璽	子珍		臺灣縣	康熙五十三年甲午	王中璜榜		
蘇時亨	嘉士		臺灣縣	康熙五十三年甲午	王中璜榜		
蘇學海			諸羅縣	康熙五十三年甲午	王中璜榜		
洪壯猷	荆珍		諸羅縣	康熙五十三年甲午	王中璜榜		
范學海	章達		臺灣縣	康熙五十六年丁酉	王楨鎬榜	戊戌進士	
王楨鎬（本姓李）			臺灣縣	康熙五十六年丁酉	王楨鎬榜	解元	
黃彥彰			臺灣縣	康熙五十六年丁酉	王楨鎬榜		

李明德	希俊		臺灣縣	康熙五十六年丁酉	王楨鎬榜		
洪奇猷	建侯		諸羅縣	康熙五十六年丁酉	王楨鎬榜		
趙奇遇	君儒	福建	鳳山縣	康熙五十六年丁酉	王楨鎬榜		
林行可（林或作李）		福建	鳳山縣	康熙五十六年丁酉	王楨鎬榜		
曾英傑	愧名		臺灣縣	康熙五十九年庚子	林瑛榜		
汪玉潤			臺灣縣	康熙五十九年庚子	林瑛榜		
蕭鳳來	千卿		臺灣縣	康熙五十九年庚子	林瑛榜		
洪秉彝			臺灣縣	雍正元年癸卯	恩科何雲池榜		
李朝龍	愧有	福建	鳳山縣	雍正元年癸卯	恩科何雲池榜		由文生中式
蔡聯芳	懷直		鳳山縣	雍正元年癸卯	恩科何雲池榜		

施世爵			臺灣縣	雍正二年甲辰	吳泰來榜		
劉大賓（賓又作璸）	斐侯	同安	臺灣縣	雍正二年甲辰	吳泰來榜		
楊逢春	廷士		臺灣縣	雍正四年丙午	盧照毅榜		
鄭和泰			鳳山縣	雍正十年壬子	黃開光榜（光又作先）		
張光國			諸羅縣	雍正十年壬子	黃開光榜（光又作先）		
劉長春（春又作青）	克讚		彰化縣	雍正十年壬子	黃開光榜（光又作先）		彰化開科
許志剛	匡侯		臺灣縣	雍正十三年乙卯	張希雲榜		
張鈺	質堅		臺灣縣	雍正十三年乙卯	張希雲榜		由長泰縣中
蘇維豫（維又作惟）		福建	鳳山縣	雍正十三年乙卯	張希雲榜		由文生中式
黃紹輝	細芬		諸羅縣	雍正十三年乙卯	張希雲榜		

顏振雲			彰化縣	雍正十三年乙卯	張希雲榜		
韓克昌（又作志超）	遜文		臺灣縣	乾隆元年丙辰	恩科 林光繼榜		
吳志超	永滋		臺灣縣	乾隆元年丙辰	恩科 林光繼榜		
蔡莊鷹	君揚	福建	鳳山縣	乾隆元年丙辰	恩科 林光繼榜	己未進士侍衛	
邱世質			諸羅縣	乾隆元年丙辰	恩科 林光繼榜		
王振業	文起		臺灣縣	乾隆三年戊午	吳振拔榜		
范學山	至于		臺灣縣	乾隆三年戊午	吳振拔榜		
林日茂	松甫		臺灣縣	乾隆三年戊午	吳振拔榜		
許日文		福建	鳳山縣	乾隆三年戊午	吳振拔榜		
歐陽谷			諸羅縣	乾隆三年戊午	吳振拔榜		

林長春			彰化縣	乾隆三年戊午	吳振拔榜		
許大勛（勛又作勳）			臺灣縣	乾隆六年辛酉	唐　緒榜		
吳景福			彰化縣	乾隆六年辛酉	唐　緒榜		
黃天球		莆田	彰化縣	乾隆九年甲子	唐　經榜		
姚天敏	爾明		臺灣縣	乾隆十二年丁卯	陳阿一榜		
陳天拱		同安	彰化縣	乾隆十二年丁卯	陳阿一榜		
蔡清海	川伯			乾隆十五年庚午	王萬年榜		
張超綸（綸又作倫）			臺灣縣	乾隆十五年庚午	王萬年榜		
陳廷魁	子元	福建	鳳山縣	乾隆十五年庚午	王萬年榜		
鄭鴻善			臺灣縣	乾隆十七年壬申	不明		
莊　英			臺灣縣	乾隆十七年壬申	不明		

陳廷光			鳳山縣	乾隆十八年癸酉	林洪榜		
唐錕		福建	鳳山縣	乾隆廿一年丙子	不明		
金英（本姓陳）		同安	臺灣縣	乾隆廿四年乙卯	唐達先榜		
張國棟			臺灣縣	乾隆廿四年乙卯	唐達先榜		
林繼成		福建	鳳山縣	乾隆廿四年乙卯	唐達先榜		
黃廷英（本姓陳）		同安	臺灣縣	乾隆廿五年庚辰	恩科王國泰榜		
黃國標			諸羅縣	乾隆廿五年庚辰	恩科王國泰榜		
黃國棟（黃又作王）		饒平	諸羅縣	乾隆廿五年庚辰	恩科王國泰榜		
黃達三		福建	鳳山縣	乾隆廿七年壬午	林開寅榜		
施國楨		晉江	諸羅縣	乾隆廿七年壬午	林開寅榜		

章廷英（本姓黃，廷英又作英傑）		同安	臺灣縣	乾隆三十年乙酉	張方武榜		
洪清驥（本姓陳）		同安	臺灣縣	乾隆三十年乙酉	張方武榜		
許拔英			臺灣縣	乾隆三十年乙酉	張方武榜		
吳天河			臺灣縣	乾隆三十年乙酉	張方武榜	軍功加五品銜	
張從龍		福建	鳳山縣	乾隆三十年乙酉	張方武榜		
張方武		晉江	彰化縣	乾隆三十年乙酉	張方武榜		
李瑤		福建	鳳山縣	乾隆卅三年戊子	朱時超榜		
陳邦傑			臺灣縣	乾隆卅五年庚寅	恩科鄒聯元榜		又作卅三年中
陳宗器			臺灣縣	乾隆卅五年庚寅	恩科鄒聯元榜		又作卅三年中

吳天河			臺灣縣	乾隆卅五年庚寅	恩科 鄒聯元榜		又作卅年或卅三年中
林蘊玉			臺灣縣	乾隆卅五年庚寅	恩科 鄒聯元榜		
蘇廷珪		同安	鳳山縣	乾隆卅五年庚寅	恩科 鄒聯元榜		
許國樑		詔安	彰化縣	乾隆卅五年庚寅	恩科 鄒聯元榜		
吳履光（光又作鳳）		南靖	鳳山縣	乾隆卅六年辛卯	黃紹烈榜		
曾國材			鳳山縣	乾隆卅六年辛卯	黃紹烈榜		
高陞			臺灣縣	乾隆卅六年辛卯	黃紹烈榜		
張簡魁		南靖	鳳山縣	乾隆卅六年辛卯	黃紹烈榜		又作卅五年中
邱宗榮			臺灣縣	乾隆卅九年甲午	柯若棟榜		
柯文珍			鳳山縣	乾隆卅九年甲午	柯若棟榜		

賴廷雲			諸羅縣	乾隆卅九年甲午	柯若棟榜		
許士魁			臺灣縣	乾隆四十二年丁酉	黃奠邦榜		
張梓			臺灣縣	乾隆四十二年丁酉	黃奠邦榜		
陳賡功			臺灣縣	乾隆四十二年丁酉	黃奠邦榜		
李化育			鳳山縣	乾隆四十二年丁酉	黃奠邦榜		
黃奠邦			諸羅縣	乾隆四十二年丁酉	黃奠邦榜	解元	
張士敏		詔安	諸羅縣	乾隆四十二年丁酉	黃奠邦榜		
黃毓金			臺灣縣	乾隆四十四年己亥	恩科林超榜		又作四十八年中
葉順名			臺灣縣	乾隆四十四年己亥	恩科林超榜		
葉顯名			臺灣府	乾隆四十四年己亥	恩科林超榜	軍功加六品銜北路協營千總	

張元璋			鳳山縣	乾隆四十四年己亥	恩科林超榜		
陳飄芳			彰化縣	乾隆四十四年己亥	恩科林超榜		
陳庚光		南靖	鳳山縣	乾隆四十五年庚子	張祥榜		
林廷玉			鳳山縣	乾隆四十五年庚子	張祥榜	軍功加五品銜	
杜朝聘			鳳山縣	乾隆四十五年庚子	張祥榜		
葉如珪			諸羅縣	乾隆四十五年庚子	張祥榜		
曾國才			鳳山縣	乾隆四十八年癸卯	郭先登榜		
吳世英		福建	鳳山縣	乾隆四十八年癸卯	郭先登榜		
許廷耀		南安	鳳山縣	乾隆四十八年癸卯	郭先登榜		
鄭應選			臺灣縣	乾隆五十一年丙午	劉大用榜	軍功加五品銜，建寧中營守備	

黃清華（又作倩榮）			諸羅縣	乾隆五十一年丙午	劉大用榜		
周士超		永春	淡水廳	乾隆五十一年丙午	劉大用榜		
沈啟成		詔安	嘉義縣	乾隆五十三年戊甲	恩科 鍾朝佐榜		
張超鳳（超又作起）			彰化縣	乾隆五十三年戊甲	恩科 鍾朝佐榜		
周元魁			臺灣縣	乾隆五十四年己酉	恩科 陳世英榜		
曾國乘（乘又作泰）			嘉義縣	乾隆五十四年己酉	恩科 陳世英榜		
蔡耀仁			鳳山縣	乾隆五十七年壬子	周大經榜	因隨軍剿平蔡牽，奏賞即用都司，留京十三年，福鼎訓導，蔡兆禧子。	亞元
劉國標			彰化縣	乾隆五十七年壬子	周大經榜		

楊三捷		同安	臺灣縣	乾隆五十九年甲寅	恩科張振邦榜（張又作黃）		
何雲衢			嘉義縣	乾隆五十九年甲寅	恩科張振邦榜（張又作黃）		
吳朝宗			臺灣縣	乾隆六十年乙卯	林培榮榜		
杜光玉		同安	嘉義縣	乾隆六十年乙卯	林培榮榜		
吳安邦		同安	彰化縣	乾隆六十年乙卯	林培榮榜		嘉慶丙辰進士
莊式玉		同安	臺灣縣	乾隆六十年乙卯	林培榮榜		
張文雅			臺灣縣	嘉慶三年戊午	袁九皐榜	軍功以千總用	
張文英（文又作元）			鳳山縣	嘉慶三年戊午	袁九皐榜		
郭一澄			嘉義縣	嘉慶三年戊午	袁九皐榜		

戴時中		同安	臺灣縣	嘉慶五年庚申	恩科 羅雲臺榜		
楊棟		同安	彰化縣	嘉慶五年庚申	恩科 羅雲臺榜		
張中玉			嘉義縣	嘉慶六年辛酉	翁騰榜		
洪安邦			嘉義縣	嘉慶六年辛酉	翁騰榜		
蘇有光（光又作功）		同安	嘉義縣	嘉慶六年辛酉	翁騰榜		
張振拔（張又作詹）		福建安溪	臺灣縣	嘉慶九年甲子	王青楷榜		
高騰飛		同安	臺灣縣	嘉慶九年甲子	王青楷榜		
陳占梅			彰化縣	嘉慶九年甲子	王青楷榜		
詹振拔			臺灣府	嘉慶九年甲子	王青楷榜		
陳朝拔			臺灣縣	嘉慶十二年丁卯	呂興國榜		

莊學山		同安	臺灣縣	嘉慶十二年丁卯	呂興國榜		
黃啟東		南安	鳳山縣	嘉慶十二年丁卯	呂興國榜		
黃清榮			嘉義縣	嘉慶十三年戊辰	恩科 王雲龍榜		黃國樑子
黃清雅			嘉義縣	嘉慶十三年戊辰	恩科 王雲龍榜		黃清榮弟
陳克修			彰化縣	嘉慶十三年戊辰	恩科 王雲龍榜		
黃聖淮		南靖	臺灣縣	嘉慶十五年庚午	張泰輝榜		
蕭建邦			彰化縣	嘉慶十五年庚午	張泰輝榜		
林成章			彰化縣	嘉慶十五年庚午	張泰輝榜		
郭逢年			臺灣縣	嘉慶十八年癸酉	鄭步衡榜		
顏鵬飛			臺灣縣	嘉慶十八年癸酉	鄭步衡榜		

許邦陞			臺灣縣	嘉慶廿一年丙子	康茘芳榜		
劉瑞麟		平和	鳳山縣	嘉慶廿一年丙子	康茘芳榜	乙卯赴兵部試特選六品千總職，留京甲申奉憲獲賊，咨陞正六品。	
王得寬			嘉義縣	嘉慶廿一年丙子	康茘芳榜		
麥朝清		漳浦	鳳山縣	嘉慶廿三年戊寅	恩科宋琪榜		
曾廷輝			嘉義縣	嘉慶廿三年戊寅	恩科宋琪榜		
陳清華		同安	彰化縣	嘉慶廿三年戊寅	恩科宋琪榜		
周榮東			臺灣縣	嘉慶廿四年乙卯	周坊榜		
黃朝鳳			鳳山縣	嘉慶廿四年乙卯	周坊榜		

趙鳴岐			臺灣縣	嘉慶廿四年乙卯	周坊榜		
林得時			鳳山縣	嘉慶廿四年乙卯	周坊榜		
張安邦			嘉義縣	嘉慶廿四年乙卯	周坊榜		
温斌元			彰化縣	嘉慶廿四年乙卯	周坊榜		
李建邦			臺灣縣	道光元年辛巳	恩科 王聘三榜		
林廷鳳		晉江	彰化縣	道光元年辛巳	恩科 王聘三榜		
吳興邦		同安	淡水廳	道光元年辛巳	恩科 王聘三榜		
張簡騰		南靖	鳳山縣	道光二年壬午	李經榜（又作經邦）		
蘇天翰			嘉義縣	道光二年壬午	李經榜（又作經邦）		
鍾任高			彰化縣	道光二年壬午	李經榜（又作經邦）		

林得時			臺灣府	道光二年壬午	李經榜（又作經邦）		
許捷標		同安	臺灣縣	道光五年乙酉	陳騰蛟榜	丙戌進士	
王朝祥		同安	嘉義縣	道光五年乙酉	陳騰蛟榜		
張建邦			淡水廳	道光五年乙酉	陳騰蛟榜		
蔡際會			臺灣縣	道光五年乙酉	陳騰蛟榜		
劉捷高			臺灣縣	道光五年乙酉	陳騰蛟榜		
曾必中			臺灣縣	道光八年戊子	何聯上榜		
何安邦			臺灣縣	道光八年戊子	何聯上榜		
黃安邦			臺灣縣	道光八年戊子	何聯上榜		
張連捷			嘉義縣	道光八年戊子	何聯上榜		

郭崇通			臺灣縣	道光十一年辛卯	恩科陳六書榜		
阮朝魁		福建	鳳山縣	道光十一年辛卯	恩科陳六書榜		
張秉忠			嘉義縣	道光十一年辛卯	恩科陳六書榜		
林秋華		廣東	淡水廳	道光十一年辛卯	恩科陳六書榜		
林國淵			臺灣縣	道光十二年壬辰	恩科董長潘榜		
楊邦瑞			鳳山縣	道光十二年壬辰	恩科董長潘榜		
吳奠邦			淡水廳	道光十二年壬辰	恩科董長潘榜		
陳元邦			臺灣縣	道光十四年甲午	張仁恩榜		
林國興		南安（又作同安）	臺灣縣	道光十四年甲午	張仁恩榜		
劉華實			嘉義縣	道光十四年甲午	張仁恩榜		

盧捷陞			臺灣縣	道光十五年乙未	恩科何上先榜		
陳高超			臺灣縣	道光十五年乙未	恩科何上先榜		
林榮源			臺灣縣	道光十五年乙未	恩科何上先榜		
張得三			嘉義縣	道光十五年乙未	恩科何上先榜		
方逢春			嘉義縣	道光十五年乙未	恩科何上先榜		
苗元勛			嘉義縣	道光十五年乙未	恩科何上先榜		
黃應彪			臺灣縣	道光十七年丁酉	陳進成榜		
李逢時			嘉義縣	道光十七年丁酉	陳進成榜		
郭履斌			臺灣縣	道光十七年丁酉	陳進成榜		
蘇克忠			臺灣縣	道光十七年丁酉	陳進成榜		

曾瑞麟				道光十九年己亥	黃康榜		
陳殿邦			臺灣縣	道光十九年己亥	黃康榜		
李維鴻			嘉義縣	道光十九年己亥	黃康榜		
蕭騰雲			彰化縣	道光二十年庚子	不明		
高國瑞			淡水廳	道光二十年庚子	不明		
黃延瑞			淡水廳	道光二十年庚子	不明		
劉興邦			臺灣縣	道光廿三年癸卯	不明		
吳士邦			臺灣縣	道光廿三年癸卯	不明		
廖昌期			嘉義縣	道光廿三年癸卯	不明		
陳聯登			彰化縣	道光廿三年癸卯	不明		
劉華雲			臺灣縣	道光廿四年甲辰	不明		

葉成勳		同安	臺灣縣	道光廿四年甲辰	不明			
郭履祥			嘉義縣	道光廿四年甲辰	不明			
林清玉			臺灣縣	道光廿六年丙午	不明			
張良謨			嘉義縣	道光廿六年丙午	不明			
鄭大經	華邦		淡水廳	道光廿六年丙午	不明			
葉長青（葉又作華）			淡水廳	道光廿六年丙午	不明			
陳輝中			嘉義縣	道光廿九年己酉	不明			
賴啟明			嘉義縣	道光廿九年己酉	不明			
陳聯江			臺灣縣	咸豐元年辛亥	恩科			
尤拔元			鳳山縣	咸豐元年辛亥	恩科			
林朝清			臺灣縣	咸豐三年壬子	不明			

廖正榜			彰化縣	咸豐五年乙卯	不明		
林朝輝			臺灣縣	咸豐九年己未	恩科補行戊午正科		
林玉經		安溪	鳳山縣	咸豐九年己未	恩科補行戊午正科		
賴步雲			彰化縣	咸豐九年己未	恩科補行戊午正科		
杜逢春			淡水廳	咸豐九年己未	恩科補行戊午正科		
顏廷言			臺灣縣	咸豐九年己未	恩科補行戊午正科		
賴登雲			彰化縣	咸豐九年己未	恩科補行戊午正科		
李輝華（輝又作耀）			淡水廳	咸豐九年己未	恩科補行戊午正科		
陳開泰			臺灣縣	同治元年壬戌	恩科補行辛未正科		
張成材		漳浦	鳳山縣	同治元年壬戌	恩科補行辛未正科		

蕭煥猷		南安	鳳山縣	同治元年壬戌	恩科補行辛未正科		
林瑞璋		龍溪	鳳山縣	同治元年壬戌	恩科補行辛未正科		
陳廷開			臺灣縣	同治元年壬戌	恩科補行辛未正科		
林建中			臺灣縣	同治元年壬戌	恩科補行辛未正科		
王迪訓			臺灣縣	同治元年壬戌	恩科補行辛未正科		
李輝東		詔安	淡水廳	同治元年壬戌	恩科補行辛未正科		
洪鍾英			臺灣縣	同治五年丙寅並補甲子正科	不明		
陳超英			臺灣縣	同治五年丙寅並補甲子正科	不明		
戴維清		南靖	鳳山縣	同治五年丙寅並補甲子正科	不明		
蘇玉英		同安	鳳山縣	同治五年丙寅並補甲子正科	不明		又作四年中

郭捷高			嘉義縣	同治五年丙寅並補甲子正科	不明		
陳安邦		龍溪	彰化縣	同治五年丙寅並補甲子正科	不明		
陳宗治			臺灣縣	同治六年丁卯	不明		
張大川			臺灣縣	同治六年丁卯	不明		
丁金城			彰化縣	同治六年丁卯	不明		
蔡洪儀			臺灣縣	同治九年庚午	不明		
周振東		平和	噶瑪蘭廳	同治九年庚午	不明		
胡捷登		南靖	噶瑪蘭廳	同治九年庚午	不明		
錢國珍			臺灣縣	同治十二年癸酉			
王廷理		暖暖	淡水廳	同治十二年癸酉			
周元泰		漳浦	噶瑪蘭廳	同治十二年癸酉			

朱春田			鳳山縣	光緒元年乙亥			
黃希文			淡水廳	光緒元年乙亥			
賴廷彰		鎮平	苗栗縣	光緒元年乙亥			
李年進			臺灣縣	光緒二年丙子			
林錦清			彰化縣	光緒二年丙子			
黃令成			臺灣縣	光緒二年丙子			
沈宗海			臺灣縣	光緒五年己卯			
楊廷輝			淡水縣	光緒五年己卯			
葉丕烈			淡水縣	光緒五年己卯			
葉騰雲			安平縣	光緒八年壬午			
許肇清			彰化縣	光緒八年壬午			

潘振芳		漳浦	宜蘭縣	光緒八年壬午			
簡瑞斌		漳州	彰化縣	光緒十一年乙酉			
江騰鯤		永定	新竹縣	光緒十一年乙酉			
李祥奎			淡水縣	光緒十一年乙酉			
李應東			淡水縣	光緒十一年乙酉			
曾鎮邦			彰化縣	光緒十四年戊子			
張國揚		漳浦	彰化縣	光緒十四年戊子			
胡澄淵			臺灣縣	光緒十四年戊子			
蘇建邦			安平縣	光緒十五年己丑			
張廷樞			彰化縣	光緒十五年己丑			
陳廷超			淡水縣	光緒十五年己丑			

陳遐齡		漳浦	宜蘭縣	光緒十七年辛卯			
李濬川		詔安	宜蘭縣	光緒十七年辛卯			
張寶山		漳浦	臺灣縣	光緒十七年辛卯			
黃輝南			彰化縣	光緒十九年癸巳	恩科		
陳朝儀		漳浦	宜蘭縣	光緒十九年癸巳			
周玉輝			淡水縣	光緒十九年癸巳			
周冰如			淡水廳	不明	不明		
廖昌期			嘉義縣	不明	不明		

清代北臺武官人物表

臺灣於康熙二十二年（癸亥年，明永曆三十七年，西元一六八三年）歸清之後，北部臺灣地廣人稀，數千里之土地，僅署諸羅縣及北路營，所屬文武官員皆駐佳里興（今臺南縣佳里）。康熙四十年，因諸羅劉卻之亂，駐佳里興之文武官員，移諸羅山（今嘉義市），迄乙未割臺灣縣，北部臺灣之營汛增多，本節特附北路有關武職表，以明其概。

本附表原應附於卷三《政制志．保安篇》。嗣因未及編入，正式志書時，當改編入該篇，以符實際。

表一　北路營參將人物表

康熙二十三年設，原駐佳里興，四十三年移駐諸羅山；雍正十一年，改為「北路協副將」，移駐彰化。

姓名	別名	籍貫	出身	前歷	任期	備註
王國憲		湖廣衡山	行伍		康熙二十三年任	康熙二十五年陞山東文登副將
袁廷芝		直隸大興	壬子武舉		康熙二十五年任	康熙二十九年調兩廣水師營參將
呂得勝		江南江寧府	行伍		康熙三十一年任	康熙三十三年陞，延平協副將，任期，范府志、余府志作「三十年任」
陳貴		廣東博羅	功加		康熙三十四年任	康熙三十七年陞美雲騰越副將出身，高府志作「行伍」
白道隆		山東濟寧州	功加	福建陸路提標中軍參將	康熙三十八年任	康熙四十二年陞四川永寧副將
焦雲		陝西	行伍		康熙四十三年任	卒于官
張國	字昭侯	泉州府	功加		康熙四十四年任	康熙四十八年陞福州城守副將，薛通志有傳
翁國楨		詔安縣	功加	澎湖右營遊擊	康熙四十九年任	康熙五十三年以副將休致
阮蔡文	字子章	漳浦	江西籍康熙庚午科舉人		康熙五十四年任	薛通志、陳淡志、陳諸志，有傳

姓名	別名	籍貫	出身	前歷	任期	備註
張彪		江西徐州府	行伍		康熙五十六年任	
羅萬倉		陝西寧夏			康熙五十八年任	康熙六十年殉難、陳通志、余府志，有傳
朱文		南安	行伍		康熙六十年七月任	雍正元年八月陞任
何勉	字尚敏	福州府			雍正二年任	雍正七年八月陞湖廣洞庭協副將周彰志、薛通志、劉府志，有傳
靳先瀚		山西長治			雍正七年任	籍貫，余府志作「山西潞安人」

資料來源：陳漢光《北臺清代武秩職官人物表》

表二　北路營副將人物表

姓名	別名	籍貫	出身	前歷	任期	備註
馬驥		寧夏	行伍		雍正十一年任	
靳光瀚		山西潞安	行伍			陳通志籍貫作「山西長治」

觀桂		蒙古正白旗				
雷澤遠		湖南常德	武舉		乾隆五年任	一月後陞福寧鎮總兵
江化龍	字尚客	廣東番禺	行伍		乾隆五年四月任	薛通志有傳
梁成[土+盈]		陝西西安	行伍		乾隆八年八月任	姓名，陳通志、范府志、余府志，作「梁峙楹」
馬龍圖		廣東潮陽			乾隆十三年任	
郭宏基					乾隆十七年任	
楊晉		正白旗	監生		乾隆二十年四月任	姓名，陳通志、余府志，作「楊普」
張世英		貴州雲籠	行伍		乾隆二十四年十一月任	籍貫，余府志作「貴州南籠」
赫生額		滿洲				乾隆五十一年林爽文之亂遇害，周彰志有傳
張無咎		山西	世襲	城營	乾隆六十年署任	是年，周全作亂遇害

董金鳳	字應桐	安徽合肥	乾隆戊戌進士探花	侍衛	嘉慶二年十月任	薛通志有傳
海隆阿		滿洲正紅旗	參領		嘉慶六年九月任	任期，陳通志作「五年任」
金殿安		山東聊城	探花	侍衛	嘉慶十年二月任	出身，陳通志作「武進士」
什格		蒙古正紅旗	護軍參軍		嘉慶十三年二月任	
英林		滿洲正白旗			嘉慶十五年任	
羅卓	字應龍	永定	乾隆己酉武舉		嘉慶十六年任	籍貫，據薛通志、周彰志前作「汀州」，後作「永定」
明祥		蒙古正紅旗	公中佐領		嘉慶十六年四月任	
蘇巴爾漢		滿洲			嘉慶二十四年任	
明祥		蒙古正紅旗	公中佐領		嘉慶二十五年再任	
徐廷榮					道光二年任	

趙裕福		鑲紅旗漢軍	世襲三等輕車都尉		道光三年任	
黃其漢		山陰	武舉		道光六年任	
葉長春		鑲紅旗漢軍	公中佐領		道光八年三月任	
珊琳		滿洲			道光十五年十二月任	

表三　北路營守備人物表

康熙二十三年設原分防貓霧捒汛。雍正十一年裁，改設「北路協中營都司」，移彰化。

姓名	籍貫	出身	前歷	任期	雜註
魏進陞	陝西藍田	功加		康熙二十三年任	康熙二十七年休致，出身，劉府志、范府志、余府志，作「行伍」
李勝	陝西綏德州	將才		康熙二十七年任	康熙三十一年陞江南江北漕標右營遊擊出身，劉府志、范府志、余府志，作「行伍」

趙振	直隸大名	壬戌武進士		康熙三十二年任	康熙三十八年調北直龍門所城守備，任期，周府志作「三十年任」
徐曦	山東益都	乙卯武舉	福建汀州城守右營守備	康熙三十八年任	康熙四十一年陞貴州都匀都司
程萬里	山東	武舉		康熙四十一年任	
黃元驤	漳浦	將才	廣東潮州左營千總	康熙四十四年正月任	康熙四十八年調山東寧福營守備，出身，范府志、余府志，作「行伍」
張勝	廣東高州府	行伍		康熙四十八年任	卒于官
游崇功	漳浦	行伍		康熙五十三年任	康熙五十六年陞海壇鎮標右營遊擊，有傳
周應龍	河南洛陽	行伍		康熙五十六年任	
劉錫	鑲紅旗	監生		康熙五十八年任	
李郡	延平	行伍		雍正元年任	
楊鈐	順天宛平	行伍		雍正二年任	

楊　樊	泉州			雍正六年任	
顧秉忠	江南崇明	行伍		雍正十年任	
朱　虎	浙江鄞縣	行伍		雍正十年任	

表四　北路協中營都司人物表

沿革詳前。

姓名	別名	籍貫	出身	任期	雜註
朱　虎		浙江寧波府	行伍	雍正十三年任	乾隆元年任滿
李高耀		晉江	行伍	乾隆三年任	乾隆六年任滿
黃成縉		山東歷城	武進士	乾隆六年任	姓名，劉府志、范府志、陳府志，作「黃成緒」
盧仁勇		廣東廣州府	武進士	乾隆九年六月任	

劉宗源		浙江永嘉	行伍	乾隆十年任	
王 瑁				乾隆十三年任	
聶成德		山東蓬萊	行伍	乾隆十六年任	
盧日盛				乾隆十八年任	
盧光裕		順天昌平州	行伍	乾隆二十年任	
那爾吉		滿洲正紅旗		乾隆二十三年任	
任 麟		直隸元城	行伍	乾隆二十六年任	
李定元		廣東香山	武進士	乾隆二十七年七月	
王宗武				乾隆五十一年任	林爽文作亂遇害，周彰志有傳
焦光宗		陝西		乾隆五十六年任	
盧 植		山西	武進士	嘉慶八年任	周彰志、陳淡志，有傳

綽哈那		滿洲		嘉慶十四年任	
楊彪	字上麟	建寧	行伍	嘉慶十五年任	
崇文		滿洲		嘉慶十七年任	
雷靜元		廣西	武進士	嘉慶十九年任	
黃清泰	字淡川，一字承伯	廣東鎮平		嘉慶二十年任	
林名顯		漳浦	行伍	嘉慶二十一年任	
黃清泰	字淡川，一字承伯	廣東鎮平		嘉慶二十三年再任	
楊彪	字上麟	建寧	行伍	嘉慶二十五年再任	任期，陳通志作「道光元年任」，籍貫作「建安」，薛通志有傳
關桂		閩縣	行伍	道光四年十二月任	
陳登高		晉江	行伍	道光九年四月任	

洪志高		建安		道光十一年三月任	
關　桂		閩縣	行伍	道光十三年再任	

表五　北路營左哨千總人物表

康熙二十三年設，雍正十一年裁併北路協鎮。

姓名	別名	籍貫	出身	前歷	任期	備註
王　和		陝西秦州	行伍		康熙二十二年任	二十五年離任 籍貫，周府志、高府志，作陝西秦州
劉成功		河南柘城	行伍		康熙二十五年任	二十七年告病
陳　彪		江南太平縣	行伍		康熙二十七年任	三十二年俸滿，離任
徐任光		山東	行伍		康熙三十二年任	
林　旭		江南	功加		康熙三十五年任	

孫德懋		江南江寧府	行伍		康熙三十八年任	
陳國祥		浙江	行伍		康熙四十二年任	
林　龍		江南	行伍		康熙四十五年任	
陳　永		福州府	行伍		康熙四十七年任	
余元隆		陝西	行伍		康熙五十一年任	
趙　洪		浙江山陰	行伍		康熙五十五年任	

表六　都司把總

康熙二十三年設，雍正十一年裁併北路協鎮。

姓名	別名	籍貫	出身	任期	雜註
朱得勝		浙江嘉興	行伍	康熙二十三年任	二十四年卒于官

王邵龍		浙江諸暨	行伍	康熙二十五年任	
魏　石		泉州	行伍	康熙三十七年任	籍貫，周府志、高府志，作福建漳州府
鄭　進		晉江	行伍	康熙四十一年任	籍貫，周府志作福建泉州府
蕭　勝		汀州府	行伍	康熙四十七年任	
劉士元		泉州	行伍	康熙五十三年任	
陳鴻志		惠安	行伍	康熙二十三年任	二十九年陞銅山營二十總
黃　成		漳州府	行伍	康熙三十年任	
劉自科		江西	行伍	康熙三十七年任	
吳麟祥		泉州府	行伍	康熙四十三年任	
戴日陞		漳州府	行伍	康熙四十七年任	
張　雙		漳州府	行伍	康熙五十二年任	

表七　北路協左營守備

雍正十一年添設，雍正十三年增設都司一員，本缺移斗六門汛。

姓名	別名	籍貫	出身	前歷	任期	雜註
王世俊		浙江寧波	行伍		雍正十二年任	雍正十三年卒于官
王得耀	連江	行伍		乾隆二年八月任	乾隆四年九月卸事	
張　盛	江南	行伍		乾隆五年任		
柯　輝	漳浦	行伍		乾隆六年任		
詹世科		湖南宜昌	武舉		乾隆八年五月任	
張世英		山東鄒平	行伍		乾隆十一年正月任	
胡鯤南		浙江淳安	行伍		乾隆十二年任	
李景泌		奉天海城	戊戌武進士		乾隆十三年任	

蘇進德		海澄	行伍			乾隆十五年卒于官
歐世亮		晉江	行伍		乾隆十六年任	二十年陞貴州黃平營都司
葉元聰		廣東興寧	行伍		乾隆十九年任	二十二年陞福協左軍都司
裘鰲		浙江會稽	壬戌武進士		乾隆二十三年任	二十五年陞廣東潮州城守營都司
何咸逵		安徽當塗	丁丑武進士		乾隆二十六年任	

表八　北路營右哨千總人物表

康熙二十三年設，雍正十一年裁併北路協鎮。

姓名	別名	籍貫	出身	任期	雜註
王政		江南沛縣	行伍	康熙二十三年任	二十五年卒于官
王猛		同安	行伍	康熙二十五年任	二十九年卒于官

賴貴		平和縣	功加	康熙三十一年任	周府志作三十年任，三十一年革職；出身，高府志作行伍
陳成功		福清	功加	康熙三十二年任	任期，周府志、高府志作三十一年任；出身，高府志作行伍
黃成		漳州府	行伍	康熙三十六年任	休致
陳好		興化	行伍	康熙三十七年任	
田有福		山西	行伍	康熙四十年任	
金聲		漳州府	行伍	康熙四十三年任	
吳濟川		福州府	行伍	康熙四十七年任	
王祥		浙江	行伍	康熙五十一年任	
閏威		陝西寧夏	行伍	康熙五十六年任	
雷友功		江南金壇	行伍	康熙二十三年任	二十五年，裁缺離任
賴貴		泉州	功加	康熙二十五年任	俸滿補本營右哨千總，出身，周府志、高府志作行伍；籍貫，周府志、高府志，作漳州府平和縣

曾福萬		河南汝寧府	行伍	康熙三十年任	二十二年卒於官
劉四		龍溪縣	功加	康熙三十三年任	本年卒於官。任期，周府志作三十三年，疑誤；出身，周府志、高府志，作行伍
柯茂		同安	功加	康熙三十三年任	姓名，周府志、高府志，作柯棟；出身作行伍
陳應鳳		海澄	功加	康熙三十七年任	籍貫，周府志、高府志，作福建晉江縣
林登		泉州府	行伍	康熙四十二年任	
賈秀		河南	行伍	康熙四十八年任	
林君卿		漳州府	行伍	康熙五十二年任	
馮可發		山東沂州	功加	康熙二十三年任	二十五年裁缺離任。出身，周府志、高府志，作行伍
林龍		海澄	功加	康熙二十五年任	二十四年陞臺協水師中營千總。籍貫，周府志、高府志，作漳州府龍溪縣，出身作行伍
陳好		興化	行伍	康熙三十年任	籍貫，周府志作福建漳州府

姓名	別名	籍貫	出身	任期	雜註
劉國太		江西撫州府	行伍	康熙二十九年任	
張文燦		江西	行伍	康熙四十二年任	
蔡寧		泉州府	行伍	康熙四十五年任	
姚郎		湖廣	行伍	康熙四十八年任	
許德		晉江	行伍	康熙五十二年任	

表九　北路協右營守備人物表

雍正十一年增設，駐竹塹，嘉慶十一年改為「竹塹營守備」，仍駐竹塹。道光七年，因有「鎮標右營」（竹塹北路右營游擊）移駐，乃將原「竹塹營守備」移駐大甲，設「大甲中軍守備」，迄日據臺前夕，未廢。

姓名	別名	籍貫	出身	前歷	任期	雜註
袁鉞		陝西寧夏	武進士		雍正十二年任	乾隆二年離職

周宏祚		四川成都	難廕		乾隆二年任	乾隆四年滿任
陳士挺		閩縣	行伍		乾隆五年正月任	
王　逢		漳州府	行伍		乾隆八年四月任	十二月陞湖北蘄州營都司
王國正		鑲白旗			乾隆九年八月任	
姚　林		浙江錢塘	王子武舉		乾隆十一年六月署	
趙永貴						
唐得進						
王　軒						
范濟川						
竹塹營黃清泰	字淡川，一字承伯	廣東鎮平	軍功義首		嘉慶十一年任	薛通志、陳淡志，有傳
竹塹營葉國昌		福州			嘉慶十三年署	任期，薛通志作「十四年署」

竹塹營 黃廷耀		福州			嘉慶十四年署	姓名，薛通志作「黃廷耀」
竹塹營 黃清泰	字淡川，一字承伯	廣東鎮平	軍功義首		嘉慶十六年回任	陳淡志、薛通志，有傳
竹塹營 翁朝龍		晉江			嘉慶十九年署	薛通志有傳
竹塹營 馬騰蛟		福州			嘉慶二十年署	
竹塹營 黃清泰	字淡川，一字承伯	廣東鎮平	軍功義首		嘉慶二十一年回任	陳淡志、薛通志，有傳
竹塹營 馬騰蛟		福州			嘉慶二十二年再署	任期，薛通志作「二十三年署」
竹塹營 羅必達		福州			嘉慶二十三年署	
竹塹營 熊振揚		福州			嘉慶二十四年署	
竹塹營 洪志高		福州			嘉慶二十五年署	
竹塹營 王　輝		福州			道光元年任	姓名，薛通志、鄭新志，作王耀
竹塹營 楊長安		福州			道光五年署	

竹塹營 洪志高		福州			道光六年回任	
竹塹營 張營森		福州			道光八年署	姓名，薛通志、鄭新志，作「張榮森」
大甲 陳福龍		福州			道光十年任	
大甲 關桂		福州			道光十一年任	
大甲 張朝森		福州			道光十二年署	
大甲 岑廷高		閩縣			道光十四年任	
大甲 何必捷		閩縣			道光二十一年任	
大甲 湯得陞		晉江			道光二十三年署	
大甲 劉紹春		閩縣			道光二十三年署	
大甲 曾廷亮		閩縣			道光二十五年署	
大甲 鄒若陞		閩縣			道光二十六年署	

大甲 陳連春		晉江			道光二十九年署	
大甲 洪金元		閩縣			道光三十年護	
大甲 倪捷陞		晉江			道光三十年署	
大甲 陳連春		晉江			咸豐二年再署	
大甲 詹國泰		海澄			咸豐四年署	
大甲 楊建中		臺灣			咸豐六年署	
大甲 陳連春		晉江			咸豐九年再任	
大甲 戴捷春		長汀			咸豐十一年署	
大甲 洪金元		閩縣			咸豐十一年再署	
大甲 曾捷步		平和			同治元年代	
大甲 陳兆鱗		臺灣			同治二年署	姓名，薛通志、鄭新志，作「陳兆麟」

大甲	龔朝俊		邵武			同治三年署	
大甲	郭得高		閩縣			同治三年署	
大甲	龔朝俊		邵武			同治五年再署	
大甲	郭得高		閩縣			同治五年任	
大甲	余大勳		湖南長沙			同治六年任	
大甲	李忠元		湖南永定			同治七年署	
大甲	龔朝俊		邵武			同治七年再署	
大甲	林謙		晉江			同治八年代	
大甲	葉定國		同安	武進士		同治八年署	
大甲	林守貴		安徽桐城			同治九年署	姓名，薛通志作「林字貴」，籍貫作「安徽桐城」
大甲	馬嵩魁		河南鄧州	武進士	都司銜	同治九年署	

大甲 張得陞		晉江	行伍		同治十年署	
大甲 馮慶章		松溪	世職		同治十年署	
大甲 謝榮彰					同治十一年署	
大甲 林金安		閩縣	行伍		同治十一年署	
大甲 陳冠品		侯官	軍功		同治十二年署	
大甲 范金聲		湖南長沙縣	軍功		同治十三年署	
大甲 藍季馨		侯官	軍功		同治十三年署	
大甲 林上高		臺灣縣	世職		光緒四年署	
大甲 藍季馨		侯官	軍功		光緒五年再任	
大甲 吳端瓊		廣東香山	軍功		光緒七年署	
大甲 湯昭明		湖南長沙	軍功		光緒九年署	

姓名	別名	籍貫	出身		任期	雜註
大甲 區則超		廣東香山	軍功		光緒十年署	
大甲 張榮貴		閩縣	行伍		光緒十三年署	
大甲 鍾水清		武平	世職		光緒十八年署	
大甲 馮瑞鳳		廣東英德			光緒十九年署	

表十　竹塹北路右營遊擊人物表

道光七年，以鎮樣右營移駐竹塹，原「竹塹守備」乃改駐大甲，設「大甲中軍守備」，迄日據臺前夕未改。

姓名	別名	籍貫	出身	任期	雜註
靈德		蒙古鑲紅旗		道光十年任	陞參將。籍貫，鄭新志作「蒙古鑲黃旗人」
關桂		福州		道光十二年護	

姓名		籍貫		任職	備註
保　芝		貴州		道光十三年任	
祥　禄		滿洲正白旗		道光十五年任	
安定邦		四川華陽		道光十九年任	
富　春		滿洲正藍旗		道光二十五年任	
富阿興		滿洲正黃旗		道光二十八年任	籍貫，據薛通志、陳淡志，作「滿洲正旗」，漏「黃」字
劉紹春		閩縣		道光二十八年護	
夏汝賢		四川廣安州		道光二十八年護	
凌敬先		廣東化州		道光二十九年護	
劉紹春				咸豐元年再護	
朱鴻恩		閩縣		咸豐二年任	
倪捷陞		晉江		咸豐四年護	

姓名		籍貫		任職	備註
凌敬先		廣東化州		咸豐七年任	
周逢時		福清		咸豐十年署	
陳連春		晉江		咸豐十一年護	姓名，鄭新志作「陳逢春」
普超		滿洲鑲黃旗		咸豐十一年署	
王世清		直隸南和	丙辰狀元	同治四年任	
郭得高		閩縣		同治五年護	
李應昇		廣東信宜		同治五年署	
徐榮生		南靖		同治六年署	
李楚勝		湖南湘鄉		同治七年署	
錬鋒		福州		同治十一年任	
增慶		滿洲人		同治十二年署	
郝富有		河南		同治十三年署	

黃天成		貴州		光緒元年署	
欒文祥		浙江		光緒二年署	
吳世添		廣東英德		光緒三年任	
劉全		南安		光緒五年署	
福印		滿洲正藍旗		光緒六年任	
李英		廣西		光緒九年署	
張得貴		湖南湘鄉		光緒十年任	
袁紹從		河南		光緒十三年署	
林新		福州		光緒十三年任	
翁曦		建寧府		光緒十四年任	
林亮	字漢侯	潮州		光緒十六年署	別名，薛通志作「漢臣」；薛通志、謝臺志有傳

廖榕勝		廣東		光緒十七年任	
劉有福		湖南		光緒十九年署	
廖榕勝		廣東		光緒十九年回任	

表十一　淡水營守備（「淡水營都司」）附人物表

康熙五十七年新設，駐淡水。雍正十年，移北路營為防，改淡水營守備為都司。初駐八里坌，後移艋舺。嘉慶十四年，復設艋舺水師游擊，本缺遂改為水師協左營都司。

姓名	別名	籍貫	出身	前歷	任期	雜註
黃曾榮	字煥文	臺灣			康熙五十七年任	五十八年卒于官，有傳
陳策	字鐘侯	晉江	行伍		康熙五十九年任	六十一年陞臺灣鎮，卒于官，均有傳
謝周		漳州府	行伍		康熙六十一年任	卒于官。任期，陳通志，余府志，作「六十年」

陳宏烈		詔安	行伍		雍正元年任	卒于官
戴日陞		漳州府			雍正三年任	緣事云
楊豹		泉州	行伍		雍正六年任	
都司 蘇鼎元		同安	行伍		雍正十年任	
都司 王三元		江蘇華亭	行伍		雍正十二年任	
都司 胡楷		沙縣	行伍		乾隆三年任	
都司 王定國		湖南辰州府	行伍		乾隆七年十月任	卒于官
都司 莊瑞發		泉州府	行伍		乾隆九年八月任	
都司 王國正		鑲白旗			乾隆十一年六月署	
都司 陳林萬		福州			乾隆十二年四月任	
都司 馬炳		福州			乾隆十五年正月任	

都司曾廷料		福州			乾隆十七年二月任	
都司杜鵾		福州			乾隆十八年正月任	姓名，陳通志作「杜鯤」
都司王軒		閩縣			乾隆十九年六月任	
都司吳興		福州			乾隆二十年八月任	
都司王廷元		福州			乾隆二十一年二月任	
都司張連璧		福州			乾隆二十一年九月任	
都司許大略		廣東饒平			乾隆二十二年八月任	
都司吳順		正白旗漢軍			乾隆二十三年二月任	
都司張天壽		雲南昆明			乾隆二十五年十二月任	
都司黃必成		晉江			乾隆二十七年五月署	
都司張拱辰		廣東東莞			乾隆二十九年七月任	

姓名	別名	籍貫	出身	前歷	任期	雜註
都司 王祥		壽寧			乾隆二十九年九月署	
都司 許雄才		廣東饒平			乾隆二十九年九月任	任期，薛通志作「二十年署」
都司 陳廷梅		同安	行伍	臺協中營守備	嘉慶十年署	任期，陳通志作「九年」
都司 陳階陞		仙遊	行伍		嘉慶十一年任	任期，陳通志作「十年」
都司 王肇化		山東蒙陰	武進士	建寧中營中備	嘉慶十三年署	
都司 黃清泰	字淡川，一字承伯	廣東鎮平	軍功義首	北路右營守備	嘉慶十四年署	任期，通志作「十三年」，有傳。姓名，陳通志作「黃肇泰」

表十二　艋舺營陸路中軍守備人物表

嘉慶十三年添設，迄日據前夕未廢。

姓名	別名	籍貫	出身	前歷	任期	雜註
王正華		上杭	行伍		嘉慶十五年任	

施必達		晉江	行伍	鎮標中營把總	嘉慶十五年護	
黃國才		同安	行伍	臺城右守軍千總	嘉慶十六年署	
李元陞		閩縣	行伍	下淡水營千總	嘉慶十七年署	薛通志有傳
駱勇寧		閩縣	行伍	鎮標左營千總	嘉慶十八年署	
李宗瓊		清流	世職	鎮標中營千總	嘉慶二十一年署	
陳登高		晉江	行伍		嘉慶二十二年任	
王維龍		長汀	行伍	城守右軍千總	道光元年署	
陳登高		晉江	行伍		道光元年回任	
張光照		閩縣	武舉	北路中營千總	道光二年署	
陳登高		晉江	行伍		道光二年回任	

張光照		閩縣	武舉		道光三年再署	
張如玉		莆田	行伍	北路右營千總	道光四年署	
陳登高		晉江	行伍		道光五年回任	
徐學禮		長泰	武舉	北路中營千總	道光六年署	
鄧高榮		建安	行伍	噶瑪蘭營千總	道光七年署	姓名，薛通志作「登高榮」
郭揚聲	字騰圃	同安	行伍	滬尾水師營把總	道光十年護	任期，陳臺采作「八年向護理」
林得義	字謙亭	艋舺（籍福清）	行伍	滬尾水師營把總	道光十一年護	
張如玉		莆田	行伍		道光十九年署	
歐陽寶		晉江			道光十九年署	
王良寶		福清			道光二十三年署	
歐陽寶		晉江			道光二十五年再署	

劉紹春					道光二十七年署	
蘇連捷		晉江			道光三十年署	
陳光輝		閩縣			咸豐二年署	
林　彪		閩縣			咸豐七年署	
林振臯		侯官			咸豐七年署	
龔朝俊		邵武			咸豐十一年署	
林振臯		侯官			咸豐十二年再署	姓名，薛通志作「林振臯」
劉得陞		閩縣			同治元年署	
曾飛龍		漳州			同治三年署	籍貫，薛通志作「漳浦」
朱拔高		晉江			同治四年署	
陳維超		同安			同治五年署	

辛省三		同安			同治六年署	
陳世恩		德化	軍功		同治七年署	
羅登高		江西南昌	軍功		同治七年署	
楊星元		湖南寧鄉			同治八年署	
鄭蔡生		漳州			同治九年署	
陳世恩		德化	軍功		同治九年署	
陳成勳		福建福州府福清縣	行伍		同治十年八月初七日任	
朱拔高		福建泉州晉江縣			同治十一年六月初四日署	卒于官
李捷陞		福建泉州府同安縣			同治十一年六月初七日署	
李仰山		福建汀州永定縣			同治十二年閏六月十五日署	

嘉朝泰		福州府閩縣	行伍		同治十二年八月二十九日任	
鄭鴻卿		福建福州府閩縣	行伍		光緒元年十二月二十七日署	
鄭乾就		廣東廣州府香山縣	軍功		光緒三年八月十九日署	
詹國珍		貴州玉屏縣	軍功		光緒四年八月十六日署	
康朝英		福建泉州府同安縣	行伍		光緒五年二月初二日署	
羅勝標		湖南桂陽縣	勇目		光緒六年十二月十七日署	
張李成		臺灣府彰化縣	武童		光緒十二年三月初九日代	
蕭定邦		廣東香山縣	行伍		光緒十二年十月初三日署	
蔣錫椿		江蘇武進縣	武童		光緒十三年五月十五日代	
楊紹洙		興化府仙遊縣	武監生		光緒十三年十二月二十六日任	

姓名	別名	籍貫	出身	前歷	任期	雜註
陳成勳		福建福州府福清縣	行伍		同治十年八月初七日署	
李捷陞		福建泉州府同安縣			同治十一年六月初七日署	
鄭乾就						
康朝英						

表十三　艋舺營水師遊擊（「艋舺營水師參將」附人物表）

嘉慶十四年，以福建水師右營游擊移設。道光五年改設為參將。

姓名	別名	籍貫	出身	前歷	任期	雜註
黃清泰	字淡川一字承伯	廣東鎮平	軍功義首		嘉慶十四年護理	
陳一凱		福建福州府閩縣	行伍	臺協左營守備	嘉慶十五年護理	

莊秉元		泉州府同安縣	行伍		嘉慶十六年任	
慶山		滿洲正藍旗雙福佐領下		泉州城守營參將	嘉慶十七年攝理	
莊秉元		泉州府同安縣	行伍		嘉慶十八年任	
蔡安國		廣東潮州府饒平縣	行伍	臺協中營遊擊	嘉慶十九年署	
陳一凱		福州府閩縣	行伍		嘉慶十九年護理	
陳飛鳳		漳州府龍溪縣	世職		嘉慶二十年任	任期，薛通志作「二十五年」，列在李天華前，疑誤
蕭得華		福州府福清縣	行伍	澎湖右營遊擊	嘉慶二十一年署	
李天華		福州府閩縣	行伍		嘉慶二十二年任	
陳登高		晉江	行伍	艋舺陸路守備	嘉慶二十五年代	
陳鵬飛		同安	行伍	臺協右營都司	道光元年署	

黃清泰	字淡川一字承伯	廣東鎮平	軍功義首	北路左營都司	道光二年署	
李如榮		晉江	行伍		道光二年任	
張朝發		惠安	行伍	澎湖左營遊擊	道光五年署	
江鶴	字松亭	詔安	行伍	澎湖右營遊擊	道光五年調事	薛通志有傳
參將曾允福		同安			道光六年任	薛通志有傳。姓名，陳淡志前作「曾允福」，陳臺采作「曾元福」
參將謝建雍		福州			道光七年署	
參將曾允福		同安			道光八年回任	薛通志有傳。姓名，陳臺采作「曾允福」
參將周承恩		同安	行伍	臺協中營遊擊	道光九年署	
參將陳景嵐		龍溪			道光十二年署	任期，薛通志作「二年署」
參將温兆鳳		龍巖州			道光十二年任	任期，陳通志作「十五年任」

參將 蘇斐然		同安			道光十九年任	薛通志有傳
參將 陳景嵐		龍溪			道光二十三年任	
參將 林得義	字謙亭	淡水廳（原籍福清）			道光二十五年任	
參將 蘇斐然		同安			道光二十八年回任	
參將 郭世勳		同安			咸豐元年任	
參將 蘇斐然		同安			咸豐元年回任	薛通志有傳
參將 黃進平		南澳廳			咸豐三年署	
參將 李朝安		閩縣	武生		咸豐四年護	
參將 潘高升		同安			咸豐五年署	
參將 王國忠		閩縣			咸豐六年任	姓名，薛通志作「王福忠」

參將 李朝安		閩縣	武生		咸豐九年再護	
參將 陳國詮		閩縣			咸豐十一年署	任期，薛通志作「十一年署」
參將 陳開輝		同安	世襲		同治元年護	
參將 陳何升		晉江	捐陞		同治二年護	
參將 陳開輝		同安	世襲		同治二年再護	
參將 鄭榮		浙江山陰	捐陞		同治五年署	
參將 李應升		廣東信宜	義首		同治六年署	
參將 黃登第		江蘇吳縣			同治七年攝	
參將 李榮升		廣東順德			同治七年任	
參將 楊萬勝		湖南長沙			同治八年署	

姓名	別名	籍貫	出身	前歷	任期	雜註
參將 李榮升		廣東順德			同治九年回任	

表十四　艋舺營滬尾水師守備人物表

嘉慶十三年，以福建興化左營守備移設，迄日據前夕未改。

姓名	別名	籍貫	出身	前歷	任期	雜註
胡滿榮		閩縣			嘉慶十四年任	
陳登高		晉江	行伍		嘉慶十六年署	
吳國祥		閩縣		臺協中營千總	嘉慶十七年署	
謝建雍		詔安	行伍	臺協中營千總	嘉慶二十年署	
林文燦		閩縣	行伍	臺協中營千總	嘉慶二十三年署	

江明芳		詔安	行伍	本營千總	嘉慶二十四年護	
陳得揚		福清	行伍		嘉慶二十四年任	
江鴻恩		詔安	行伍	臺協中營千總	道光元年署	姓名，陳臺采作「江逢恩」
吳進忠		福清	行伍	臺協中營千總	道光元年署	
余生貴		同安	行伍	本營千總	道光二年署	
陳景嵐		龍溪	行伍		道光四年署	
詹功顯		福清	武生	澎湖右營千總	道光四年署	籍貫，陳臺采作「福州府閩縣」，前歷為「安平右營守備」，任期為「七年」
陳殿鼇		閩縣	武生	安平右營守備	道光七年調	姓名，薛通志作「陳殿鼈」
劉光彩		同安	行伍	安平左營千總	道光九年署	
郭揚聲	字騰圃	同安		安平右營千總	道光十年署	
吳鐘成		南澳廳		本營千總	道光十三年署	

林得義	字謙亭	艋舺籍福清		安平右營守備	道光十四年任	
林朝瑞		閩縣		本營千總	道光十五年任	
陳大坤		南澳廳		臺協右營千總	道光十六年任	
劉　瑛		閩縣			道光二十一年任	
李朝祥		彰化		安平中營千總	道光二十三年署	
陳國庸		閩縣		安平中營千總	道光二十七年任	姓名，薛通志作「陳國康」
葉晞暘		同安		安平左協千總	道光二十九年署	薛通志、陳淡志誤為「三十九年」。姓名，薛通志作「葉晞暘」
陳沂清		詔安			咸豐元年署	
祝延齡		閩縣	武生		咸豐六年署	
游紹芳		福鼎			咸豐八年署	任期，薛通志作「六年署」

李振輝		晉江			咸豐九年署	
陳開輝					咸豐十年任	
李振輝		晉江			咸豐十一年再署	
李捷陞		同安			同治二年代	任期，陳淡志作「二十年代」。姓名，薛通志作「李振陞」
姚珠寶		淡水廳			同治二年署	
林青芳		雲霄廳			同治三年署	
陳步雲		淡水廳			同治五年署	
曾大鏞		晉江	軍功		同治六年署	
蕭定邦		廣東香山	軍功		同治七年署	
文光里		湖南善化	武生		同治七年署	
梁朝安		廣東三水	軍功		同治八年署	

周正坤		湖南寧鄉			同治八年署	
蘇桂森		廣東東莞		儘先都司	同治九年任	
蕭定邦		廣東香山	行伍		光緒八年三月二十五日任	
張李成		彰化	武童		光緒十二年十月初三日署	
蕭定邦		香山	行伍		光緒十三年五月十五日回任	
黃有忠		善化	軍功		光緒十五年十一月初七日署	
孔行斌		安徽舒城	行伍		光緒十六年四月初十日署	
李廷琛		詔安	軍功		光緒十八年四月初十日署	
陳步雲		同安	行伍		光緒十九年四月十三日任	
王祥麟		江西樂安	軍功		光緒二十年二月二十四日署	

北市科第人物表

臺北市進士人物表

姓名	字或號	隸屬或籍貫	中式年代	經歷	備註
陳登元			光緒二年丙子，鄭瀛州榜		

臺北市舉人人物表

姓名	字或號	隸屬或籍貫	中式年代	經歷	備註
陳維藻	字鳳阿	大龍峒港仔墘	道光五年乙酉，林揚祖榜	陳遜言子，臺灣科舉前輩，弟子姪多中式或入泮。	祖籍同安

陳維英	碩芝號迂谷	大龍峒港仔墘	咸豐九年乙未恩科補行戊午正科，周慶豐榜	府學廩生，捐內閣中書，改主事，保至四品銜，賞戴花翎。掌教仰山、學海書院，同治己巳年卒，享年五十八。	
陳霞林	字洞漁	大稻埕獅管巷	咸豐五年乙卯，劉懿璜榜	陳維英孝廉高足，廳附生第一，捐內閣中書候選知府，未實任，逝於廣州，享年五十八	祖籍同安
蘇袞榮	字子褒	艋舺頂新街	同治四年乙丑恩科補行甲子科，郭尚品榜	同治元年壬戌科恩貢，候選內閣中書，《淡水廳志》採訪，與陳維英齊名。當時與林子穎、張子訓、林耀鋒等，各稱淡水五子之一。	祖籍晉安
張書紳	字子訓號半崖	大龍峒	同治四年乙丑恩科補行甲子科	候選訓導，陳維英高足，淡水廳歲貢。同治十年，任《淡水廳志》採訪，為人倜儻不羈，詩詞書聯皆妙。	祖籍同安
鄭廷楊	楊又作揚	大龍峒	郭尚品榜，同治四年乙丑恩科補行甲子科	七年戊辰科欽賜進士，翰林院檢討。	祖籍同安
陳樹籃	字春綠別名植柳	大龍峒	同治十二年癸酉方兆福榜	附生，鄉試中式後，居大厝內，垂帷講學，陳維英族侄，子弟多人入泮。	

張忠侯	原名贊忠號恩達	大稻埕	光緒五年乙卯，傅朝旭榜	乾隆年間先祖挈眷來臺，居八里坌務農，後移大稻埕經營北郊怡和行伍，積資巨萬。忠侯，附生，中式，大挑二等，署臺灣府學教諭。光緒十二年任清文委員，即補縣正堂，甲午年病卒。	祖籍同安
高選鋒	字樨英號拔庵	興雅庄二張	光緒二十八年壬寅補行庚子，辛丑恩正併科	咸豐六年八月初六日生，光緒十二年，考進臺北府學第二名。後寄籍福建福州府侯官縣學，時年四十三，為臺灣淪日後第七年。返臺後遷景尾，多年從事育英。	
連日春	字藹如	三貂嶺	光緒二年丙子，鄭瀛洲榜	設帳稻江，從事育英。	祖籍長泰
林鶴年	字鷺雲號怡園老人	福建安溪	光緒八年	寄籍淡水廳，官工部郎中，中年渡臺，居臺北。為禦海氛，毀家紓難，著《福雅堂詩鈔》。乙未內渡，移鼓浪嶼。	
黃喜彩		艋舺舊街	光緒年間	楊克彰得意門生，日據後歸泉州故里，重返臺後抑鬱不得志，又去。無幾何，棄世，年六十有四。	
張鴻逵		艋舺			副榜
李文元		中崙			

張夢丁		大龍峒	同治甲子		或作同治乙丑副貢
詹正南		五份埔			

臺北市武舉人物表

姓名	字或號	隸屬或籍貫	中式年代	經歷	備註
周冰如		艋舺舊街		艋舺頂新街老藥舖周慶茂家人。	

臺北市貢生人物表

姓名	字或號	隸屬或籍貫	中式年代	貢生名稱別	經歷	備註
林紹唐	字詩賓 號次臯	艋舺	同治十三年甲戌科恩貢	移居	城內府後街，六品銜訓導，協輯《淡水廳志》，善書道。	

楊克彰	字信夫	加蚋莊	光緒元年乙亥	恩貢	少從關渡貢生黃敬遊，掌教學海、登瀛兩書院。歷任臺南府學訓導，苗栗縣學教諭，設教垂三十年。著《周易管窺》未刊。割臺後，挈家內渡，享年六十一。	
李秉鈞	字子桂 號石樵	艋舺土地後街	光緒十七年	歲貢	道光二十四年生。黃中理高足，垂帷課徒，李鍾玉貢生為及門之一。日據後，與陳淑程茂才洛等設保良局，辦官鹽起家。書詩文俱工。	
林紹芬	字詩沅 號芷鄰	艋舺	光緒	附貢	林耀鋒之子，補廩後，晉附貢生。	
曹　敬		北投關渡	咸豐	歲貢生	與同里黃敬齊，世稱淡水二敬。	
張鴻逵		艋舺	道光二十六年丙午科	副貢	淡水廳副貢，子揚清，諸生。	
林耀鋒	字子穎 號星彩	艋舺歡慈市	道光三十年庚戌科	歲貢	欽加六品銜，著《觀象指南易說》，未梓。	
張夢丁		大龍峒	同治四年乙丑科	副貢	淡水廳副貢。	或作同治甲子科舉人

陳宅仁	字槐居 號靜階	錫口	同治九年	歲貢	嘉慶二十四年己卯生，居錫口街市場後，詩文甚多，日據被焚燬。	
陳雲林		大稻埕雙連埤墘八八號	同治十一年壬申科	拔貢	道光二十三年生，陳儒林之季弟，淡水廳拔貢生。割臺後不求仕進，宣統三年卒，享年六十九。	或作同治十二年癸酉科 祖籍同安
張豁然		艋舺			補用教授，日據後去世。	
陳儒林	字洋漁 號藻堂	大龍峒	光緒五年己卯	恩貢	先祖於乾隆初遷臺，卜居大龍峒，世業農，父獻穀移住稻江。儒林受業陳維英，工詩，淡水廳恩貢。日據後內渡，後任壽寧廳教諭，以六十三歲歿於客次，長子廷植，諸生。	祖籍同安
周恃濂		新莊	光緒十二年	歲貢	移寓大稻埕中街，淡水縣歲貢，日據後棄儒從商，開苑芳文具舖。	
張孝侯	名贊堯	大稻埕	光緒乙未科	歲貢	張忠侯令弟，議敍五品升銜，日據後棄世，享年八十餘歲。	
張鳳儀		大稻埕新光媽祖宮口	光緒十四年戊子科	恩貢	原住牛埔仔，淡水懸恩貢，曾於新媽祖宮口陳廷植家設帳授教，日據後內渡，卒於廈門，年五十九。	

蔡成金		大稻埕國興街	光緒十六年庚寅	恩貢	道光九年生，淡水縣恩科貢生，垂帳授教。	
周鏘鳴		大龍峒	光緒九年	歲貢	大龍峒農家子，安平縣歲貢，日據後，受聘為公學校教師，卒年六十五。	
李種玉	字稼農	三重埔	光緒二十年甲午	歲貢	咸豐三年生於三重埔菜寮農家，光緒十七年辛卯縣學庠生。日據後被舉為臨時保良局長，後任國語學校教諭，詩文聯俱工。	
翁林煌		艋舺竹篙厝	光緒十五年己丑科	恩貢	本新竹人，道光三十年生，新竹縣恩貢生。日據後，《臺灣日日新報》編輯，曾與辜顯榮合辦鹽館，光緒年間卒，享年六十九。	
林鵬苦		艋舺苓腳庄	光緒八年壬午科	歲貢	道光二十五年生，新竹縣歲貢生。	
黃瑞麟		艋舺新店街	道光、咸豐年間	附貢	嘉慶二十四年生	
陳宗藩		加蚋仔庄八張犁	同治	附貢	道光十三年生，子春輝，亦邑諸生	
陳維藝		大龍峒港仔墘		附貢	陳維藻、陳維英六弟	中書科附貢生

姓名	字或號	隸屬或籍貫	取進年代	名稱	經歷	備註
廖春魁		臺北城內				
洪騰雲	字合樂	艋舺土治後			平生樂襄義舉，受朝廷嘉獎。	
陳春光		錫口		歲貢	日據後任辦務署參事，錫口庄長，光緒卅三年（日明治四十年）二月卒，享年六十四。	

臺北市廩生、生員人物表

姓名	字或號	隸屬或籍貫	取進年代	名稱	經歷	備註
陳維菁	字莪士	大龍峒港仔墘	道光五年乙酉	生員	陳維藻三弟，道光五年乙酉府學庠生。長子佺，次子鶩生俱入泮。	
林逢源	字瑞香號廉慎又字冀騰，又號蘭畹	艋舺歡慈市	咸豐	增生	鳳山縣學增廣生員，善詩詞聯文，好遠遊，到處留題，《淡水廳志》載其〈淡北八景詩〉，享年五十三。	

張希袞	字思補	大稻埕	同治		陳樹籃門生，先人由士林移寓，生於道光二十九年，日據後出任保良局、第十四區街長、大稻埕公學校教師，退職後垂帷授徒。卒，九十二歲。	
黃福元	字哲馨 號椒其	艋舺後街仔	光緒五年	生員	道光二十年生，年三十六始進彰化縣學。五十六始在龍山寺授徒，後移大衆廟旁，以醫藥濟人，年七十六，捐館。	
陳廷植	字培三 號青一衿	大稻埕	光緒十五年己丑	生員	生於同治八年，父儒林，恩貢生，年二十一，取進淡水縣學。垂帷講學，曾執教大稻埕公學校，民四十六年捐館，年八十九，北部秀才最後之一人。	
林知義	字問樵	竹塹城	光緒五年	生員	移居臺北縣五股坑，進臺北府學，設教於稻埕步蘭亭，後任五股坑區長，第三高女及臺北商工兩校教師，善楷行書。進臺北府學幼童，咸豐四年生。	
趙文徽	號一山	板橋後菜園	光緒	生員	本農家子，奮志青雲，進府學批首，光緒間移居稻江入王華利洋行伍。日據後棄儒業醫，被推為臺北醫生會長，且設劍樓書房，失明後猶皆傳誦。卒年七十一，時民國十六年。	

黃希文	字哲純	艋舺頂新街	光緒	生員	工書法，光緒間進臺北府學。	
王采甫	官章承烈諱人	艋舺頂新街	光緒十七年辛卯補庚寅額	生員	郊商王益興行後設塾教讀。生於同治丙寅八月初三日，卒於民國戊午年五月二十三日。	淡水縣學案首
吳蔭培	字竹人		光緒	生員	竹塹生員，日據後設帳授徒，曾至蘭陽課詩。	
郭鏡蓉	字芙卿	新竹	光緒		由新竹遷居新莊，再移硯稻江，日據後侘傺無聊，以測字糊口，後往大陸，不知所終。	
黃茂清	字植亭	艋舺下崁頂石路	光緒	生員	同治七年生，後徙艋舺水仙宮口。進臺北府學肄業，西學堂畢後任該學堂教師。日據後，任國語學校第一附屬學校教師，旋任《臺灣日報》記者。	
洪以南	字逸雅	艋舺土治後街	光緒	生員	同治十年生，進臺北府學，後由艋舺遷居淡水，顏其居曰達觀樓，工書善畫。日據後，任淡水街長，被推為初代瀛社社長。祖父為貢生騰雲。	

林馨蘭	字湘沅 號壽星	臺南	光緒	生員	同治八年生於臺南辜婦媽街，進臺南府學。日據後入臺灣日報社，移居稻江，與謝雲漁倡設瀛社。民十三年卒於稻江，享年五十五。	
張藏英	字幼巖 號古桐	艋舺舊街	生員	進臺北府學，工小楷。		
張清燕	號雪舫	艋舺舊街	光緒	生員	幼巖弟，擅歧黃術，懸壺市上。	
謝汝銓	號雪漁	臺南	光緒十八年 壬辰	生員	同治十年生，年廿二進臺南府學，日據後再受日人教育，畢業國語學校，臺灣日日新報社記者，州市議員，瀛社社長。民國四十二年卒，享年八十三，著有《奎府樓吟草》、《詩海慈航》。	
黃中理	字夔臣 號海州 又號耐庵	艋舺直興街	同治	廩生	十六歲時父親覆舟殞命，事母孝，翌年即垂帷授徒。惟剛介，工古文學，詩詞金石俱精，書法遒勁。協輯《淡水廳志》，著有《海州詩集》、《澄淮印存》，年四十二去世。	
陳作淦		大稻埕杜 厝街	光緒	廩生	代力稼於大竹圍庄，後遷大稻埕杜厝街營商，父業儒，光緒間以優等食餼，設帳課徒。	

姓名	字	住址	年代	功名	事蹟	
陳霽林		大稻埕	光緒五年	廪生	陳洞漁廉胞弟，光緒五年遊庠後補廪，十五年，卒。	
陳福照	字廷樞	大稻埕中街	光緒十年	廪生	咸豐四年生，少穎異，有神童之稱。光緒辛巳遊庠，越三年甲申，臺北府試以優等食餼，日據後，垂帷授徒。	
葉為圭		大稻程日新街	光緒十一年	廪生	道光中祖父來臺經商，父於日新街更張其業，遂為商界巨擘。為圭生於咸豐四年，光緒乙酉三十二歲時補廪，設筵講經。日據後，初任大稻埕四區中之一區長，併為一區時，仍任區長。光緒三十一年卒，年五十。	
鄭世章	字漢卿	大稻埕杜厝街	光緒	廪生	咸豐元年生，光緒間補廪，宣統元年去世，年五十五。	
劉育英	字得三	枋寮中直街	光緒	廪生	咸豐七年生，光緒六年庚辰進縣學，後食餼膠庠。日據後執教板橋公學校，民國二年移硯稻江北門街，任國語學校囑託，後陞任教諭。善詩文，工楹聯詩畸，二十六年被推為淡北吟社社長。	
劉廷玉			咸豐、同治間	廪生	道光十年生。	

黃　經		大稻埕南街	光緒七年己卯	廩生	祖父元贊由同安渡臺，力田於和尚洲，父經商，受廛於艋舺，復徙往稻江南街。光緒五年己卯進學，後二年食廩餼。日據後，光緒二十三年以疾卒，年四十九。	
洪文光		加蚋仔庄八張犁	光緒	廩生	同治同年生，遷居艋舺土地後，洪騰雲之孫，父耀東，候補同知。	
林世經		大稻埕維新街	咸豐元年辛亥	生員	父惟先，生於三重埔農家，遷居大稻埕九間仔後街營商。世經道光九年生，年二十三進學。日據後，歷任樹林口滬尾等官署職，後辭歸設帳授徒，年逾古稀去世。	
黃　斅	字覺民	淡水干豆莊	咸豐、同治間	生員	關渡先生黃敬弟，設帳於大龍峒。陳維英奇其才，妻以長女，年七十二去世。	
陳鸞升	字浴雪	大龍峒	同治	生員	陳維菁次子，府學庠生，《淡水廳志》採訪。	
顏宅三	字一瓢	艋舺頂新街	光緒五年	生員	道光二十年生。設學豐齋私塾，聚徒講學，次子笏，子能繼父業。	

楊鳴謙		大稻埕怡和巷	光緒七年辛巳	生員	咸豐七年生，年二十五已青一衿，遂設帳授徒。光緒三十三年卒，年五十一。	
黃傳經			光緒七年辛巳	生員	咸豐七年生，父官新竹，年二十八名列庠序，後歸深坑垂帷教讀。日據後出任保良局長，光緒二十三年移寓稻江城隍廟前，後四年任大稻埕區長。宣統二年捐館，年五十三。	
柯大琨		大稻埕	光緒八年壬午	生員	父梅詠有才學，從錫口移往稻江南街，設塾講學。大琨十歲通經史，年十八，以優等取進縣學。日據後任大稻埕區長，光緒二十三年病逝，年僅三十五。	
陳自新		大稻埕太平街	光緒十年甲申	生員	進學後師事黃玉階學醫，日據後為保良分局主理。	
周復白		大稻埕中街	光緒十四年甲申	生員	祖籍同安，移居大稻埕中街，進淡水縣學。日據後棄儒從商，販海產南北貨。	
陳進卿		大稻埕中北街	光緒	生員	取進府學，終身課讀。	
陳開元		錫口興雅庄東	光緒	生員	咸豐三年生。	

何承恩	李廷誥	大稻埕中北街	光緒末年	生員	光緒二年生，弱冠進閩省海澄縣學批首。乙未內渡避亂，光緒三十一年己巳歸故里，設筵講經，後徙基隆，年六十八，卒於客次。	
林斗文	號旭齋	艋舺	光緒	生員	同治十年生，考試獲售後，設塾教讀。	
吳傳經	名蔭槐 字榮培	艋舺下崁庄	光緒	生員	工小楷，霧峰林朝棟愛其才，以女棄之。	傳經係日據後改名
丁壽安	字子仁	艋舺歡慈市	光緒末年	生員	同治十一年生，精音樂，日據後曾為《臺灣日日新報》漢文記者。	
陳步青		加蚋仔庄	光緒	生員	咸豐三年生於農家，曾寓下石路及頂新街，日據後，執教國語學校附屬學校。	
陳時英		艋舺草店尾	光緒	生員	步青之弟，咸豐三年生，日據後與兄同為國語學校附屬學校漢文講師。光緒三十九年（日明治卅九年）八月卒，年五十九。	
林希張		錫口中陂	光緒	生員	同治元年生，取府學庠生。日據後，繼陳春光，長錫口街。	

李世昌		大稻埕港邊後街	光緒	生員	咸豐五年生，庠生。	
陳　洛	字淑程	艋舺	光緒	生員	同治二年生，初居廈新街，後遷居舊街，府庠生，曾肄業西學堂，後任該學堂講師。日據後與辜顯榮、翁林煌等同辦臺北鹽務總署致富。宣統三年卒，年四十八。	
李景盛		大稻埕	光緒	生員	進府學，為清季稻水茶界巨擘李春生長男。日據後，光緒卅三年任臺北廳參事，新高銀行董事長，歿時五十餘歲。	
謝旭如		內湖庄	光緒	生員	先代居內湖庄，世業農，父山水，縣學庠生，出仕於臺北府。旭如取進府學生員，嗣遷居大稻埕日新街，棄儒學賈，與英人合辦義和洋行，從事海外貿易。日據後，出仕保良局，旋重整舊業，以販運致富，卒年四十四歲。	
粘舜音	字冠文	艋舺後街仔	光緒	生員	咸豐四年生，府庠生，專事教學。	
林濟清	字沁秋	艋舺竹仔寮	同治、光緒年間	生員	道光二十七年生，終生教學。	

李春弟	諱銀鈎子孫畹	艋舺廈新街	光緒	生員	巨商李勝發派下邑庠生。	
陳時夏	字兩邊	艋舺草店尾	光緒	生員	陳時英之弟。	
黃善溪		艋舺新店頭		生員	父本屬商，進府學。	
陳祚年	號篇竹	艋舺八甲庄	道光	生員	嘉慶二十二年生。咸豐三年因頂下郊分類械鬥，家被燬，父浩然徙大稻埕杜厝街，重整商務。進學後設塾教讀，日據後內渡。返臺後，曾與諸文人合股設宏道公司，經營股票，終歸失敗。後復授教，應閩報館聘，任職數年。	
陳禧年		艋舺八甲庄	道光	生員	祚年之兄，中年夭折。	
黃克明		艋舺頂新街	光緒	生員	邑紳黃金生之從兄，早逝。	
莊國棟		艋舺土治後街	同治	生員		
莊慶雲		艋舺土治後街		生員	莊國棟之子。	

陳德銓		大稻埕中街	光緒	生員	咸豐三年生，進府學。	
陳德銘		大稻埕中北街	光緒	生員	同治三年生，與弟德鎔聯袂遊泮。	
陳德鎔		大稻埕中北街	光緒		同治九年生，陳德銘之弟。	
陳寅義		大稻埕怡興街	道光	生員	嘉慶二十二年生。	
曾兩成		艋舺草店尾			日據後，曾為國語學校附屬學校講師。	
曾兩邊		艋舺草店尾			曾兩成之弟。	
楊忠彥		加蚋仔庄			日據後，營電器業。	
戴叔攀		艋舺後街仔				
戴叔輝		艋舺後街仔			戴叔攀之弟。	
張壽其		艋舺		生員	曾於龍山寺邊大王館設私塾授徒。	

黃南金		艋舺頂新街		生員		
張揚清	字少舫	艋舺廈新街		生員	道光二十二年生，巨商張德寶派下，精醫道。	
張春園		艋舺廈新街		生員	巨商張德寶派下。	
李孫寶	諱銀錠 官章春芳	艋舺廈新街			巨商李勝發派下，府學庠生。	
吳 静		艋舺大厝口				
黃善溪		艋舺新店頭			父本屠商，因望子成學，乃放下屠刀，遂成所願。	
林沁修		艋舺			甲午年間在城內文武街授徒。	
蔡珽文		艋舺			進府學批首第四名。	
鄭漢卿		大稻埕杜厝街	光緒	廩生	宣統元年病卒，享年五十五。	
陳維藜		大龍峒港仔墘	道光癸未	生員	陳維藻次弟，維英次兄。	

陳鶴升		大龍峒港仔墘		廩生	陳維藻次子。	
陳鵜升		大龍峒	同治	廩生	陳維藜子，日據後去世。	
陳鷹升		大龍峒港仔墘		廩生	陳維英長子。	
陳鳶升		大龍峒港仔墘		廩生	陳維英次子。	
陳曰佺		大龍峒港仔墘		廩生	陳緒菁長孫。	
陳曰倬		大龍峒港仔墘		廩生	陳維菁三孫。	
陳曰伊		大龍峒港仔墘		廩生	陳維菁七孫，日據後去世。	
陳樹芬		大龍峒		廩生	陳樹籃弟。	
陳耀巖		大龍峒		廩生	陳樹籃長子。	
陳耀崍		大龍峒港仔墘		廩生	陳樹籃五子。	
林望周		大稻埕中街			父為稻江領袖林右藻。	

廖定國		大稻埕	光緒十五、六年	生員		
邱　弼	字逸芝	大稻埕中街	光緒十五年			
王鼎元		大稻埕	光緒十五年			
王正元		大稻埕	光緒十四年		取進淡水縣學	
洪錫九		臺北城內				
陳文標		錫口車罾				
陳　樹		加蚋庄				
張丙丁		錫口街	光緒十四年戊子	生員	進學設塾授徒，後為醫，民國二年五月卒，年四十六。	
陳開元		三張犁				
陳國樑	別名喬先	錫口街				
黃韓五		臺北社後庄	光緒十二年丙戌	生員	農家子，設帳授徒，移居臺北。日據後服務保良局、臺北辦務署，後辭歸故里。	

姓名	字或號	隸屬或籍貫	取進年代	名稱	經歷	備註
林光斗		新莊	光緒二十年甲午	生員	日據後，辦新莊保良局事務，後設帳於稻江授徒。	
蘇如郭		新莊	同治壬申	生員	工楷書，日據後辦新莊保良局事務，後移稻江設帳授徒。	
王作霖		擺接堡溪洲	光緒十一年乙酉	生員		
張時昌		艋舺		生員	補用教授，日據後去世。	

臺北市武生員人物表

姓名	字或號	隸屬或籍貫	取進年代	名稱	經歷	備註
林卿暉		艋舺直興街			貿易商林卿雲之弟	
陳化龍		艋舺草店尾				
白聯陞		艋舺頂新街			大染房白隆發家人	
楊棟		加蚋庄				

荷據時期臺灣長官人物表

姓名		任期
原名	譯名	
Marten Sonk	馬珍・宋克	明天啟四年（西元一六二四）任，同五年（一六二五）卸
Gerard, f. De with	李威特	天啟五年（西元一六二五）任，同六年（一六二六）卸
Pieter Nuyt's	派特・紐志	天啟七年（西元一六二七）任，崇禎二年（一六二九）卸
Hans, Putmans	漢斯・勃曼	崇禎二年（西元一六二九）任，同九年（一六三六）卸
Johon Van Der, Burg	約翰・范德堡	崇禎九年（西元一六三六）任，同十三年（一六四〇）卸
Paulus Traudenius	特勞登紐斯	崇禎十四年（西元一六四一）任，同十六年（一六四三）卸

Maximilian Le Maire	李麥亞	崇禎十六年（西元一六四三）任，同十七年（一六四四）卸
Francis Coron	佛蘭西斯・加爾隆	崇禎十七年（西元一六四四）任，隆武元年（一六四六）卸
Pieter A. Overtwater	奧麥脱特	隆武元年（西元一六四六）任，永曆四年（一六五〇）卸
Nicolas Verburg	尼古拉斯・麥堡	永曆四年（西元一六五〇）任，同七年（一六五三）卸
Cornelis Ceasar	古尼李斯・凱撒	永曆七年（西元一六五三）任，同十年（一六五六）卸
Frederik Coyett	弗烈德立克・揆一	永曆十年（西元一六五六）任，同十五年（一六六二）卸

日據時期臺灣總督人物表

姓名	任職年月	卸任年月	備註
樺山資紀	光緒二十一年五月十日（日明治二十八年）	光緒二十二年六月二日（日明治二十九年）	伯爵 陸軍大臣
桂太郎	光緒二十二年六月二日（日明治二十九年）	光緒二十二年十月十四日（日明治二十九年）	公爵 陸軍大將 內閣總理大臣
乃木希典	光緒二十二年十月十四日（日明治二十九年）	光緒二十四年二月廿六日（日明治三十一年）	伯爵 陸軍大將
兒玉源太郎	光緒二十四年二月廿六日（日明治三十一年）	光緒三十二年四月十一日（日明治三十九年）	伯爵 陸軍大將
佐久間左馬太	光緒三十二年四月十一日（日明治三十九年）	民國四年五月一日（日大正四年）	伯爵 陸軍大將
安東貞美	民國四年五月一日（日大正四年）	民國七年六月六日（日大正七年）	男爵 陸軍大將

明石元二郎	民國七年六月一日（日大正七年）	民國八年十月廿六日（日大正八年）	男爵　陸軍大將
田健次郎	民國八年十月廿九日（日大正八年）	民國十二年九月二日（日大正十二年）	男爵
內田嘉吉	民國十二年九月六日（日大正十二年）	民國十三年九月一日（日大正十三年）	
伊澤多喜男	民國十三年九月一日（日大正十三年）	民國十五年七月十六日（日大正十五年）	貴族院議員
上山滿之進	民國十五年七月十六日（日大正十五年）	民國十七年六月十六日（日昭和三年）	
川村竹治	民國十七年六月十六日（日昭和三年）	民國十八年七月三十日（日昭和四年）	貴族院議員
石塚英藏	民國十八年七月三十日（日昭和四年）	民國二十年一月十六日（日昭和六年）	樞密院顧問官
太田政弘	民國二十年一月十六日（日昭和六年）	民國二十一年三月二日（日昭和七年）	貴族院議員
南弘	民國二十一年三月二日（日昭和七年）	民國二十一年五月廿六日（日昭和七年）	貴族院議員

中川健藏	民國二十一年五月廿七日（日昭和七年）	民國二十五年九月二日（日昭和十一年）	貴族院議員 大日本航空會社總裁
小林躋造	民國二十五年九月二日（日昭和十一年）	民國二十九年十一月廿七日（日昭和十五年）	海軍大將
長谷川清	民國二十九年十一月廿七日（日昭和十五年）	民國三十三年十二月卅日（日昭和十九年）	海軍大將
安藤利吉	民國三十三年十二月卅日（日昭和十九年）	民國三十四年八月（日昭和二十年）	陸軍大將

日據時期臺灣軍司令官人物表

姓名	位階	任職	卸任	備註
明石元二郎	男爵 陸軍大將	民國八年八月二十日（日大正八年）	民國八年十月廿六日（日大正八年）	
柴五郎	陸軍大將	民國八年十一月一日（日大正八年）	民國十年五月四日（日大正十年）	
福田雅太郎	陸軍大將	民國十年五月四日（日大正十年）	民國十二年八月五日（日大正十二年）	
鈴木莊六	陸軍大將	民國十二年八月六日（日大正十二年）	民國十三年八月二十日（日大正十三年）	
菅野尚一	陸軍大將	民國十三年八月二十日（日大正十三年）	民國十五年七月廿八日（日大正十五年）	
田中國重	陸軍大將	民國十五年七月廿八日（日大正十五年）	民國十七年八月十日（日昭和三年）	

菱刈　隆	陸軍大將	民國十七年八月十日（日昭和三年）	民國十九年六月二日（日昭和五年）	
渡邊錠太郎	陸軍大將	民國十九年六月二日（日昭和五年）	民國二十年八月一日（日昭和六年）	
真崎甚三郎	陸軍大將	民國二十年八月一日（日昭和六年）	民國二十一年一月八日（日昭和七年）	
阿部信行	陸軍大將	民國二十一年一月廿八日（日昭和七年）	民國二十二年八月一日（昭和八年）	後任內閣總理大臣
松井石根	陸軍大將	民國二十二年八月一日（日昭和八年）	民國二十三年八月一日（日昭和九年）	後任內閣參議
寺內壽一	陸軍大將	民國二十三年八月一日（日昭和九年）	民國二十四年十二月二日（日昭和十年）	後任軍事參議官
柳川平助		民國二十四年十二月二日（日昭和十年）	民國二十五年八月一日（日昭和十一年）	後任興亞院總務長官
畑　俊六		民國二十五年八月一日（日昭和十一年）	民國二十六年八月一日（日昭和十二年）	後任陸軍大臣
吉莊幹郎		民國二十六年八月一日（日昭和十二年）	民國二十七年（日昭和十三年）	後任軍事參議官

兒玉友雄		民國二十七年（日昭和十三年）	民國二十八年十二月一日（日昭和十四年）	
牛島實常		民國二十八年（日昭和十四年）		
本間雅晴				

備考：

①牛島實常以後，不明。

②日本投降時，為臺灣總督安藤利吉兼任。

日據時期總務長官人物表

姓名	任職	卸任	備註
水野遵	光緒二十一年五月廿一日（日明治二十八年）	光緒二十三年七月廿日（日明治三十年）	
曾禰靜夫	光緒二十三年七月廿日（日明治三十年）	光緒二十四年三月二日（日明治三十一年）	
後藤新平	光緒二十四年三月二日（日明治三十一年）	光緒三十二年十一月十三日（日明治三十九年）	
祝辰巳	光緒三十二年十一月十三日（日明治三十九年）	光緒三十四年五月廿五日（日明治四十一年）	
大島久滿次	光緒三十四年五月卅日（日明治四十一年）	宣統二年八月廿七日（日明治四十三年）	
內田嘉吉	宣統二年八月廿七日（日明治四十三年）	民國四年十月廿日（日大正四年）	

下村　宏	民國四年十月廿日（日大正四年）	民國十年七月十一日（日大正十年）	法學博士 貴族院議員
賀來佐賀太郎	民國十年七月十一日（日大正十年）	民國十三年九月十九日（日大正十三年）	
後藤文夫	民國十三年九月十九日（日大正十三年）	民國十七年六月廿六日（日昭和三年）	貴族院議員
河原田稼吉	民國十七年六月廿六日（日昭和三年）	民國十八年八月三日（日昭和四年）	文部大臣
人見次郎	民國十八年八月三日（日昭和四年）	民國二十年一月十七日（日昭和六年）	
高橋守雄	民國二十年一月十七日（日昭和六年）	民國二十年四月十四日（日昭和六年）	
木下　信	民國二十年四月十四日（日昭和六年）	民國二十一年一月十三日（日昭和七年）	
平塚廣義	民國二十一年一月十三日（日昭和七年）	民國二十五年九月二日（日昭和十一年）	
森岡二郎	民國二十五年九月二日（日昭和十一年）	民國二十九年十一月（日昭和十五年）	

姓名	就任	離任	
齋藤樹	民國二十九年十一月（日昭和十五年）	民國三十三年十二月（日昭和十九年）	
成田一郎	民國三十三年十二月（日昭和十九年）	民國三十四年八月（日昭和二十年）	

乙篇：臺灣人物錄

新文學・新劇運動人名錄

凡例

一、本文所錄，概以日據時期臺灣的新文學、新劇運動發軔以後，迄本省光復前，從事是項運動之人物為主。

二、收錄人物，以實際上曾參加運動，且有顯著表現者為限，僅屬於愛好性質或列名團體者，不錄。

三、旅臺日人從事文學或新劇活動者，因另成系統，且詳於本期郭千尺〈臺灣日人文學概觀〉、龍瑛宗〈日人文學在臺灣〉及上期王一剛〈臺北日人的新劇運動〉等三文中，茲不贅。

四、所錄人物中從事寫作者，有以中文，有以日文，有中、日文兩用，故特於本文姓名下附括弧註以(中)、(日)、(中日)，字樣，以資甄別。從事戲劇電影，無寫作者，不註。

五、所錄人物，其擅長除與文學、新劇有關外，概不記。

六、本文草於匆促之間，調查未周，漏列、錯誤自所難免，有俟之識者指正，俾便後日訂正、補入。

三劃

山竹（中），本名待查，新竹人。小說。有長篇小說〈突出水平線上的戀愛〉。

四劃

王井泉，臺北市人。劇。山水亭公共食堂主人。星光、民烽、厚生及人劇座等主要人物或主持人。

王白淵（中日），臺中縣人。詩、評論。曾任《新生報》編輯。臺灣藝術研究會同人。有詩集《棘の道》（日文）、新生報社《臺灣年鑑文化篇》。

王火科（日），臺中市人。詩。

王莫愁，臺南市人。戲曲研究會主持人。

王詩琅（中日），筆名王錦江、王剛、王一剛。臺北市人。臺灣文藝協會同人，現任臺北市文獻委員會編纂。詩、小說、評論。有小說：〈夜雨〉、〈没落〉、〈十字街頭〉等，評論〈懶雲について〉、〈半世紀來的臺灣新文學運動〉、〈臺灣文學再建設問題〉等。最近歷史民俗考證物多。

王登山（日），臺南縣北門鄉人。詩、俳句。
王碧樵（日），臺南縣佳里鎮人。俳句。已故。
王繼呂（日），籍不明，詩。
王昶雄（日），臺北縣淡水鎮人，齒科醫。詩、小說。有小說〈淡水河の漣〉、〈奔流〉等作。

五劃

丘英二（日），籍待查。詩。
甘文芳（日），籍待查。評論。

六劃

朱石峰（中），筆名點人、描文，臺北市人。臺灣文藝協會同人。小說、隨筆。有小說：〈失戀者日記〉、〈蟬〉、〈秋信〉、〈血櫻〉等作。已故。
江燦琳（日），新竹市人。評論。《臺灣藝術》主編。
江夢筆（中），筆名器人。臺北市人。詩。已故。
江賜金（日），臺北人。評論、詩。與劉捷共著《臺灣文化の諸問題》。已故。

七劃

宋獻璋，號非我，臺北縣人。劇。民烽劇團重要演員，聖峰演劇研究會主持人之一。

巫永福（日），臺中市人。曾任臺中市政府秘書，臺灣藝術研究會同人。詩、小說。有小說〈黑龍〉、〈山茶花〉等。

李獻璋（中日），桃園縣大溪鎮人。臺灣文藝協會同人。評論、歌謠。專著有《臺灣民間文學集》。

李禎祥（日），南投縣人。小說。

李張瑞（日），筆名利野倉，臺南縣新化鎮人。詩。已故。

吳天賞（日），臺中人。曾任《新生報》記者。臺灣藝術研究會同人。詩。已故。

吳坤煌（日），南投縣人。曾任臺灣區煤礦業公會秘書。詩、評論。臺灣藝術研究會同人。

吳希聖（日），臺北縣淡水鎮人，曾任《臺灣新生民報》記者。小說。有〈豚〉、〈人間楊兆佳〉等作。

吳建田（中日），筆名吳濁流，桃園縣中壢鎮人。現任職臺灣省機械業公會。詩、隨筆、小說。有長篇小說《胡志明》、隨筆集《ボッダム課長》、詩集《藍圖集》等。

吳松谷（中），筆名逸生，臺北市人。隨筆、評論。臺灣文藝協會同人。

吳新榮（中日），筆名史民、兆行，臺南縣佳里鎮人。開業醫師，現任臺南縣文獻委員會兼編纂組長。詩、隨筆。最近，歷史及民俗考證多篇。

吳漫沙（中），福建省晉江人。日據時期來臺，《民族晚報》記者。小說、隨筆。有長篇小說《黎明了的東亞》等作。

吳慶堂（中），筆名繪聲。彰化市人。小說、詩、隨筆。有小說〈秋兒〉等作。

吳鴻爐（中），桃園縣中壢鎮人。評論。

吳瀛濤（中日），臺北市人，現任職臺灣省菸酒公賣局臺北分局。詩、評論。有詩集《生活詩集》。

呂訴上（中），彰化縣溪州鄉人，現任中國青年反共救國團編審。有劇本《現代陳三五娘》、《偵探化裝術》等。

呂赫若（日），臺中縣豐原鎮人。小說、評論。有小說〈牛車〉、〈嵐の物語〉，小說集《清秋》。

邱春榮（中），屏東人。詩、小說。已故。

何春喜（中日），筆名貂山子，籍待查。隨筆、評論。已故。

何集壁（日），臺中市人。隨筆。

何非光，臺中市人。電影。投奔祖國電影界，導演《保家鄉》、《花蓮港》等作。

八劃

周定山（中），筆名一吼，彰化縣鹿港鎮人。評論、隨筆、小說。有小說〈旋風〉，隨筆〈幾齣破布班〉等。

周金波（日），基隆市人，開業醫。小說、劇本。有劇本《志願兵》等。

林存本（中），彰化市人。小說。

林理基（日），籍待查。小說。長篇小說《島の子たち》。

林快青（中日），嘉義市人。曾任省民政廳主任祕書。評論。

林茂生（中日），臺南市人，曾任臺南高工、臺大教授。評論。

林海成（中），筆名越峰，臺中縣豐原鎮人。小說。有〈紅葡萄〉等作。

林荊南（中），筆名嵐映。彰化縣竹塘鄉人。《南方雜誌》、《詩文之友》雜誌主編。詩、評論。

林鶴年，臺中縣霧峰人。劇。曾任臺中縣長。

林雲龍，臺中縣霧峰人。炎峰劇團藝能文化研究會主持人。

林敬璋（日），籍待查。小說、隨筆、詩。有小說〈復仇〉等作。

林博秋（日），桃園縣桃園鎮人。戲劇。厚生演劇研究會主要人物，有劇本《高砂館》。

林精鏐（日），臺南縣佳里鎮人。詩。

林輝焜（日），臺北縣淡水鎮人，曾任臺北市政府秘書。小說。有長篇小說《爭へぬ運命》。

林履信（中），臺北縣板橋鎮人。評論。有專著《蕭伯納研究》、《希莊論叢》。已故。

林永修（日），筆名林修二。臺南縣麻豆鎮人。詩。

林進發（日），臺北市人。詩、隨筆。

九劃

施文杞（中），彰化縣鹿港鎮人。評論。

施維堯（日），彰化縣鹿港鎮人。評論。

施學習（中日），筆名鳩堂，彰化縣鹿港鎮人。臺灣藝術研究會同人，現任臺北市立女中校長。詩、評論。專著有《白香山研究》。

洪炎秋（中），彰化縣鹿港鎮人，現任臺灣大學教授、國語日報社長。評論。隨筆集《人間閒話》。

洪耀勳（日），臺中人。現任臺灣大學教授。評論。

十劃

陳火泉（日），臺北市人。小説。有小説〈道〉等作。

陳君玉（中），臺北市人，現任學友社編輯，臺灣文藝協會同人。詩、歌、劇本等。小説有〈工場行進曲〉。

陳兆柏（日），籍待查。詩。臺灣藝術研究會同人。

陳奇雲（日），澎湖縣人。俳句、詩。有詩集《熱流》。已故。

陳挑琴（日），臺北市人。詩、隨筆。現任職臺北區合會儲蓄公司。

陳逢源（中日），筆名南都，臺南市人。現任省議員，臺北區合會儲蓄公司董事長。《南音》同人。隨筆、評論。有評論〈對臺灣詩壇投一個炸彈〉及隨筆集《綠窗墨滴》等。

陳紹馨（中日），臺北縣汐止鎮人。現任臺灣大學教授。評論。

陳炳煌（中），筆名鷄籠生，基隆市人。現任豐年社副總編輯。隨筆、漫畫。有隨筆專集部。

陳華培（日），籍待查。小說、隨筆、詩。

陳瑞榮（日），筆名垂映，臺中市人。小說、詩。有長篇小說《暖流寒流》等書。

陳清池（日），新竹市人，現任臺北市民政局長。評論。

陳逸松（日），筆名疑雨山人，宜蘭縣羅東鎮人。曾任律師、考試院考試委員。小說。

陳遜仁（日），臺中市人。詩。已故。

陳義長（日），筆名陳茉莉，臺北縣人。評論、詩。

陳滿盈（中），筆名虛谷，彰化市人。詩。小說〈榮歸〉等作。

陳鏡波（中日），臺北市人。小說、評論。有小說《落城哀艷錄》、《灣製テカメロン》等作。

郭水潭（中日），筆名千尺，臺南縣佳里鎮人。現任臺北市文獻委員會編纂。詩、小說、評論。有小說〈或る男の才記〉、評論〈臺灣智識階級的傾向〉。近來，歷史民俗考證多。

郭明昆（中日），筆名一舟，臺南縣麻豆鎮人。評論。早稻田大學教授。已故。

郭啟賢（日），桃園縣中壢鎮人。詩。

郭秋生（中），筆名芥舟，臺北市人。臺灣文藝協會同人。詩、評論。有小說〈死麼？〉、〈鬼〉、〈王都鄉〉等作。

翁鬧（日），籍待查。小說、隨筆。小說〈戇爺ちん〉一作曾入選日本改造社發行《文藝》月刊。已故。

翁澤生（中），臺北市人。評論、小說。已故。

徐玉書（中），筆名青光，嘉義市人。小說、詩、評論。

徐河壬（中），臺南市人。小說、詩。

徐淵琛（日），筆名徐瓊二，臺北市人，曾任《臺灣民報》記者。臺灣文藝協會會員。評論、詩。已故。

徐金田（中），筆名林克夫，臺北市人。臺灣文藝協會同人。評論、詩。

徐坤泉（中），筆名阿Q之弟，澎湖縣人，曾任臺灣省文獻委員會協纂。小說。有長篇小說《可愛的仇人》、《靈肉之道》、《牛》、《鐵匠》等，前三作已有單行本。已故。

徐富（日），臺北縣士林鎮人。詩。

徐清吉（日），臺南縣佳里鎮人。詩。

十一劃

許乃昌（中），筆名秀湖生，彰化市人。評論。《東方少年》發行人。

張文環（日），嘉義縣梅山人。臺灣藝術研究會同人，現任人壽保險公司嘉義分公司經理。小說、隨筆。有小說〈父の顏〉、〈閹鷄〉、〈野猿〉等作。

張天賜，臺北市人。電影。七七後投入偽滿洲映畫公司，導演《白馬將軍》、《林沖夜奔》、《李師師》等片。

張冬芳（日），臺中縣豐原鎮人。曾任臺大先修班教授。評論、詩。

張良玉，臺北市人。電影、製片、導演，良玉影片公司主持人。作品《望春風》、《怪紳士》等。

張我軍（中），又名一郎，臺北縣人，現任臺灣省合作金庫研究主任。評論、詩、小說。有小說《誘惑》、《買彩票》，詩集《亂都之戀》等。

張星建（日），臺中市人，曾任職臺中中央書局。隨筆。臺灣文藝聯盟及《臺灣文藝》主持人。已故。

張健次郎（日），桃園縣中壢人。隨筆、詩。

張深切（中日），筆名楚女，臺中市人。評論、劇本。臺灣文藝聯盟領導人。有評論〈對臺灣新文學路線的一提案〉、〈臺灣文藝的使命〉，劇本《鴨母》、《落陰》等。

張梗（中），臺中市人。評論、小說。有評論〈討論舊小說的改革問題〉。已故。

張維賢（中日），筆名耐霜，臺北市人。戲劇。星光演劇研究會主要人物，民烽劇團創辦人。
張榮宗（日），嘉義縣朴子人，小說、劇作。有劇本《貂蟬》等。
張慶堂（中），臺南縣新化人。小說、詩。有小說〈年關〉、〈他是流浪了〉等。
黃石輝（中），屏東縣人。評論、故事。已故。
黃昆彬（中），臺南市人。戲劇。有劇本《鄉愁》。
黃宗葵（日），臺南市人。《臺灣藝術》主持人。
黃周（中），號醒民，彰化市人。曾任《臺灣新民報》學藝部長。評論。
黃春成（中），筆名天南，臺北市人。詩、隨筆。《南音》同人。
黃啟瑞（中日），筆名青萍，臺北市人。現任臺北市議會議長，中央黨部副秘書長，臺灣文藝協會同人。詩、評論、隨筆。
黃得時（中日），臺北縣樹林鎮人。現任臺灣大學教授，臺灣文藝協會同人。評論、小說。著作有《詞的研究》，日譯《水滸傳》、《臺北地區沿革攷》、《臺灣歌謠研究》、《中國文學思想史》等。
黃朝東（中），筆名病夫，彰化市人。小說，有小說〈幸福〉等。
黃菊次郎（日），員林鎮人。小說、詩。有小說〈新しき生活へ〉等。
黃有才（日），基隆市人，詩。小說、隨筆。
黃成春（中），號湘蘋，臺北市人。臺灣文藝協會同人。隨筆、詩。
莊培初（日），臺南縣佳里鎮人。評論、詩。

莊松林（中日），筆名朱鋒，臺南市人。現任臺南市文獻委員會委員。小說、故事。有小說〈鷄母〉、〈林道乾〉等。近日，歷史、民俗考證多。
莊明鐺（中），筆名莊少岳，彰化縣鹿港鎮人。詩。
莊垂勝（中），又名遂性，彰化縣鹿港鎮人。評論。中央書局董事長。《南音》同人。
曾文欣（中），新竹市人，曾任《臺灣民族》編輯。小說。
曾石火（日），籍待查，臺灣藝術研究會同人。詩、隨筆。已故。
曾壁三（日），豐原人。詩、評論。

十二劃

楊千鶴（日），臺北市人。小說。
楊木元，臺北市人。劇。星光、民烽等劇團同人。
楊少民（中），臺中人。詩。
楊友濂（中日），筆名楊雲萍，臺北縣士林鎮人，《人人》雜誌創辦人，現任臺灣大學教授。詩、評論、小說。有小說〈光臨〉、〈春雨〉，詩集《山河》，近來歷史考證甚多。
楊行東（中日），籍待查。評論。臺灣藝術研究會同人。有評論〈臺灣文藝的待望〉等作。
楊杏庭（日），籍待查，現任職臺灣銀行研究室。評論。
楊松茂（中），筆名楊守愚，彰化市人，現任教省立彰化工業職業學校。小說、詩、隨筆，有小說〈戽魚〉、〈赤土與鮮血〉等作。

楊朝枝（中），筆名楊柳塘，臺北市人。小說、隨筆。

楊建（中），筆名楊華，屏東縣人。詩、小說。有小說〈一個勞者的死〉、〈薄命〉等作。已故。

楊啟東（日），籍待查。詩。

楊基振（中日），臺北縣清水鎮人。現任職鐵路管理局。詩、隨筆。

楊貴（日），筆名楊逵，臺南縣新化鎮人，臺灣新文學社主持人。小說、評論。小說有〈派報伕〉、〈鵝鳥を飼ふ女〉等作。

楊熾昌（日），筆名水蔭萍，臺南市人。現任《公論報》臺南分社主任。詩。

葉石濤（日），臺南市人，小說。

葉旭，臺北市人。劇。星光、民烽等劇團同人。

葉秋禾（日），籍待查。詩、隨筆。臺灣藝術研究會同人。

葉陶（日），高雄縣人。隨筆。

葉榮鐘（中日），筆名少奇，彰化鹿港鎮人。現任彰化商業銀行董事會主任秘書、總行處長。詩、評論。有專著《中國文學概觀》等。

雷石榆（中日），中國日本留學生，籍待查。詩、評論。日據時期即於臺人所辦文藝雜誌發表作品。

董祐峰（日），臺南市人。小說、詩。

十四劃

廖漢臣（中日），筆名毓文，文瀾。現任臺灣省文獻委員會協纂。詩、歌、小說、評論。臺灣文藝協會同人。有小說〈母親死掉了〉、〈明兒的悲哀〉等。近來，歷史、民俗考證多。

趙啟明（中），筆名趙櫪馬，臺南市人。詩、歌、小說、劇作、評論。有小說《西北雨》等作。已故。

鄭永富（日），籍待查。詩、小說。有小說〈如高〉等。

鄭超人，新竹市人。電影。投奔祖國電影界，主演《王氏四俠》等片。

鄭津梁（中日），雲林縣斗六鎮人。詩。近民俗、歷史考證多。

黃夢華（中），本名待查，彰化市人。小說、詩。有小說〈鬥〉、〈她〉等作。

十五劃

賴和（中），筆名懶雲，彰化市人。詩、小說、隨筆。有隨筆《無題》，小說〈一枝稱仔〉、〈善訟人的故事〉、〈豐作〉、〈惹事〉等作。

賴曾，臺北市人。戲劇。人劇座同人。

賴通堯（中），彰化市人。隨集、評論。

賴貴富（日），籍待查。隨集。

賴滄洧（中），筆名賴賢穎、賴玄影、賴堂郎，彰化市人。小說、評論。有小說〈稻熱病〉、〈女鬼〉等作。

賴慶（日），南投縣人。小說、評論。

賴銘煌（中日），筆名賴明弘，臺中縣豐原鎮人。現任臺中縣政府祕書。小說、評論。有小說〈ある結婚〉等作。

劉捷（日），筆名郭天留，屏東縣人。評論、小說。有與江賜金共著〈臺灣文化の問題〉。

劉榮宗（中日），筆名龍瑛宗，苗栗縣人。小說、隨筆。有日本《改造》月刊選外佳作小說〈パパイヤのある街〉，隨筆評論集《蠹魚》。

劉燦波（中），臺南縣新營鎮人。電影劇本。有劇本《初戀》、《永遠的微笑》。後因投入偽中華電影，被暗殺。

十六劃

蔡天來（中），筆名蔡德音，臺南市人。臺灣文藝協會同人。詩歌、劇作。

蔡秋洞（中），筆名蔡愁洞，嘉義縣北港鎮人。小說。有小說〈興兄〉、〈四兩仔土〉、〈理想鄉〉等作。

蔡孝乾（中），彰化市人。評論。

蔡嵩林（中），彰化縣鹿港鎮人。隨筆。已故。
駱水源（日），臺北市人。隨筆。

十七劃

謝春木（中日），別名謝南光，筆名追風，彰化市人。評論、詩、小說。有小說〈彼女は何處へ行く〉。
謝萬安（中日），臺南縣新化鎮人。小說、詩。有小說〈五谷王〉、〈老婆到手苦事臨頭〉等作。已故。
謝孟章（日），臺北縣淡水人。評論。
簡國賢（日），臺北縣士林鎮人。劇作、演出。人劇座同人。已故。
簡進發（中），桃園縣人。小說。

十八劃

魏上春（日），籍待查。詩、隨筆。
魏根萱（日），籍待查。現任省農林秘書。小說、隨筆、評論。
蕭金鑽（日），籍待查。詩、隨筆。
藍紅綠（中日），臺中市人。小說。

十九劃

羅朋，南投縣人。電影。投奔祖國電影界，主演《漁光曲》、《寒江落雁》、《骨肉之恩》等片。

二十劃

蘇維熊（日），新竹市人。現任臺灣大學教授。詩、評論。

蘇維霖（中），號薌雨，新竹市人。現任臺灣大學圖書館長。評論。

臺灣民俗學家群像

一、臺灣民俗學的興起與發展

民俗學在臺灣以一個學問的姿態出現，可以說是屬於近世的事。具體的說起來，它是到了日據末期，才由關心學人，從事這一方面的資料蒐集、調查、整理，作為一個獨立的學問體系，開始加以研究的。不過，當時從事這種工作的學人，都各有其專門的學問立場，譬如：社會學、歷史學、民族學、法學、宗教學、考古學、文學，或地質學、醫學等……等，新來搞這工作的，這也是初期不可避免的現象。

臺灣的舊府縣廳志，本都循我國方志的老體例，闢有專目，記載各地方的民間習俗。到了日據時期，日臺灣總督府設立舊慣調查會，其編印的定期刊物《臺灣慣習記事》，以及《臺灣私法》等書刊，也多有這一方面的記載。可是，這個機構祇是其政策推行的一部門，專事資料蒐集、調查而已，其編印的書刊也祇是資料、調查的記載；且工作範圍也遍及官方及民間的有形無形的制度文物，民間習俗僅是工作的一部份而已。到了臺籍人士創辦的《臺灣民報》和續後的《臺灣新民報》，雖然也曾徵募過民謠，但也不是有意識要搞民俗，而且工作也止於此。

這一直到了末期，《民俗臺灣》問世，才擺脫了舊套，以它作為一個獨立的學問搞起來，也才引起學術界的重視，引起社會人士普遍的注目。《民俗臺灣》是於一九四一年（日昭和十六年）七月創刊，到了太平洋戰爭接近尾聲的一九四五年（日昭和二十年）一月才告結束，共出版四十三期。名義上，雖然是以日籍臺大教授金關丈夫、國分直一為中心創刊，實際上，都是由年輕的池田敏雄負責編輯的。在那日趨激烈的戰爭下，日當局正千方百計，設法要消滅臺人的民族意識，驅臺人為他們效命、當砲灰的時候；《民俗臺灣》這班不識大體的「母國人」所走的路線，縱然不是故意漠視日當局的政策，但工作內容是以臺人固有的習慣為對策，而且態度又是嚴守肯定的評價。這麼一來，結果就類以闡揚中華傳統文化，間接也會否定「皇民化」的方向與立場。所以日當局對此也顯然不高興，可是這班學人名氣太大，又沒有背道而馳的言論，因此，也未敢斷然採取禁止的措施。平心而言，當時屬於統治者方面的日人為主體的這一刊物，在侵略戰爭下，能夠保持學人風度和良心，已是堪稱為難能可貴的人了。

當時，在這雜誌上寫作的臺籍作者，大體可以說，不是由他們觸發興趣的，便是由他們培養出來的居多。

本省光復後，《公論報》的副刊〈臺灣民俗〉，曾普遍受人歡迎與重視。自此，各報刊經常都有本省的掌故與民俗關係的文章出現，而且蔚成一種風氣。《臺灣風物》就是在這種空氣中，創刊的以民俗和文化為主的雜誌。晚近，國立臺灣大學文學院人類考古學系開闢民俗學講座。年來，市上也時有有關臺灣民俗的專書行梓。前年，鹿港更由關心鄉土文化人士，創立鹿港民俗文物館，專事鄉土的《民俗文物》之蒐集及展示。

我們在上面也已經說過，民俗學在臺灣是一種新興的學問，所以從事這一工作，大都是業餘性的，很少「專家」。從事這一工作的省籍人士，還有個特徵，那就是日據時期是由文藝工作者轉此或兼此的居多；光復後，則多以文藝工作人員來從事此工作，因此，這兩部門的工作者都幾乎混淆不清的。

我們想就日據及光復後的兩個時期，以及跨及這兩時期活動的民俗學家，作一個概略的介紹。

二、日據時期

我們在上述，曾經說過以一種學問的新觀念來處理臺灣民俗；嚴格說起來，是肇始於日據末期的《民俗臺灣》創刊。因此，我們首先來談談這一刊物的中心人物，也是開闢臺灣民俗學的日籍民俗學人，然後略述這時期臺、日兩籍的人物。

金關丈夫：他本是臺北帝國大學醫學部解剖學教授。這個博學的學人，考古、民俗方面雖然不是他的本行，可是不但成就多，聲譽也幾乎要超過本行。《民俗臺灣》雜誌，他是領導的人物，在那所謂「皇民化」的風行雷厲當中，姑不問是否有意識，或無意識，膽敢冒著日當局的不高興；甚至走著與政策背道而馳的方向，實在是件不容易的事。他與臺籍知識份子多有交遊，光復後，曾兩度來臺訪問，有關民俗的隨筆集《胡人の匈ひ》評價很高。

國分直一：他自幼來臺，返日完成學業後，再度來臺從事教育工作，臺北帝大考古學教授，以臺灣先史學聞於世。本省光復，返日後，歷任水產大學、東京教育大學、熊本大學等教授。他對學問的熱忱是有名的。當太平洋戰爭進入最後階段的一九四五年一月，全臺在美海軍艦機空襲的威脅下，他不顧危險，還跟金關丈夫在臺東卑南從事巨石遺跡的田野工作。從此，也可以窺見他對學問的態度。戰後，興趣未衰，曾數度來臺，在南部等地從事發掘。據說，日據末期，其著作《壺を祀ゐ村——南方臺灣民俗考》未出版之前，載運校對稿的船隻被盟軍潛水艇擊沉，這本書也跟著永遠沉入海底。戰後的一九六八年七月，有新書《臺灣の民俗》出版，這也是一部著作集。

池田敏雄：他也是自幼來臺，在臺灣唸書，而且在臺灣從事教育工作。他是《民俗臺灣》實質上的編輯人。他的臺籍朋友很多，他深愛臺灣，尤其是深愛艋舺，同是搞臺灣民俗的日人，都稱他為「艋舺學派」。實在，他對於萬華方面的舊事造詣之深，確是足以令人驚嘆的。他在臺北市萬華的龍山公學校執教多年，以艋舺人為友，經常跟地方的老人聊天不倦。據說甚至日常也住宿於青山宮，完全浸潛在艋舺社會，難怪他採集的資料之廣泛、正確、深入，恐怕後人也難出其右。著作集《臺灣の家庭生活》，就是他熱心和努力的結晶品。

此外，在《民俗臺灣》及《臺灣時報》、《文藝臺灣》等雜誌報章，撰寫有關民俗方面的文章之日人不少，如祭祀公業的法官姉齒松平，寫宗教信仰的增田太郎、丸井壹次郎，寫歌謠和掌故的平澤丁東，寫歲時行事的鈴木清一郎，寫俚諺和歌謠的稻田尹，為戲劇和娛樂的東方孝義，以及畫民俗畫的立石鐵臣，拍民俗照片的松本虔三等人，都是常見的。又如：臺北大學民族學教授移川子之藏、鹿野忠雄，考古學的宮本延人，言語學的淺野惠倫等人，也都是值得一提的。再如法院書記片岡巖編著的《臺灣民俗志》可以說是這一時期臺灣民俗的集大成，可惜不但內容龐雜，且不無斟酌之處。

那麼，我們再來談談這一時期的臺籍民俗學家吧。

黃鳳姿：艋舺人，自小學就受池田敏雄的薰陶，以純真優美的文字，接連寫了很多艋舺以及臺灣的傳說、掌故、民間習俗，轟動一時。因此，被譽稱為臺灣的「綴方少女」（按：「綴方」兩字為日文：作文之意。當時日本有一名為豐田正子的小學女生，出版一本作文集，哄動一時，衆稱為「綴方少女」）。後來，池田敏雄和她志同道合，結婚返日。她的著作集《臺灣の少女》、《七娘媽生》、《七爺八爺》等書，都是臺灣民俗學上的重要資料。

曾景來：這位出身日本駒澤大學唸佛教書的老實人，畢業後，供職於日臺灣總督府文教局，從事宗教行政。他的著作《臺灣の寺廟及び迷信》乙書，對於民間的宗教信仰及迷信，頗有獨到的調查，也是這一方面的好資料。他在這一時期，時常寫些本行的宗教方面的文章，現已退隱，在花蓮出家，當某寺的住持。

林清月：臺北人。他是大稻埕的名西醫，也是初期流行歌的業餘作家。他對傳統的舊民謠也有濃厚的興趣，對其蒐集和研究有獨到之處。已故。

此外，在這一時期活動的臺籍民俗學家，還有擅寫兒童習俗的黃連發，寫艋舺風俗的黃啟木，寫艋舺歌謠的黃啟瑞，寫臺灣飲食習俗的王瑞成，以及寫宗教的李添春，寫南部風俗的吳尊賢等人。

三、跨及兩時期

本省光復之後，日籍民俗學家遣送返日。本來在日據時期以日文寫作的省籍民俗學家，沒有中文的根基以及興趣已退者，經過這時代的大變動，自然而然廢筆。而有中文的學養基礎者，於是改絃更轍，筆硯重新，改以中文來寫自己的風俗習慣。

石暘睢：臺南市人。這位出自古都臺南市名門後裔的民俗學家，曾任臺南歷史館的館長多年。凡是屬於南市的舊事，他幾乎無事不知，無物不曉。因此，大家都稱他為「臺南活辭典」，他寫的東西很廣泛：有民間習俗，有寺廟，有古蹟，有古人，也有歷史。已故。

朱　鋒：本名莊松林，臺南市人。他是從抗日陣營轉入文學，然後三轉兩搞民俗及文獻工作的。他是省籍人士中最初對民俗學發生興趣的人，也可以說是臺灣民俗研究的開拓者，與石暘睢並稱。為研究臺南舊事，尤其是研究民俗不可缺的人物，他自戰前到光復後，一直從事民俗工作。年前，東方文化書局曾出版他的著作集《南部民俗》。已故。

吳　槐：臺北大龍峒人。他以淵博的國學基礎，從事民俗及閩南語的研究，考證固詳，引古證今，並非常人所能企及。殊如語音學方面，他把「閩南語」、「臺灣話」、「福佬話」這些通稱，倡改為「阿洛語」，獲得同道的支持，現已成為通稱。他不但對語言，對於民俗的事物，也多追本溯源，不厭其詳，以求佐證。

戴炎輝：高雄人。原任律師，光復後，任臺大教授，現由學人從政，出任司法院副院長。他不但是一位法制史學者，遠在日據時期中葉，即對本省民間各種制度、慣習等深有造詣，也寫成了不少的文章。

廖漢臣：臺北萬華人。他是個多才多藝型的人物，現任臺灣省文獻委員會編纂，也是由文藝轉入民俗及文獻工作的，所出版有關民俗的單行本，有《臺灣的神話》、《臺灣的年節》。

黃得時：臺北樹林人，他原也是以研究文學出發的，興之所至，也寫一些民間歌謠的研究。曾任《臺灣新民報》編輯，現任臺大教授。

楊雲萍：臺北士林人。初由文學出發，名聞遐邇的詩人，臺灣史學家，現任臺大教授。興之所至，也寫些民俗隨筆、考證。

李獻璋：桃園大溪人。日據時期出版的《臺灣民間文學集》的編者。僑居日本後，仍續研究民俗甚勤。專著還有《福建語序說》，以媽祖研究論文在日獲文學博士學位。

上述之外，值得提起的，還有已故的臺大教授陳紹馨，已故的臺南縣文獻委員會編纂組長吳新榮，稻江的（已故耆宿）蔡毓齋，以及曾任臺灣省文獻委員會主任委員，也是稻江名醫的醫學博士故李騰嶽，專寫民間故事傳說的故人江肖梅等人。

四、光復後

本省光復後，從事民俗工作的，除了日據時期即已從事這一工作，而能夠掉換寫作工具，改以中文來寫作的之外，還有新自大陸來臺的人士，以及新培養出來的人才。這裡還應特別強調者，就是單以省籍民俗工作者而言，光復前和光復後，各有一個特徵：那就是上面說的光復前多出自文藝工作者，光復後則出自文獻工作者。幾十年來，重要的同人大略如左：

陳奇祿：臺南人，現任臺大教授兼中央研究院美國文化研究所所長。本省光復後，他負責編《公論報》的副刊〈臺灣民俗〉。這塊園地可以說，一方面是繼承日據時期《民俗臺灣》未竟的工作，另一方面也是在開創臺灣民俗的新路徑。這一繼往開來的工作，做得有聲有色，因此，不但深受學界及識者支持，一般社會人士也多表示歡迎。這位多才多藝的學人的工作是多角的，他也是山胞排灣族物質文化研究的權威。這一方面的成果，中英文兩部鉅著已是素有定評的，他曾因此獲得教育部的學術獎金。

婁子匡：浙江人。他是名民俗學者顧頡剛的高徒，也是在臺惟一傳鉢人。他早在大陸就以研究民俗聞名，有關民俗的著作甚豐，現在也是中國民俗學會的主持人。走的方向，純屬民俗研究正統路線。十多年來，還創辦東方文化書局，大量影印中外有關民俗書刊。對於闡揚、提倡傳統文化，貢獻頗大。最近致力於我國傳統的「食」之考證及研究。

朱介凡：這位來自大陸的民俗學家，專長是在諺語的研究。他幾十年如一日，始終一貫不變，其熱情是令人欽佩的。到目前為止，這一方面的工作，幾乎是由他獨撐門面，也對於文藝也頗有造詣，報刊上時常有他這一方面的文章。

劉枝萬：南投人。他是以鄉土埔里及日月潭研究出發，現在或者就是其任職處中央研究院民族學研究所唯一從事民俗研究的人。他歷任南投縣文獻委員會、臺灣省文獻委員會、臺北市文獻委員會等單位，從事文獻工作，其間留下來的《南投縣志稿》，在本省各縣市新纂修的志稿中是很出色的。任職民族學研究所數年來；潛心民俗的研究，其所著《日本民間信仰中之中國文化遺俗》、《中國民間信仰論集》，已在顯示他的新方向。尤其是數年來，他致力於本省的建醮田野工作及研究，更是開闢出他研究的新境界。《臺北市松山祈安建醮祭典》、《臺灣桃園縣龍潭建醮祭典》、《臺北縣中和鄉建醮祭典》等一連串的調查報告，不但是他努力的結晶，也足以顯示他的才華。

中國文化學院美術系主任施翠峰是近年來致力於鄉土文化闡揚的一人。再如：在臺灣大學擔任民俗學講座，曾撰寫《本省喪葬習俗百日忌》的洪秀桂，同是在臺大執教。以龍鳳研究聞世的杜而未，長年專事各地寺廟調查的臺灣省文獻委員會副主任委員林衡道以及政治大學的阮昌銳等人，都是從事這一工作的知名人士。又《臺灣民俗》、《臺灣諺語》兩書的著者，已故新詩人吳瀛濤，縱然這兩部書都是啟蒙性的，但其功能仍是不可沒的。此外，大陸來臺的孫家驥，鹿港的蔡懋棠，臺南的江家錦、賴建銘、吳樹、黃天橫，以及歌仔戲專家已故呂訴上，臺北的曹甲乙，臺大圖書館的李世傑等人以及筆者，都是在這一時期才開始活動的。

我們還應該特別提起的，就是本省光復以還，專程來臺從事民俗資料的蒐集、調查以及研究的外國學人。這，首先我們要想起來的，就是歷時八年在臺南，從事道教研究的荷蘭人施博爾。此外，研究我國的故事傳說的艾伯華，蒐集土地神資料的日本洓德郎，都曾數度來臺。在板橋、三峽、樹林等地，從事家族制度、養女制度等調查研究的美國史丹福大學教授武雅士夫婦的旅居期間，也是數年的。

五、結語

民俗學這一門學問。我們在上面也已經說過，所涉及的範圍廣泛，而且在臺灣又是屬於晚近才新興起的學術。歷史既然短暫，涇渭又尚未十分清楚，或者可以說它的學問範疇尚在形成之中。因此，從事這一工作的人，不是從其原有的學問立場、角度來處理，便是具有特別興趣的人來搞。大體而言，除了特殊的例外，還是屬於業餘的性質。

民俗研究的重要性，我們毋須再來強調，不過，發展尚待之將來，也是毫無疑問的。為此，新人的培養，同工的奮發，也就益形重要了。

艋舺張德寶家譜

「張德寶」是道光到光緒年間，北市艋舺一巨商的號。經營的是北郊，當時的首屈第一的豪富。故艋舺有「第一好張德寶，第二好黃阿禄嫂，第三好馬悄哥」一語，流傳至今。

「張德寶」是由張秉鵬創始的。關於張秉鵬的起家不但有一段戲劇性的傳説，就是張德寶在咸同以後，對頂下郊拚、漳泉拚和地方義舉之捐助，也是地方耆老最為樂道的。據説這張德寶現在尚有公田，以其收入供為每年的祭祀之用，派下子孫繁衍，已達數百人，其大部份仍居住萬華地區。

張德寶編有其一族的族譜，顏曰《張氏世系族譜》；這族譜實則乃其家譜，同治年間修，後有續補，光緒以後則付闕如。全書頁數雖然不多，但裝訂華貴，且附有張秉鵬及其孺人肖像畫。這像係以泥金彩色繪成，至今尚鮮艷奪目，為族譜中之稀覯，我們從此族譜亦可窺見張德寶之富有。據云，這族譜共抄有五部，分給其派下五柱，但現在均已遺失，筆者所見的一本可謂為碩果僅存。

這張氏族譜始自一世清光，斷於六世，秉鵬即其四世。世系表、各世生死年表、譜序之外，有上面説過的張秉鵬及其孺人王氏的肖像畫，像贊、墓誌銘，故其內容以有關張德寶創立人張秉鵬所佔的頁數為最多。張秉鵬及孺人王氏生死年表如左：

四世祖秉鵬公

祖媽諱乖媽文與境渡頭巷　王嚴官長女

長子連登公　次子世抱公　三子按心公

四子擬生公　五子炎生公

長女和順　配陳輝世洪衙埕

次女予治　配林怡世富埕後

考　生於乾隆丁亥年正月十四日戌時

卒於道光甲午年十二月初十日未時

妣　生於乾隆丁酉年十月初五日戌時

卒於道光癸巳年閏五月三十日申時

合葬晉江北門外四十一都朋山嶺後土名蔡鄉午穴子向兼丁癸分金庚午庚子

秉鵬有從兄秉魁（叔源璽子）是卒於乾隆丙午年，葬在「臺灣淡水觀音山下店仔坑碑頂穴坐西向東」，可見這時期。他們一族並不止他一人來臺。不過他是葬在晉江北門外，這是否回歸故里後才身故，抑為日後所遷葬的？這是不明。

秉鵬五子世炎，《世系表》記著：「世炎，諱正時，字長壽，號實齋。秉鵬公五子。壽十歲，配李氏。道光癸卯科舉人，李烘堂妹，誥授奉政大夫，揀選縣知縣，軍功奉旨先用教諭，加五品銜，特恩辛卯科舉人，庚子科優元，現會試李企文胞妹。又配陳氏，子三：朝霖，又名癸壬，朝宗、朝球。」表中「壽十歲」，恐有誤。因為《生死年表》所記是：「生於嘉慶戊寅年九月十八日巳時，卒於道光丙午年九月初九日酉時。」按嘉慶戊寅年為西元一八一八年，道光丙午年為一八四六年，其年齡當為二十八歲。世炎長子癸壬亦娶官家子女，該《世系表》載：「癸壬，諱鴻謨，字書顯。世炎公長子，配李氏。嘉慶庚子科舉人，道光己未科大挑一等籤掣雲南補新平縣知縣，調保山極邊知縣。由彌渡軍功賞戴藍翎，特授開化府安平同知。由永昌軍功賞換花翎，特授開化府安平同知極邊要缺。因同知任內獲盜，引見以應之缺升用，歷署羅次縣、永善縣、定遠縣、永平縣知縣，阿迷州、賓川州知州、龍陵同知、蒙化直隸同知。道光丁酉癸卯雲南同考試官，誥授奉政大夫李崢嶸女孫。咸豐壬子科舉人李應奎女。又配王氏，道光丙午科舉人，特授上杭縣儒學王惠貞姪女。子一，振鏞又名劍農。」

秉鵬的五子和長孫可以聚官家子女，已經明白在表示張德寶的社會地位已大大提高，這古今都是一樣，「富則貴」本不足奇。張德寶派下，前後似乎祇有兩個生員：一、張揚清，字少舫，精醫道。二、張春圖。但他們大概是光緒年間的人，族譜未載。

秉鵬傳奇性的致富傳說和他的正傳略有出入。正傳的根據，目前我們祇有這族譜中所載的墓誌銘去找尋。固然墓誌雖然未必全部可靠，可是足供參考的成份是比較多的。我們想錄取秉鵬的墓誌以供參考，錄之於左：

皇清國學生恩敘七品例授文林郎誥贈奉直大夫六十八翁和平張公墓誌

賜進士出身誥授奉直大夫兵部武選清吏司候補主事翰林院庶吉士加一級愚弟黃宗漢頓首拜篆額

誥授朝議大夫工部營繕司郎中欽命木廠監督前本司員外郎清吏主事兼司務廳加三級宗愚弟英偉頓首拜書冊

鄉進士例授文林郎候選縣知縣掌教晉江縣梅石前噶瑪蘭廳仰山書院姻家愚弟陳淑均頓首拜撰文

泉之客於淡為多，艋之豪於客者，翁為最。翁非擁利以自豪也，利以和義，而翁之豪稱焉。嗚呼！翁往矣，葬有日矣。其仲子請誌予，因以贈典告，而咨及葬禮。按今制，大清通禮，葬有頂戴者，役舉舉二十四人，七品以上三十人，五品以上四十人。塋地則五品者五十步，封八尺，垣周二十丈，七品二十步，與六品者，封皇六尺，垣周十有二丈，得置宋塋，設石望柱，其墓門勒碑，則自四品至七品，碑身皇圓首方趺廣高以度禮也。今張君不惟塋垣石柱非所侈飾，即舉役亦且從俗而減之，承父謙也，安翁志也。翁諱惟明，號和平，先世自鑑湖分派沿塘，至曾祖敏明公，遷居法石，祖捷星公生源壐、日玉公兄弟二人。翁為贈君，日玉公次子，少孤露食，力以供母，母歿，乃東渡寄廡於淡艋間，則年十七耳。一時賈舶往來，見其舉止醇實，然諾不欺，爭棲記之。翁亦積歲辛勤，稍權子母，而奔奏厥厥生矣。壬午秋，予過艋川，聞翁綽有義聲，丁亥戊子館於龍山寺，見其道貌溫溫，言無讕語，信為長厚老成人也。因跡其所為義舉者，如；歲荒平糶於通衢，水潦蠲租於佃戶。修橋梁、捐義倉、補兵需采米、設棲流所，此猶其一時一事耳。若乃淡水建學，郡廳修志，倡運天津，蠲城嘉義，又無不急公好義，樂善好施，疊邀當道之匾額矣。近年以來，復以題修貢院，議敘得八品銜；築淡城，加恩授七品職。翁之於義，可不謂豪於客哉？乃其施家政，則有不可及者，翁自二親見背，遇歲時祭祀閒御酒食，每有陽子涕泣之。懷念長兄秉宇捐館，中年僅遺藐孤復益，又以伯父源璽派，自秉魁兄既歿，為立後日承嗣之。二人者撫育壯長，從無期功之到也。不幸復益計較，致翁有阿豺折箭之思然，且節縮養贍，以所饒者同己出，分潤均平，人於是有猶子比兒之歎，稱盛德焉。翁尤關情舊雨，一飯之恩，一寒之戀，無不報之以德，甚至受累長年而不厭怠。予所見在艋者二家，今猶仰藉其餘輝云。然待人以誠，處己以約茹素含辛，如年少時，見子姪輩撥冗偷閒，輒沉吟於逸則淫，勞則思之，語曰：此名理也。其有精於會計，而存忠厚者，無論疏遠，概出資以張之，其好善之懷又如此，可不謂利以和義乎？嗟乎！史漢所稱，無論擁卓猗之資，挾陶朱之策，編之傳贊而不疑也。即陶冶器械之末，足以致其家而世其業者，垂之青簡，而不為鄙，如翁者又何得以利而揜其義也哉。翁歿於家，以道光甲午年臘月初旬日未時，距生於乾隆丁亥年正月十四日戌時，享年六十有八。元配王孺人，誥封太宜人，為同里文德公女，生子五，長正琛，國學生，娶黃氏。次子正瑞，國學生，捐職州同加二級，娶何氏、戴氏。三正心，娶王氏。四世擬，先歿。五長壽，聘李氏、陳氏。女二，一適陳，一適于林。男孫九：曰編水，娶陳氏。曰珠璣，正琛出也。曰鴻祥，議敘八品，娶陳氏。曰金獅，曰添來，正瑞出也。曰有志，有尚，正心出也。曰步信，步惠，世擬出也。孫女三：自正琛出者一，自正心出者二，餘繩繩未艾。茲以道光丁酉年臘月念七日葬本邑北門外四十一都朋山嶺後，十名後蔡鄉，穴首丁丁趾，癸兼未丑分金，庚午庚子虛其右以為王太宜人百歲之藏焉。銘曰：奮跡於海嶠歸隱於家山一生行誼解囊慳漆燈照兮蘚石斑桃岡連臂洛水流灣宜爾孫子分笏拱朝班。

孤子　張正琛　正瑞　正心　長壽　同泣血稽顙

期服孫　編水　珠璣　鴻祥　金獅　添來　金象　有志　有尚

步信　步惠　同稽首勒石

族譜研究之意義，早已為識者所共道，尤以本省為漢人新闢之疆土，我們可以從此考其渡來、發展，實為一鄉土研究之重要原始資料。這次通閱這一族譜，此感特深，此次文獻工作對這一方面尤應多去發掘。

龍塘王氏家譜

一、前言

臺北市萬華自清代遷移來臺定住的王姓有兩支系統：一為龍塘王氏，即來自福建泉州府晉江縣南門外水頭鄉，通稱水頭王姓。一為來自福建泉州府晉江縣南門外蚶江，通稱蚶江王姓。

同治到光緒年間，艋舺曾流行一句俚諺：「第一好張德寶、第二好黃仔祿嫂，第三好馬悄哥」。所指的馬悄哥，正名王則振，就是水頭王氏的來臺始祖王宗河的第三子。這王宗河是當時的聞人，也是鉅商。他們的泉北郊「益興行」，是這時候淡北數一數二的船頭行。馬悄哥承繼父業之後，加以發揚光大，而成為是時這地方屈指有數的鉅富。現在城內的新公園內的節孝坊，以及昔日圓山的節孝祠所表彰的節婦黃氏，也是這一族的王家霖的妻子。這一族子孫繁衍，後成為艋舺的望族，出色的人物也很多。水頭王氏雄稱龍塘王氏。蚶江王氏則為筆者的一族，蚶江雅稱錦江故，筆者一族亦稱錦江王氏；遷臺族人散居艋舺、新竹、鹿港、淡水、大稻埕等各地，居住艋舺的為數不多。這兩支王姓均傳自開閩王氏三兄弟。

筆者生長艋舺厦新街，與這龍塘王氏的後裔王祖派先生開於頂新街的恆好醫院（據吳逸生的〈艋舺軼聞集〉乙文說，此屋原是益興行的舊址）相離不遠；且筆者童年受業於王祖派先生令尊王采甫茂才。朝夕出入其宅，而采甫師的令先尊王純卿生前又與先父交情甚好，閒時常來家父所開的布行聊天，因此，對此名家的情形較稔。

臺北市文獻委員會最近蒐集北市的族譜工作中，從王祖派先生借到《龍塘王氏族譜》；通讀全譜，不但對其木本水源愈加深的認識，且發見有關北市的資料很多，這可以訂正或補北市的文獻之闕，譜中所載的如：〈臺北市節孝祠碑記〉、〈節婦黃氏傳〉、〈王純卿傳〉等，都是北市很重要的資料。

二、內容

《龍塘王氏族譜》是抄本，十六開本，毛邊格紙，六十二葉，另附有補稿七張，以內容而言，乃屬於支譜、家譜、私譜之類。全譜首有〈譜例發微〉，繼有賜進士及第奉政大夫江西按察司提學僉事陳琛的〈龍塘王氏族譜序〉，萬曆己卯年賜進士出身承直即南京刑部廣東司主事蘇濬的〈龍塘王氏重修祖譜序〉，賜進士及第翰林院脩撰兼理誥敕會通莊際昌的〈龍塘王氏重修譜序〉，光緒乙未年裔孫王沐的〈序慕蓼公龍塘王氏族譜序後〉，然後列王純卿直系的世系表，歷代祖妣的生卒年月日、墳地。最有特色者是個別傳記及墓誌甚多，最後則殿以私譜跋及各房的祖忌暨祭祀公業，以體裁而言，頗稱完整。至於內附的補稿，則為擬補入而未補或未成稿的草稿。

本譜雖顏曰：《龍塘王氏族譜》，但如上說，實則為王純卿一系的私譜家譜，這我們只消看殿後的〈抄錄私譜〉便可以明白，這〈跋〉很有文獻價值，錄之於左：

吾宗姓王氏，系出開閩武肅王審邦公，盡人而知之矣。譜系之記載，較之他姓為詳，則溯宗支者，不必按譜圖而可識其源流之接焉。錫少奉祖父命，隨母氏渡臺，長於海外，不得親見族中之全譜，而家譜之所載，亦未能一貫相承，錫心雖有志於抄錄，而回泉數天，即叩諸父老，亦無暇徵其詳悉也。及乙未，避難旋梓，爰詢諸族內父老，以細稽之，則又以不知是對，詢之族內諸讀書紳脩亦然。由是不憚竭力訪求，卑辭厚禮於族人之有藏譜者而借觀之，得則命我王氏自武肅王至今凡幾世，或以為四十四世者有矣，或以為四十六世者有矣。錫疑而族之全譜故云爾也。錫思我族人之不能知，蓋未見吾承烈彙抄錄彙集之，經三年之久，而乃瞻吾族譜之全，其譜序明白，皇晉邑名臣理學鄉賢諸公之紀筆，初則祚公序之，繼則元仁公、志道公及存義公重脩之，而陳紫峰先生為之序。再則可度公又重脩之，而蘇紫溪先生為之序；再則慕蓼公又重脩之，而莊羹若先生為之序，慕蓼公自序焉。至慕蓼公之次君，後又重脩之，自武肅王至八十三府君，闕疑不載，皇不遽定其世數，而元勳公以下之支派，則昭穆不紊，世系詳明，但為時既久，而脩譜無人，則族丁愈眾，世系愈繁，脩譜愈難，何能一本源流，而無間斷之虞乎？何能諸支條貫，而無遺忘之失乎？若必待有人而脩之，後之較前猶為不易，而況無其人耶。又其當此多故之秋，雖保無流離失所，託足他鄉，別成族屬者，數典忘祖之譏，不能免矣。錫再四思維，惟有於義德公所傳之派，彙集成圖，誌其世系，序其昭穆，號為家譜，可以使出諸義德者，子子孫孫，守如玉牒，又能效此而記載之，庶由後溯前，源源本本，祖宗之懿行功名，墳邱生卒世系支派，一披圖及傳記而能親見焉。不誠為子孫者之所厚幸也耶？後有君子，能起脩之，即以吾家所藏之私譜，錄而上之，以備採擇，亦我為子孫者，所不能辭其責耳。

光緒丁酉中夏之月　日穀旦二十二世孫□□薰沐拜跋

跋的作者雖已塗抹不明，但據文中則是「錫」所撰的。按錫即天錫，亦則純卿；文中之「承烈」，則茂才王采甫的別名。又按跋所立的年紀為光緒丁酉年即光緒二十三年，已是臺灣淪陷第三年，本譜是否避難泉州時所修，抑或旋臺後所編，文無明記，當然不得而知，但顯然是日據後所修的。

三、龍塘王氏世系

本譜所列的世系，始自八十三府君太陽公子元勳，迄至二十四經綸先生（祖派先生公子）等兄弟為止，而開支福建泉州晉江南門外轄塘，則為元勳二子均疇。均疇是卒於宋嘉泰壬午十五年，與臺灣發生關係的是自十八世祖方直開始，方直諱其團，字學團，方直是號，乳名媽圓，質實公長子，壽六十七，生於清乾隆丙子廿一年，卒於清道光壬午二年，生有十子，譜中附有列傳。來臺始祖宗河即其第四子。宗河屬十九世祖，名義德，諱光酒，字道揮，宗河是其官章，生於清嘉慶丙辰年二月初五日申時，卒於清咸豐戊午年五月十七日戌時，葬於臺灣淡水錫口後，子六：家霖、家麟、家楨、家脩、家勳、家章，這六子的別名：則澍、則璇、則振、則名、則華、則泉、則章。譜中附有墓誌銘，妣許氏墓誌銘同附此。則澍乃家霖，即節婦黃氏之夫，王純卿之父，茂才王采甫之祖父，王祖派先生之曾祖父。家楨即則振，也即是「第一好張德寶，第二好黃仔祿嫂，第三好馬悄哥」的馬悄哥。惟本家譜係純卿派下私譜，故則振系統僅列至此，亦無傳記。有關王家霖及受旌表的黃氏，譜內所載如左：

二十世祖敦巖公，壽二十九歲，生於清嘉慶己卯年二月二十日□時，卒於清道光丁未年二月二十三日□時

公諱媽赤又秋霖字則澍官章家霖號敦巖義德公長子也

子天錫，葬在泉桂香山穴坐乾向巽兼亥巳二十世妣端懿黃宜人　壽七十四生于清嘉慶庚辰（二十五）年九月初九日酉時卒于清光緒癸巳年二月二十三日午時有墓誌

妣黃氏諱懿娘謚端懿敦巖公元配也

子三　天錫　天采　天石

天旌節孝恩賜建坊在臺灣臺北府城內東門葬在淡水新庄山脚土名水礁坑坐甲寅向兼庚申分金庚申庚寅

至於「馬悄哥」王則振，其記載如下：

二十世祖訒庵公　壽六十三歲　生於清道光乙酉（五）年六月初一日卯時

卒於清光緒癸亥（五）年二月二十六日未時

公諱韜旺官則振官章家麟號訒庵義德公三子也　子三　天牛　天□　天生

純卿没有記載生死年月，墳地亦不明，另紙有傳記草稿，妣蔡氏及繼妣蘇氏均有記載：

蘇氏諱屘娘，淡水學海書院山長□科舉人內閣中書蘇袞榮的少女，庠生諱孫謀胞妹。純卿長次二子均有記載，錄之於左：

二十二世考　端甫　生于同治癸酉年六月七日寅時　卒于大正己卯年舊九月七日巳時考諱人裕號阿離字端甫則澍公之次孫也　壽四十三　子一祖檀胞兄采甫次子出繼　女一淑治

在臺北廳大加蚋下埤頭共同墓地溝墘穴坐艮向寅申分金辛丑辛未

二十二世　采甫茂才　生于同治丙寅八月初三日亥時　卒于大正戊午年五月二十三日申時

茂才諱人俊字采甫官章承烈辛卯科補庚寅額進淡水縣學案首則澍公長孫也

壽五十三　葬在臺北廳錫口小湖仔埤庄坐午向子兼丁癸用庚午庚子分金

男六人　長祖派　二祖檀　元配張氏所出　三祖熹　六祖濤　繼配李氏所出

四祖堦　五祖鎮　林氏出　女麵治　張氏所出　孫經綸　經綏　孫女鳳鳳　慎治

本譜所載大概是至民國初年為止，夾入散稿，均屬草稿。

四、方直、義德

北市稻艋方面居民，於前清時代遷臺奠居者，從事墾殖者較少，多屬營商之類，這龍塘王氏分支的來臺始祖義德也不能例外。但與臺灣發生關係，來淡北經商的，卻是上面說過的他的父親方直，茲錄譜中的〈方直公列傳〉於左：

公為人度量寬宏，持身正直，待人真誠無偽，以德著，鄉里稱之。先娶吳夫人，夫人生子二，繼娶亭夏陳夫人，生子六，庶室宜人生子四。服陶朱業，造船販載臺灣，頗小康，後遭海寇蔡牽之亂，船貨屢被擄，長子道縣遇難，家遂中落。因思再運計然之策，罄篋所有，託族人經營，何意族人不義，頓起梟心，乾沒貨本，遂至一貧如洗。食指十餘人嗷嗷待哺，不舉火者屢矣；其遭際苦境，真有令人共憐也。幸諸子孝順，妻妾賢淑，一堂怡怡，變實無異於常也。諸子中或佃或漁樵或賈，皆勤謹竭力，經營菽水，以慰公與夫人歡，而四子宗河棄儒服賈後，在臺致富，公已逝矣。鄉人士慕公端方，慕公公正，僉舉於有司題〇〇奏〇〇〇皇朝，賜杖贈公為鄉飲大賓，以子宗河貴，贈為奉直大夫，以孫家麟貴，誥封三代二品，贈資政大夫。配吳繼配陳，並晉贈為二品夫人，五花誥勅另抄。墓在南門外本鄉洋井大按內，俗號猛虎，與陳夫人合葬。坤艮兼寅申內坐申寅坤艮，有繪圖。

至於來臺奠居艋舺始祖義德官章宗河，譜中有〈慕誌〉，有〈傳〉，妣許氏也有〈墓誌〉，茲錄之於左：

義德公傳

公少聰明穎異，性孝友，品行端方，操舉子業，發語音如洪鐘，見者異之，以能讀書聞。年十七逢海寇之變，船貨被掠，長兄靜亭公遇難，又兼宗人不義，家產遂傾。兄弟十一人，食指浩繁，雖佃漁耕，各竭其力。父母恒憂薪米之不接。公思讀書未成，無以承二老歡，即成亦獲利無幾，尤無以承二老歡，乃棄儒服賈，單身渡臺，以信義為諸鄉親所推許，運計然策多奇中，獲贏餘必盡寄回梓，以為父母兄弟衣食需，藏必旋歸省親，於父母前有承顏怡色，有如嬰兒之狀。又為老兄授室，為長兄創嗣。二十四乃娶後花許太夫人，甚賢德，相敬如賓，事翁姑與公各盡其道。又為諸弟授室，提拔到淡學賈，親愛之樂，不啻同被之風，談及于此者稱焉。迨二老相繼逝，公喪葬盡禮，惟豐惟厚。八弟光虔公私蓄甚多，公絕不與較，堅欲分家，公以所賺之現財，盡分與兄弟侄各房數千，已抵有數三千金，無不豫之色。後諸兄弟所分之財用盡，公又養於家，且周給其衣食使無缺，又提拔之欲其富貴，於侄輩皆視之如子，思義博洽，此公之以孝順友愛稱無愧矣。母氏外家陳氏香祀不絕。同母之姊，嫁於紀姓家貧，公亦周卹之，每年衣食咸代經紀，不敢吝焉。甥及甥婦，亦養之於家，至於親疎宗族，遠近戚屬，公無不有量力以周急之，提拔之，而成素封者又不乏人。凡有鄉人不週而告貸幫者，無論相知與否，亦必以資斧助之，公之交友，以禮義相合，初終無間，與楊東山官翁寬倌等相親莫逆，以管鮑傳；有友胡姓犯案軍北省，公每卹其家小，又於商船北上津時，每年以數十金贐之，又解圍其無事。鄉中貧苦不舉火之家，公每於年終時，備錢數百千，以為施捨之費，不論親疏遠近來則給之，男婦給數百，小兒給一百以與之，貧人多賴以過歲；年年如此，亦不敢稍惓，四時有生無米以為炊，病無藥以為治，死無棺葬，亦必有所恩卹；若遇失雨饑荒，米貴如珠，思致富者恒以閉懼聞，公則多辦北米，以賤價平糶於貧人，虧本無算，又請官勸諭富戶，同成義舉，以濟貧人。至於排難解紛，代人賠補，急公好義，助賑厚施，脩宗祠，肩獨任，買義塚，舖石路，營廟宇，濟醫藥，人所難為者，公無不樂為之。公沒已久，而稱其德者，衆口一詞，猶津津樂道之，推為一鄉之善者，多以公為第一。公之品行，鄉人士皆慕其賢，恒舉之以教子弟，言仁德者，必曰義德公，言孝友者，亦必曰義德公，公以孝友著名，以仁德擅譽；逢恩詔褒舉孝友，邑侯縣尹咸推以公應，爭舉公以勵風俗，公辭之曰：為人子而事親，菽水承歡，竭力奉養，乃人子之宜然，有何足異；為人兄而撫弟，荊被同樂，盡情愛緻，乃人兄之當爾，有何足奇，願父臺勿以河濫舉為幸！官府皆諒其意，是以未舉，後又欲舉孝廉方正，公又辭，舉樂善好施，舉急公好義，公又辭之不敢當。嗚呼！他人求之而不得，而公皆卻辭之，則公之不居榮名如此。公有仇不念，有德必酬，於咸豐時，姪壻林，誘悍賊數百猛圍公，欲執之，有壯士陳漢官獨捨死救焉。鄉人黃鹿官等聞其故，咸相率救護，獲免於難，陳漢官體均受重傷，公為之調治全癒，後乃娶妻與之，而衣食其終身，視之如兄弟。人咸謂公之善於報德，故能令人皆不負也。公平生未嘗負人，受朋友託孤，則教撫其孤，使之有成。受朋友託業，則保護其業，使之增益，今之言不負友者，又莫不稱公焉。公治家寬嚴交濟・內外肅整，男子不入內，女子不外出，未嘗鞭笞婢女，亦不許子媳擅打婢女，於妻妾子婦，一以禮相待，上下尊卑，一以敬相將，閨門恬靜無聲，一堂融樂，進退得法，有古先正之遺風焉。又極尊師重道，以義方教子弟，子弟咸尊其教，能立志，喜讀書，守古訓，有令名，非公之善於詒謀，曷能子弟之成德如斯耶？公行善積德四十餘年，而家愈富，沾其德者愈多，於將終之年，製遺囑一部，以遺子孫。公疾大漸，鄉人受其惠者，咸奔走祈禳，祝天加公齡，算者千餘人，在龍山寺庭排香案，數百積金紙如山，男婦老幼，拈香跪祝，四圍皆滿焉。下至貧窮丐子，三五星聚，在粟倉口大庭，排香案祝天賜公疾痊添壽者數千。卒之日，鄉人皆巷哭失聲，奔弔盈門不絕，送葬者近萬人，公之得鄉望也，真不讓夫五群大夫者矣。雖不獲顯名朝廷，而仁聲厚德，為鄉里所不忘，誠亦寫人所難能之事，而公獨有之，殆即古人之所謂賢者乎？而子孫苟能克繩之，則何致有敗德之名耶？公之美德懿行，多不能盡述，姑就鄉里中之所傳而記之，若公有隱德，而未表揚者，唯望諸伯叔搜羅以補之，庶可以匡小子列傳之不逮者乎。

義德的〈墓誌銘〉頁首冠以橫書「水頭布房」，五分三行直書「開閩衍派龍塘分支，義德王公墓誌，祖籍晉江奠居艋舺」，文首書；「皇清誥授奉直大夫州同知二級六十三歲翁義德王公墓誌」，全文如左：

祖諱光酒，官名宗河，字道押，號義德，晉江籍民也。自始祖惠泉公，開基泉城南關外，廿三都水頭鄉，七傳分支布房超卓公，是為房祖。遞傳十八世曾祖誥贈奉直大夫方直公，曾祖妣誥贈宜人，吳太宜人、陳太宜人，有子十二成立者，八祖其四也。祖壯歲來艋服賈，家道日豐，遂奠厥居焉。身雖在淡，而桑梓有事，見義必為，每念故鄉宗祠傾圮，惕然不安。丙辰歲，不惜重貲，一肩獨理，丁巳落成，鄉人士嘉其義，愈議追其祿位以勸來者，人咸榮之，此則祖知大義之尤者，其他概諸此也。至於排難解紛，救災卹貧，則泉人之在艋者，皆賴廣蔭，故歿之日，仁聲嘖嘖人口，而急公尚義，凡地方大事，文武官吏，更倚祖為長城焉。道光庚戌，以賑卹議敘，得按察使然磨銜，後屢以助餉軍功，疊蒙褒錫，晉州同加二級，從五品銜，膺受封典，錫等方冀長侍膝下，詎意一病不起，竟成永訣。嗚呼，痛哉！祖生於嘉慶丙辰年三月初五日申時，卒今咸豐戊午年五月十七日戌時，享壽六十有三。娶祖妣誥封宜人許宜人，庶祖妣楊氏俱已歿，又娶三祖母黃氏，男六，長即先考朴厚公，名家霖，次家瑛，三家麟，四家勳，皆祖妣許宜人出；五家禎，六家章，三祖母黃氏出；女二，一適陳，一適吳，男孫五，自家霖出者天錫、天來、天石，自家瑛出者，天錦，自家麟出者，天牛，餘繩繩未艾。茲以咸豐八年十月廿八日午時葬於大加蠟堡錫口山，土名新商庄新庄仔坡，穴坐長向坤兼寅申分金。辛丑謹誌之而藏諸幽。

承重孫　王天錫

不孝孤哀子　家瑛　家麟　家勳　家禎　家章

齊衰期服孫　天錦　天來　天石　天牛　仝泣血謹□

護喪襄事期服胞弟　宗漢　宗澤　宗池　揮淚仝誌

恩進士候選儒學正堂宗弟翀頓首拜填諱並書嘉慶癸酉年渡臺先居新庄後移艋舺前義德墓

志銘乃十八世紀祖則澍府君之新筆也

派溯龍山龍章永承天寵
支分象石象賢克紹宗風
祖堂聯

龍塘王氏在艋舺成為富户，世上相傳是始自馬悄哥，即由王則振發跡的。但是從上面義德的列傳和墓誌銘看來，這一說似乎不大正確，實於遷臺始祖其父宗河，早已成為鉅富。這我們從〈家霖傳〉來看，也可以證實這種看法之不謬。

五、家霖和黃孺人

這家譜中，有關王家霖和其妻受旌表的黃孺人的記載也不少；計有〈皇清王府君則澍公行述〉、〈則澍公列傳〉〈天旌節孝姪婦黃太孺人行樂圖譜〉、〈端懿王母黃宜人墓誌銘〉、〈臺北節孝祠碑記〉等篇。

過去有關受旌表的節孝婦黃孺人及其丈夫王家霖的文獻很少，而且都是語焉不詳，尤其是王家霖，有的記為從事商賈，於海上被海寇蔡牽襲擊不幸遇難，但我們從本譜上舉幾篇，可以知道這一說是錯誤的，因為家霖根本就是一位讀書子，與商賈無關。

其次是〈臺北節孝祠碑記〉也是一種新的發現；原碑現在存王祖派先生府上，我們從這祠記更可以知道節孝祠的變遷；原建於臺北府城東門，日據後，始遷圓山。茲錄其較有文獻價值者於左：

則澍公列傳

公，義德公之長子也；少聰明穎悟，六歲解讀書，十二歲能屬文，博極群書，學問淵博，諸子百家，群經歷史，無不淹貫，名師宿儒，咸器之，逢小試每列前茅，族人多以遠到期之，然數奇不偶，困場屋者屢矣。後以不賂權要，不得結榜首，僅列前茅第三，院試落孫山，因小試不利，後捐監欲赴秋闈，竟以力學抱疴不起，卒年二十有九。公為人品行端嚴，性潛，寡言笑，以孝友聞，事父母也以孝，撫諸弟也以愛，奉伯叔也以恭，型妻孥也以禮，待師友也以敬，接親戚也以誠，教子女也以嚴，御僮僕也以肅；不喜紛華富貴，克勤克儉，以道持身，心無他好，嗜聚書，積書萬卷，藏法帖，書畫數百軸，每究心於濂洛關閩之書，皆圈點講論。又於小學語、大學衍義、五子近思錄及先儒之格言，盡奉為拱壁，力學不倦，躬行不息，一舉一動，無不以賢聖為法，所行家法，族人至今猶嘖嘖稱之不置。何意命也無祿，壽少顏三歲，同赴修文之召，不得售其素志，遂令時之談因果者，共嘆天道之無憑焉。

端懿王母黃宜人墓誌銘

臺北初開郡城，未有建坊以動人瞻仰者有之，自吾宗愛純等為其母端懿黃宜人請旌節孝始。宜人係鋪錦舊家女，贈奉直大夫，則澍先生復配也。生嘉慶庚辰年九月初九日酉時，卒光緒癸巳年二月二十八日午時，享壽七十有四。當十六於歸後，則澍先生因贈翁道輝公寓臺殖貨，歲常東渡省親，宜人在家奉姑許太夫人唯謹，姑病躬侍湯藥，衣不解帶者三年，及其卒，佐夫治喪葬事如禮。觀此，則居恒敬順可知。宜人年二十八，夫以淡屬前茅道試不售歸，再力學疾逝，宜人痛夫賫志，誓撫孤冀續書香。時道輝公在臺經繼娶黃太夫人，並為諸子授室，念宜人煢處故鄉乃為遷來團聚，既至事翁姑，暇唯務女紅，淡飯粗衣如貧婦狀，親戚往來，不輕出見，嘗語人云：婦人而得君子偕老，常也，早寡則變矣。然為夫延祀，矢死靡慝，雅變而實循常，不然或冒虛名，越未亡人常儀，斯真大變，吉之輒令聞者肅容。觀此，則生平持守可知。子既曉讀夫書，雅不使赴試觀光，而日侍家庭，恒勉之以習經啟後。迨本郡分設試棚，遂舉望子者望孫，俾成先志。若儲蓄計，則以祖宗遺產可供日用，戒諸後嗣，勿妄賒期，貧人有苦貸求卹者，每樂克己侍之，僕婢間或得過，未嘗厲色譴訶，妯娌侄媳輩同居相化。觀此，則其教善於養更可知。夫宜人完行若此，因宜生榮旌表，親看子若孫成名，而後以無疾壽終也。子四，長愛雅殤，次子錫字愛純，貢監生，由山西賑案捐翰林，詔賞戴藍翎，加中書科中書，三天來，邑佾生，前歿，四天鈞，監生，以軍功議敘六品藍翎，女二，長適邑廩生黃中理，次適國學生徐種玉。男女孫各六：自天錫出者承烈，邑庠生，繼長房祀，懋烈業儒，女長適邑庠生陳廷植，次未字，三字許姓，自天來出者，人炎殤，人揚國學，女長適李姓，次適何姓，三未字，自天鈞出者，人興、人謨、幼讀。曾孫二，曾孫女一，其餘繩繩未艾，今擇本年十一月十三日午時，將葬於八里坌保水碓莊，穴坐申向寅，兼庚甲，分金庚甲庚寅，愛純等以同宗故，囑某為納毿之詞，某初謝不敏，既而思宜人賢，孰若某稔悉得辭，謹據實而為之誌，且銘之曰：

坌嶺之傍，水碓之莊，龍塘孀老，幽室是藏，其生有自，厥德充臧，盤匜奉謹，門戶謀長，懷清履潔，安素守常，貞珉合勒，永播馨香。誥受奉直大夫大挑二等特調臺北府學教授宗姪藍玉拜填

臺北市節孝祠碑記

今皇帝御宇三十七年臺北節孝祠告成，小宮元之助君謂予曰：祠既成矣，曷不立碑以記之？夫有廟必有碑，所以敘政府表揚節孝之盛典，以及操守節孝者之光榮，使當時之人，讀其文而明其事；閨門之內奉為儀型。吾知教成於家，風移乎俗，其有關夫政治倫常者，豈淺鮮哉？君其誌諸碑。予於是作而言曰：君之意美矣，善矣，予敢不遵命，而略記之。憶舊政府時，予與王君慶壽、慶忠、杜君廷勳等，因紳民建設之例，稟請於官，捐資擇建於臺北城東門內，其地，為鄉人蘇義吉所獻。迨經營甫畢，適逢割臺，塵氛未靖，立碑之事闕如，而祠亦遂為屯所。後經政府發還，仍仰董理，然祠在官舍後，人民無復瞻仰，必至久而就湮，政府𡨴念及之，諭予改作，許畀運，轉補助金迄有年矣。君聞而嘉之，力為申請，蒙政府擇定圓山公園之上，即日興建四閱月，告竣，又蒙兒玉總督閣下題書匾額，非立碑以記之，後之人何以知政府之勸勉褒奬有加無已耶，何

以知斯祠之廢興沿革歷歷可稽耶。予不文，奚敢辭，因記巔末，勒諸堂壁，是為序。

明治三十九年　月　日

臺北節孝祠董事王純卿薰沐敬誌
臺北艋舺廈新街
郁文堂洪雲宗刊

六、純卿的資料

王純卿疇昔為艋舺聞人，日據臺前後，對地方事頗多建樹，且善為鄉人排難解紛，及晚年，鄉里老幼咸敬稱曰「太老叔」，蓋子采甫師是茂才，故敬以斯稱。譜中有夾入未定稿的傳記，年久，稿紙破爛，字又潦草，塗改甚多，不易解讀，且有缺字，末段不明。又夾入另付有短稿，似係此傳之續。這兩稿雖然殘缺不全，然以北市文獻資料而言，頗具價值，茲分別錄入，以便研究鄉土史者之參考：

王君純卿名天錫，別號嘏堂老人，淡水艋舺之名望家，原籍福建泉州府晉江縣南門外鄉人也。老人之祖父道揮君，諱宗河，少遭海寇蔡牽之難，遂棄儒服賈于臺之淡水。不數年，遂成素封，而且天性孝友，待人忠厚，極愛弟姪，敦睦宗族，能急功疊助官府以賑卹，如施與普濟鄉里之貧人，種種諸善舉，雖年費數千金不惜也。是以來官于淡者，皆下交恐後，共欲以急公好義奏請天聞，道揮翁再四力辭而後已。將易簀之日，艋中貧人，有受其惠者，咸露香祝天，祈翁延齡；聞翁沒，則嗟歎流涕，巷哭失聲。翁之德澤及人如此，雖年過花甲，而五福備全，故至今談種德行善本，以道揮翁為首稱焉。

老人之父則澍翁，諱家霖，道揮翁之長君也，少明智岐嶷，好學不倦，九歲能屬文，性嗜書，博極載籍，群名宿咸以遠到期之，然而命數奇，而困于場屋，故思欲以著作立名，積學愈多，而身轉愈弱，由是得勞疾而終，壽纔廿九。鄉人士知與不知，咸痛惜之。且則澍翁不但其才之美，而其德之純，更有足取者；天性孝友，步履以聖賢為規，其閤族長幼皆畏敬之。方十七歲，其母許夫人得癱疾，則澍翁與妻節孝黃孺人懿娘，供奉維勤，盥洗醫藥不斷，衣不解帶者三年。母卒，撫養諸弟，大有古人之風。妻黃孺人，即蝦堂，老人之母也，年二十八歲，悲傷寡鶴，矢志撫孤，言行守正，彤管流芳，事翁姑孝，教子女嚴，茹苦含辛，葆節全貞，洵堪為閨閣中師型也。時老人，方二十八個月，呱呱孩提，突遭父歿之變，痛洛藐孤，其何以為生耶。幸其母能明大義，盡心教養，至八歲，奉其祖父命，隨母渡淡，雖從師學問，但其母氏以則澍翁為勤學，而年年永是以不令學業應試，而使習計然，即為此也。十四歲，其祖父道揮翁壽終，事叔父家瑛、家麟如父，故諸父及鄉黨宗族交稱之。況為人正直，胸無城府，孝事黃孺人以竭力聞，雖五十年如一日事。隣人有欲其子之孝之者，則曰何不學王純卿之侍其母乎，是則孝之可信者，非吾一人之私言也。老人思報其母恩，凡可以順母之口者無不為，雖或遭暴怒之際，人不能勸止事，一聞母喝則已。或有外出，雖夜深必返，不以暴風雨而缺于省視，恐親思念己而不安寢也。而年年日日如是，是則為人所難也。庚午歲，淡水廳陳公培桂採訪其母節孝，稟上大憲，列入廳志，又蒙工部主事高公臚璟，奏請于朝，奉上日旌表節孝，賜金三十兩，建坊並賜建築節孝祠崇祀，春秋祭典。壬午歲，老人因欲建坊，親到泉州府聘工匠購良石，託船運來臺北，播置既畢，遂欲往安溪郭經廟進香，為母添壽，路逢一戚將返，道及其母抱恙，老人一聞此信，立命轎返晉江，乘夜到古浮，買舟回淡，所僱之船，不過百二餘米舊破舟耳。仝幫開船者已數十號，半海突遇颱風，盡皆覆溺而亡；人以一小船，安然倖免，實為天賜，船中人皆額手祝更生，謂必老人之孝感所致故也，不然其與矣。陳臺北公府星聚，與老人為至交，深知其孝行，欲奏於朝，而旌其孝，老人知之，力辭曰錫之順親乃子職當然，烏足為孝，烏足以動九重之聽。錫之所志本在表揚家母之節，孝若錫之孝，無其實，不願上聞也。壬午年，坊建於東門內，數月落成，官吏紳商拜訪，極形熱鬧，開費數千金不惜也。又慮節孝祠未建，則報母之恩有缺事，於是仝王慶壽兄弟等稟請於前撫憲唐中丞，遵紳民自建之例，建于東門城內，開費二千餘金，適逢割臺，遂為屯所，後經發還，仍俾掌理，政府因其地官欲用之，議俾祠以運轉料補助金，及坊再堅於要地。老人不知政府具美意也，聞信之下，食不下，寢不安，涕泣如嬰兒焉。斡旋數載，而志不頹，小宮元之助君，愛敬其孝，代為稟請得建於圓山公園，督辦責務，純卿實生女成。然不敢以足之不仁，往來徒步，不以為勞。落成之日，率子孫奉其母黃孺人主牌于祠內，是日官府及諸紳士往祭者，亦皆待之以禮，夫此後老人之心乃轉憂為喜，而感激政府之厚於勵俗也。老人自弱冠時，已能擔當世務，度量寬宏，不念區區，凡親戚朋友皆存德，直於口而廉於身。夫□□上下落（約缺八字），而好於禮，凡遇地方公事，諸叔令憂之，如採糴天津賑米督造大當時（約缺八字），南門城樓及（約缺三字）段，及全城週城垛，開濠溝（約缺七字）與力也，至於辦（約缺四字）人廟，於五王殿兩蕪儀門墻（大約缺八個字）弟大元（大約缺五個字）。

又另付一稿如左：

同仁局塚管理，外江人寄棺者厝於局內，本島人安葬者埋之塚埔，無不皆得其宜，因恐其逼成，將來難免遷移，於是招人蓋屋，收其地基，而再買德化厝業，亦為艋人埋葬之所，謝職讓管理於他人矣。今雖本畏煩不能辦公，非於地方之義務，為捐建學校。捐建義勇監隊，所有田園報效如火車路，諸街路献納，不敢落人後，但身雖矍鑠，而步履多艱，聞欲退玩於村莊，以得山水之樂趣，教訓事外時效右軍之分甘，此殆先人老年之素志者也。老人貢監捐中書科中書，賞戴花翎。長子采甫，學名承烈，少進學淡水縣學博士弟子員，次子端甫業儒，長孫祖派，總督府醫學校生徒，次孫祖檀，國語附屬學校生徒，三孫祖熹、四孫祖楷年俱幼，明治四十年十二月曾孫經綸生，蓋祖派之長子也。四代見面，而老人丁之年，第屆花甲進三，將來如又生孫，五世同堂，為國人瑞，吾敢為老人祝之，吾敢為老人祝之。

七、結語

北市清代遷來定居的很多，如艋舺的林、黃、吳，大稻埕的林、葉、張、蔡，古亭庄的周，大龍峒的陳、吳、王、錫口的陳、杜、林等姓，均屬大姓。此中私譜付印者，僅有大龍峒的《陳姓譜》。

私譜付印，因種種關係不易，然這些家譜、族譜為研究鄉土的重要資料，我們盼望關心人士供給。

艋舺李氏家譜

一

清代末葉，北市艋舺地區，曾流行著一句俗語：「財甲新艋，勢壓淡防」。這句俗語所說的意思，據說是，艋舺的富户「李勝發」號，不但財富甲新莊艋舺，他們的勢力炙手可熱，可以壓伏當時的淡防廳。

淡北發達最早的商埠是海山口（新莊），艋舺是繼後興起，取而代之；這大概是道咸年間的事，兩地方雖有先後之差，但無疑地都是北臺最殷賑的地方，財富人文薈萃之地，所以「財甲新艋」也就是財甲淡北。這李勝發在當時的財富，我們可以從這一句俗語來想像的。李勝發是泉郊，也是繼另一句俗語「第一好張德寶，第二好黃仔祿嫂，第三好馬悄哥」所指的張德寶、黃合春、王益興之後，新崛起的大行郊。據說其行址是在昔日的厦新街，即現在的西昌街；他們一族現在還住在原址，萬華人士都還沿用舊稱，稱他們一族為「李勝發」家。

本會幾個月來的北市族譜蒐集，新近又得到這李勝發的家譜傳抄本；這家譜顏曰：《李氏家族木本水源——血脈相承》，封面並書有「原籍泉州府晉江縣南門外池店鄉榕樹頭房住淡水艋舺新街」及「大清道光二十二年十四世裔孫錫九脩」，但這傳抄本不但是新近抄的，而且譜中的〈鳳池榕樹頭房系統圖〉的〔註二〕也很明白說：「人名係以民國四十八年國曆十一月卅日為準。」是最近經過補修的。

本譜是這李勝發家的家譜，更簡捷地說起來，就是現在的家長李孝廉先生昆仲直系的私譜，新近的補修大概是出自他的手。譜的樣式是用六百字的原稿紙抄的，共有四十二張；內容首有〈李氏紀源〉，繼有〈鳳池榕樹頭房系統圖〉，然後列記直系各世的生卒年月及略傳，旁系不但無傳亦不列生卒年月。內中插入墓誌銘頗多，最後才殿以「參考」的〈李母施太夫人八秩壽序〉，以內容來說，是很為完整的。

二

本譜共記二十世，第一世景賢起至第二十世止，而第二十世只有三人，這是如譜中前引《系統圖》註二所說：「十九世紀之人丁餘尚繩繩未艾」。

據譜首的〈李氏紀源〉說：這李氏是出自隴西，後因「遭武后亂，又以宗室忌諱，逃自河南入閩」，「五季時，則有遠祖自閩之莆，遷於晉之龍岱，至元末即今之一世祖景賢公又自龍岱而贅居今之鳳池焉。」修建泉州洛陽橋的，俗稱李五就是這景賢公的三子子貴的第五子；換句話說，李五就是這鳳池李氏的第三世，而艋舺李勝發家則是這李五的直傳後裔。這一族的來臺始祖是第十四世伯疇，其時期是在道光年間，渡臺後就一直定居艋舺，始終沒有他遷。

李五，《家譜》中記曰：「三世，英公，七品散官」，並附有傳記，這傳記雖與北市無關，然亦不無史料價值，錄之於次，以供參考：

公字俊育，號自然，子貴公第五子，氣度迥異，不陼先業，能以富盛雄諸邑。撫兄孤女，厚粧遺之，恤窮賑饑，趨人之急甚於己私。先是，洛陽橋低，有患水，捐己貲甃之，崇三尺，人以為便，碑之，載在郡誌。都有洋田億萬頃，界於海水，旱無備，歲稔不登，為之築堤堰，謹啟閉，時疏儲，而國課民命均有賴矣，建東岳廟，捐米一千五百石。有逮獄者，罪不至此，公哀其餓而食之，嗣後流寇煽亂，縱火焚人室廬，其黨呂大觀即前所逮獄人也。德公之食而報之，大書於門曰，吾庇爾以故，公得不災於外，而鄉閭賴以保全者尤眾。噫！公之遺澤，在人在子孫，百世不斬也。今之拜公賜者，當何如起敝而興思耶？娶在城董氏，無出；娶黃龍吳氏、林氏，男三，曰：琪、璘、瑄，葬賴厝陳后山之原面艮背坤。

綜觀本會所蒐集的北市大族的族譜，來臺始祖遷臺的動機不外有二種：一是在大陸經商失敗或是負債，生活困難，走投無路，不得已而來的；二是在大陸生活平平，因聽見這新開發的地方很有前途，為謀求發展計，特地渡來的。所以其本來的生業非商即農，可是這李勝發的來臺始祖伯疇卻不然，他的渡臺雖然也是迫於生活，但其生業，據《家譜》的記載：「十四世，伯疇公，業儒」，這或者可以說是例外。因為他是讀書人，所以他才為子孫創修本《家譜》。譜中，他的〈小傳〉也頗有資料價值，茲錄之於左：

公字錫九，號景西；際懋公次子。娶茂下王，男五，曰：波、潭、溪、涵、浯。公少而正直，凡義舉之事，靡所不為。迨勵齊公歿，年已四十，窘於家計，因逃之淡水艋舺。三四年之間，士商兼營，甫立基址，爰定室家。詎料長男、三子俱不肖，所得之生理盡皆喪去，幸次子及四、五男竭力經營，克復前業。然次子潭不無涉私，惟顧自己，獨四、五勤儉是務，秉公無私，父母賴以安逸，即兄弟亦藉以生殖焉。聞公梗性，好慕義舉，如修府學、節公祠、雲臺、一世祖墳、水仙宮、佛祖龕，無論矣。即如功兄破家之後，逃奔不知所之，功嫂守義，姑嫂欲奪而嫁，公無（可）如何，遂查下處，作偽書以留之。後一年，姑嫂舊症復萌，公又作書封銀於信中而付之，示以必歸，不可改移。如是，代寄信者四次，姑嫂始放心，不敢更議究之。功兄有意而去，無心而來，遂為母子嫂叔夫婦如初，是義舉於家也。公生平雖未能獲田置屋以潤身，然賴四、五二子善能經營，而衣食無虧，俾公得以優游於市井中者，是則義舉之報於萬一也。至如讀書十二而應童子試，十五而十三經立，二十而內外學兼優，可以取青，可以拾紫，乃列前茅者凡五次，錄備者連三科，幾令人有廢書之嘆也。故五子皆不使之就塾，曰能硬取，又曰夏日可畏，亶其然乎？公享歲七十，生於乾隆丙午年三月十四日卯時，卒於咸豐乙卯十月十七日巳時。別世，葬於淡水大加蚋保鼓亭倉網尾寮之洋形如倒地金鈎回龍，顧祖穴坐乾向巽，兼亥巳砂水朝拱山峰羅列，人皆曰此穴在大加蚋無出其右者焉。

受業門人舉人烘、企文仝頓首拜

我們據這小傳可以知道李勝發的創立和發跡，並不是這伯疇，而是他的第四子涵，第五子浯。至其原籍，譜中也寫「泉州府晉江縣南關外廿九都鳳池鄉」，這當然是和封面所書一樣，不過是同地異稱而已。

三

這一族的發跡如上引〈伯疇小傳〉，是始自其四子千涵、五子千浯的手；千涵名志清，據他的〈墓誌銘〉註，志清是「以『勝發』為舖號，今人尚呼稱『李勝家』者即指此；公弟浯公則另定號為『盛發』。」譜中有關志清的資料不少，有〈墓誌銘〉，有〈公弔祭文〉。這些都是很寶貴的資料，茲分別錄之於次：

清誥授奉政大夫至晉封中憲大夫范庭李公墓誌銘

公諱涵，名志清，字爾潔，原籍福建省泉州府晉江縣南門外鳳池鄉，太封翁景西公第四子也。生於道光壬午年九月初一日卯時。少而穎慧，年十二隨父東渡，即營商業，初設布架，繼開泉郊，貿易以誠，居積漸裕，起家於艋舺廈新街，遂為臺地望族。生平勤儉而孝友，謹於事，神勇於為義，爰以急公受當路薦，由鹽提舉疊保至同知銜。元配林宜人，繼配吳宜人，子六，自元配出，長曰奉政，幼而折；次曰春芳，郡庠生，六品藍翎；三曰春弟，邑庠生；四曰春霖，縣丞，藍翎陞用知縣，皆先卒。五曰孫蒲，州同，藍翎加二級；六曰孫鈿，長殤。子一自繼配出，曰桂根，幼而歿。女四，長適張廩生，次適陳，三適施，四適吳，並國學生，孫七，女孫八，曾孫男女各一，餘尚繩繩未艾。晚年親見季子及諸孫克振門楣，多福，方慶，竟於臺灣改隸後明治壬寅年十一月一日，即舊曆十一月初二日寅時疾終正寢，春秋八十有一。翌癸卯年十一月廿三日，即舊曆十月初五日午時葬於芝蘭三堡小八里坌庄，穴坐甲向庚兼寅申分金，丙寅丙申略誌如此，宜銘詞曰：屯嶺之陽，淡江之傍，平原高敞，勝概堂皇，佳城是建，幽宅是藏，鍾靈毓秀，奕世永昌。

賜進士出身補用知縣掌教清源書院宗姪清琦頓首拜撰並書

公弔聯文

維明治三十有六年歲次癸卯十一月九日，即舊曆九月二十日庚子，宗姪秉鈞暨諸姻案世誼家姪等，謹以酒醴牲羞金帛香楮之儀，致奠於誥授奉政大夫晉封中憲大夫范庭李老先生之靈曰：嗚呼！經緯度移，天下有忽沉之景象；暑寒運嬗，世間無不去之歲華。人受二氣，以生數滿歸幽，群儕一致。惟是垂名身後，較之腐同草木根，行之所以自立，脩短正有辨矣。是故，立德立功，能不朽者，其人雖死，直無異乎長生，然而德功之立，非必出仕臨民，始得行其所志也。置躬市隱之門，孜孜然，見義勇為，斯即足傳不朽者；如我范庭先生，本隴西之舊族，世居溫陵之鳳池鄉，自明以來，簪纓累葉，書香繼起，代有聞人。太封翁景西公，業儒嗜學，來臺設帳授徒，先生年未成童，隨之東渡，見夫臺地市況，可以振興商務，通貿易於故鄉。於是習計然策，研龍門貨殖之傳，效鴟夷舸載之謀，創建泉郊，開廛於文甲里。德配林宜人，復能黽勉同心，矢勤矢儉，鹿車手挽。鴻案眉齊，遂乃相佐起家，地買金溝，穴穿寶井，營華屋，闢腴田，承先啟後，卓著素封之望，居恆為人，存心必以厚，接物必以謙，氣肅秋霜，容舒春煦，蓋有古君子之風焉。至於事親極終養之誠，睦族推孔懷之誼，愛姪如己子，訓兒以義方，交篤故人，座有贈袍之友；禮尊文士，門無脫粟之賓。恤困賙，貧劵焚薛縣，承危濟急廈庇杜陵，畢世純脩懿難指屈。其最著者，莫如倡捐公款，廣種福田，倒篋傾囊，毫無吝色。舊政府時，賑陝西賑山西，運米乎天津，則指子敬之囷，踴躍非止一次也。助城工，助軍餉，供費乎義倉，則獻卜式之金，輸將輒以千計也。曩因有事赴於臺南，聞該地明赫帝壇暨威靈公廟香資有缺，特割家產為置田租，又提白鏹兩千整理釁祀，其在臺北造劍潭之梵界，古剎跡，恢崇湄島之正神，新興宮葺，凡諸祠宇每樂創脩。龍山寺鎮乎全艋，為泉籍三邑人所共奉以馨香，而仰其呵護者，經營伊始，出力尤多。所以義問宣昭，疊受知於當路，由鹽提舉鶚，薦至同知銜，分鋼鋼之符，榮叨青綬，佩金魚之袋秩近黃堂，而陰隲積厚，天亦有以報之，諸冑聯芬藻泮，挺兩枝之秀，中男濟美，花封擅百里之方，最少郎君，則以業纘箕裘，輝增閭閈，九能選列二守職膺，而且繞膝文孫俱見，興宗有兆，洵可謂蝦集機翔，非同倖致者矣。爾來境閱滄桑，版圖改隸，先生屢抱西河之慟，更高絳縣之年，杖履優游，已釋肩夫家政，而於哲嗣孫蒲君養志承顏，欲行利物濟人之舉，猶每慫恿成之，如保安醫院之籌設，澎湖歉歲之救饑，鉅數好施，皆立出庭立德立功。如此今雖塵榻空懸，玉棺長掩，要自無慙乎不朽者也。矩乃壽晉八旬，昌符五世，雲礽慶衍，月旦評高，先生金受全歸，榮哀備至，不亦可含笑於九泉乎。鈞等葛藟，蒙庇梓舍，論交所不能無感嘆者，則以岱峰遽倒，愛日難留，欽風範於老成，方冀靈椿此歲，驚雨花於倏忽，竟教寒樹愴懷。茲聞發引之期，預經擇吉，敬仿大招之禮，約共登堂弔，擬南州，惟獻生芻一束，座窺東閣，聊希歌薤三章。尚饗！

宗姪秉鈞暨諸姻案世誼家姪余紹賡、謝鵬博、劉廷玉、翁林煌、顏一瓢、陳洛、辜顯榮、白其祥、潘盛清、王家楨、張揚清、呂鷹揚、林濟清、粘舜音、王慶忠、王天錫、黃傳經、陳時英、陳步青、黃茂清、黃應麟、洪瑞耀、林卿雲、楊碧山、洪以南、丁壽安、林斗文、歐陽星、林際瀓、郭瑞記、林克成、周師濂、葉允文、王則玉、林文華、王天恒、吳昌才、王道旋、洪禮銖、周武榮、郭崇山、劉子妙、徐德安、辛善甫、蔡石奇、何恕卿、王毓卿、陳其春、陳用六、林希仲、楊祥雲、林泰臣、蔡彬淮、顏龍光、吳俊德、楊捷春、陳澄秋、鄭耿光、周笏臣、王明月、林家暉、黃清輝、吳廷爵、鄭彥棕、洪振祿、黃殷仁、謝石其、戴漢卿、楊文桂、黃守乾、戴克繩、楊文星、陳壽健、賴學禮、林春榮、施贊緒、林拱資、張永源、林經邦、陳江漢、吳慶壽、周泮水、施溪水、陳有德、施錫文、謝再敬、洪玉章、蘇炳吉、李維宗、李泰芬、李世昌、李萬居、李壽康、李玉案、李增巖、李輝東、李春輝、李周記、李佩卿、李昭三，等諸同人頓首拜。

又祭文末附註志清來臺年代謂：「公年十二初來臺灣，即道光癸巳歲夏五月也。」

四

志清生有七子，次子春芳是府學庠生，三子春第也是邑庠生，可是繼承他的衣鉢，而把他的生意加以發揚光大、發展的卻是第五子孫蒲。他的生平，我們可以從其墓誌銘窺見的，錄之於次：

清誥授奉政大夫　晉封中憲大夫剛敬李公墓誌銘

公諱銀鐘，官章孫蒲，字貽堂，原籍福建省泉州府晉江縣南門外二十九都鳳池鄉，太封翁志清公第五子也。生於咸豐庚申年十二月初九日卯時。公少而誠實勤儉孝友，隨父營商起業，開廛文甲里，後遂為艋津屈指殷戶，生平凡地方上義舉之事，靡所不為。改隸舊政府時，受當路由監生加獎貢生，疊薦保至州同藍翎加二級，贈父母五品封典。改隸後，貢獻於公益甚多，凡天災地變，水火饑饉，巨款樂輸，爭先恐後，當道嘉之，屢獎下賜紳章，並拔擢為各種官廳之囑託，及諸地方上委員，或組合長。元配林宜人，側室陳氏皆尚存，子二，自元配出，長曰永福，次曰永慶；女二，皆出閨，長適洪，次適歐陽，孫男女各三人，三男二女永福所出，一女永慶所出。滄桑刼歷，垂老彌康，惻隨心深及身板，厚蘭秀桂芳，多福方慶，竟於明治辛亥年十月六日，即舊曆八月十五日未時疾終正寢，春秋五十有二。是歲舊曆十一月廿八日申時，葬於臺北廳文山堡安坑庄土名頂城，穴坐壬向丙兼子午分金癸巳。略誌如此，宜銘詞曰：

文山之麓　勝概堂皇　山靈毓秀　龍脈咸亨
佳城是建　幽宅是藏　繩繩子孫　後世永昌

欽加四品銜賞戴花翎鄉進士陽宗弟應辰頓首拜撰並書

現住西昌街李勝發家的李孝廉先生昆仲的令先尊李永福先生，就是這孫蒲的大公子。至於孫蒲的二兄春芳，譜中題曰：「十六世，春芳公，誥封五品，藍翎承德郎，府學庠生」，其〈小傳〉較為簡略，記曰：

公諱銀錠，字孫寶，官章春芳，號定明，爾潔公次子，娶同安王，男二，曰朝宗，庶出，榮宗，俱幼讀。生於咸豐壬子年二月廿一日巳時，卒今光緒辛卯年七月廿五日子時，葬於淡水擺接保土名芎蕉腳，後遷移於文山郡十五份公共墓地，與元配王氏合葬。

孫蒲三兄邑庠生春第的〈小傳〉也頗簡略，錄之如左：

公諱銀鈎，字孫畹，號敦敬，爾潔公三子，娶蔡氏，男一，曰炎竹。善經營，生於咸豐甲寅年七月廿七日巳時，卒今光緒壬午年六月廿五日申時，葬於淡水大加蚋，後合葬於文山溝子口倒枝梅誠正媽墓。

孝廉先生的令尊永福先生，因筆者童年寓處，與李勝發家僅十間舖之隔，遙遙相望，故深知其為人；這位溫良謙恭、忠厚的長者，數十年如一日，鎮守家園，與世無爭。譜中關於他的資料，有墓誌銘、輓聯、遺書等甚多。

五

此次本會新蒐集的這部《鳳池李氏家譜》，也一如筆者上回所發表的《艋舺張德寶家譜》、《龍塘王氏家譜》一樣，所獲的資料是不少的；如他們來臺創業的時間以及事蹟，如志清的次子春芳、三子春第兩茂才的小傳，都有確實的資料，新的發現和補充，對北市的文獻工作的貢獻著實不少。最近本省的文獻工作者之間，對於譜牒的蒐集和研究，很為重視，這是很好的現象。可是地方文獻工作者的態度和立場，應該和一般性的研究者不同，那麼也才能夠有所獲的，才有意義。

先族叔友竹公事蹟及詩

一、前言

先族叔友竹王松公的詩在臺灣詩壇裡是夙有定評的；他那憤時憂世、孤忠抑鬱之音，激越高邁的格調，在日人據臺半世紀中，有其獨到的境地，早為知音之士所賞識。或謂丘逢甲之後，可與棄生洪月樵、雅堂連橫、南強林幼春等諸家併肩比美，由整個臺灣文學史而言，無疑地也是一個燦然的巨星。

友竹族叔祖籍福建省泉州府晉安縣蚶江，筆者和他同族。蚶江的這王姓一族是開閩廣武王潮公的孫泉州刺史繼隆公之後，蚶江有宗祠號曰三槐堂，定有字行傳後，曰：「文章華國，詩禮傳家」。友竹族叔是「國」字輩行，筆者是「詩」字輩行，且同屬於「二房上宅海墘」柱下，他較先父年輕四歲，所以筆者經常是稱他為「友竹叔」。三槐堂王姓大都是於清代中葉以後先後來臺，友竹族叔是於令先尊的時候卜居竹塹，筆者的先父則於光緒初年來臺在艋舺營商。友竹族叔每次來北，必到筆者寓居聊天餐敘；其稜稜氣骨，文雅風度，長袍馬褂，楚楚衣冠，筆者自幼印象甚深。每當其蒞宅，大都侍立左右，靜聆教誨，現在回顧及此，後日受其影響，實非淺鮮。

闡揚先人的遺德本是後人的義務；他和筆者誼屬叔侄，而且又有這一段不尋常的關係，況且筆者又是一個文獻工作者，於情於理，敘述他的事蹟和詩、文章，可以說是義不容辭的。日據時期，他的作品為日人所深忌，而筆者又久居大陸，無從窺其全豹；光復後，哲嗣故奎光兄曾一再囑筆者為文介紹，並設法刊其日據時期被禁的詩，俾得重見天日，可是十年來迄無機會。迨最近，始由其令弟承祖兄借閱故奎光兄彌留之際，交給他的友竹族叔全部遺著文件。

友竹族叔的詩和生平，過去祇散見於輯錄或論述臺灣詩的書刊之中，甚少專文；據筆者所知道，祇有楊雲萍兄數年前曾在《公論報》的副刊〈臺灣風土〉裡寫過一文，但遺憾得很，迄今，筆者還沒有機會一讀。

二、生平事蹟

泉州府晉江縣蚶江，雅稱錦江，昔日是個小港口，它和臺灣的鹿港隔一道臺灣海峽，遙遙對望。據舊誌所載，昔日帆船順風時僅需八小時便可抵達，但是卻於滿清中葉以後，和臺灣的來往才告頻繁。因此，三槐堂派下王姓也在此時來臺最多，遍佈彰化、鹿港以北，竹塹、艋舺、滬尾等地，尤以鹿港、竹塹為多，他們大多以商賈為業，很少從事墾殖。

據《三槐堂族譜》所載：友竹族叔的令先尊華誄公是生於道光乙酉年，卒於同治甲戌年，葬於竹城（即新竹）西山；妣程氏，大廈鄉女，繼妣吳氏，楓亭生，友竹族叔是吳氏所出，次子。華誄公是位太學生，據該《族譜》所載，友竹族叔於〈華誄公〉條下附有一短文如左：

按公未冠時渡臺，洎長，與季弟定公營生漸饒，生平孝友惜字谷，尤松等所不能及，念伯兄早逝，為立嗣焉。奉寡母溫言為恤，寡焉厚德種種，人無間言。茲為族中修譜。痛誌數語於此，以示兒孫，庶知 先人創業艱難，立心端正云爾。附載：陳子潛廣文朝龍知家父生平，性好奉佛，兼通書史。蒙贈楹聯云：繡佛焚香有夙生慧課兒畫荻，為女中師即如見善勇為，終覺松等不詣肖也。汝曹誌之。

友竹族叔就在這樣良好的環境中誕生，他是前一代來臺的。

友竹族叔，名國載，字友竹，諱松，號寄生，別號滄海遺民，生同治丙寅年（五年，西元一八六六年）十一月十六日，卒民國十九年二月六日（日昭和五年），葬於新竹州十八占山，享年六十有五。關於他的生平事蹟，我們最好看看和他神交垂四十餘載，僑居新嘉坡的閱海邱菽園所撰的〈遺民王友竹君生壙表〉，錄之於左：

吁！此吾老友王君友竹之生壙也。行人過者，請駐足一諦視此題辭。友竹成此，在生年五十。而後，自以貞疾難瘳，豫謀及之，亦其生平處事智慮周浹，始終條理之一端，不期乃與昔傳趙歧、司空圖諸賢相闇合，而其遭世為更屯，居心為更隱也。邱菽園知友竹三十年，重以手函催屬，爰振筆為之辭曰：夫可埋者形質，不可埋者心光。友竹少日厭程文，能詩酒好俠游，當其聲華鼎盛，夫亦豈僅以名士自安？誠欲藉是一抒蘊奇，得以濟世。迨至事與願違，極滄海桑田之變，既因賦歸來，而阨於胠篋，復欲聘域外而扼於游資，行固非有所干求，居亦有所不敢見。在他人目為壯歲有為之時，正友竹琴書養晦之日。俄而二十年，世境急轉直下，禹域沸螗，秦坑蕩魄，其事其情，均非友竹之所願聞，而又不能膜處於無聞，由有知而有期，由有期而無妄；心血熬煎，暮氣已及，顧影汲汲；誠不知此身之涕淚何從也。嗟乎！友竹逝者，如斯不以死悲，夫世固有更悲於死者矣。然安知庸庸無識之人，不以子之志行崟奇，謂非摧折猖披，窮無復之而廼用，是以自怡耶？然又安知千百年後人過者中，竟無一二好奇之士，感子之悲亦從而悲之？因而因果牽纏，證死生之知己耶，夫亦可以無悲也矣。友竹諱松，又字寄生，號滄海遺民，祖籍閩南晉江，為唐廣武潮公之裔，自其大，父以儒術授徒，遷居臺島，遂為臺之新竹人。甲乙華易，友竹恒鬱鬱，不自聊其生。余文前成，友竹幸猶及見之，復越若干歲，友竹廼以某甲子某月日壽終。距生於同治丙寅十一月十六日，享壽幾十有幾歲。遺著詩集詩話夙已行世，當代文人林琴南、吳翊庭諸先生贈序跋，均許為必傳，其未刻稿尚有若干種，存於家。子詩光、詩祖，孫禮清、禮祺、禮麟，女淑適張式穀。子孫遵循治命，遂成葬於是壙中，地名香山愚湖云。（載《滄海遺民賸稿》）

據哲嗣承祖兄（即詩祖）云，他於生前已覓定墓地，築好坟墓，諒因此故有此表。

邱菽園和友竹族叔遠隔千里，未嘗謀面，神交達四十餘載之久，然而可以說是知他最深的一人。邱菽園在《滄海遺民賸稿》的〈贈王君友竹序〉中，敘述他生平有云：

……自其生也，在中國割臺之前二十餘年，奇氣虎虎，狂志翏翏，讀書以經世為務，窮究博覽，於古今安危治亂之變，獨不喜為帖括家言，暇則登陟山林，賦詩飲酒自樂而已。鄉里父老稔其內行孝友淳實，皆以才學人稱之，共白當事，列入保案，奬以職銜榮典，而友竹獨意有弗屑，力辭者屢矣。或醉以觥，逼使言志，則嚚嚚然曰：吾誠有惡於今之官僚派者，故借山水詩酒而逃之，乃忽因虛譽而獵冠服，是自欺吾志也，無志者不可以為人，自欺者不足以立身，世苟有安吾身，而伸吾志者，吾其從之游乎。或聞其言遂以狂生目之，而生固自謂我非狂生也。迨前清光緒甲申歲，法越事起，法艦騷擾臺灣，襲取澎湖踞之，草草議款，幸得退還時乃告其鄉人曰：吾輩無以目前之苟安而嬉也。臺灣孤懸海中，材木礦山久聞於外，譬之積薪可以召火，謾藏可以誨盜。乃觀之今之君子，多昧曲突徙薪之義，其小人尚為梁燕堂燕之嬉，隨憂所伏，正未易弭，十年之後，人其念哉。及甲午中日之戰，《馬關和約》果以要割，全臺爭之不勝，衆咸服其先見。於時風煙傚擾，民間競立名號，謀拒日本，乃攜眷避地，趣返泉州祖籍。中途遇盜，傾其所有，不得已於事平後嗣再東渡，託一廛焉。平居抱志自重，吏民敬之，城郭村落，藉其言而得免鋒鏑之患者夥頤。已則青鞋布襪蔬食嘯歌，雖日與貴官往還，未嘗私有干請，故四方外來之士，苟及新竹，無不知有詩人王松之名者。嗟乎！世有如友竹之人，而可謂其才其學能無餘于詩之外耶。……

臺灣史家雅堂連橫也知友竹族叔甚詳，他在其〈王處士友竹先生五旬壽序〉一文，論其為人，敘其生平有曰：

……先生古之嶔嵜人也，其為人也沖而澹、狂而簡；其為詩也淵而穆、宏而肆；其論詩也放而微、廣而約；其出而與也接也縱懷自任，適可而止，不以利害中於中，而貧富易其節。蓋士之所處雖不同，而樂天任性無往而不自得也。先生少孤處境困，節母吳太孺人教之嚴，學乃日殖，弱冠入北郭園吟社，與鄉先達相唱和，嶄然露頭角。顧不屑為帖括家言，或勸赴試不應，醉以酒迫使言，始軒眉而語曰：公等以吾為不樂仕宦乎？吾自顧菲才，無益於世，顧世人一服儒巾，反厭厭欲死，公等將使我為木偶乎？又進而言曰：今世界交通競為藝術，海疆有事，則臺灣必先被兵，公等幸勿以士自囿。方是時，太平日久，文恬武嬉。士之出入庠序者，爭以入比博高第，聞斯言者莫不笑之。顧未幾，而法人猝犯臺，基隆、澎湖次第淪沒，草草議款而罷。先生又語鄉人曰：公等毋以息兵而自喜也。

臺灣孤懸海上，富殖久聞於外，利之所在，人所必爭，苟不早圖自衛，必貽後悔。及甲午之戰，而臺灣竟割讓矣。當是時，兵馬倥傯，蒼頭特起，先生知事不可為，恝然遠去，將避地泉州，途遇盜，傾其資，詗再東渡，居故廬，以奉先人之丘墓。陳孺人者，先生之德配也，淑婉知大義，相依於患難困苦之間，志不稍挫，未幾而逝，先生哭之慟，誓不再娶以酬其義。先生既屢遭世變，益隨居不出，所居曰如此江山樓者，藏書萬卷，坐臥其中，愈肆力為詩，取從前所作而刪之曰《焚餘集》。又以其餘力撰《臺陽詩話》上下卷刊諸世，凡所採多一代名作，而論詩論人不為谿刻之語，其裨益於臺灣文獻者不少。前輩鄭香谷先生愛其品學，延入北郭園，四方來游之士，苟及新竹，無不知有詩人王先生者。嗟乎！如先生者，豈甘以詩人自老耶？使出其少年豪爽之氣。稍稍與世推移，豈不足以建一功立一業，為鄉族交游光寵，而貧困以約之，患難以阨之，疾病以苦之，使之不得不以詩酒自娛，動心忍性增益其所不能？蓋其所拂者，人之所全者，天也。……

這位憤時嫉俗、憂世念亂的詩人，為甚麼始終不願為世所用，自甘隨遯，獨守黔敖之節，我們從以上所引兩文也略可概見，筆者不必多加蛇足。至於臺地陷日後，在異族統治之下，他更不肯降志辱身，以獨絃哀歌以終其一生，那更是不難想像了。

他蟄居如此江山樓，賦詩飲酒，三十年如一日。到民國十八年（日昭和四年）十月間，忽起眼症，就醫於臺北的達觀眼科醫院。據該醫院洪長庚博士云：雖施手術，恐難奏功，嗣再入英人馬偕醫院治療，鍼以梅毒劑，乃稍見效。滯北月餘，眼疾漸復元，於十二月一日始返新竹。但自此體越弱，迨翌年二月六日遂溘然長逝。臨終之際，口援絕命詩一章曰：

苦海浮沉七十秋，今朝撒手御風遊；不堪回首塵寰事，萬苦千辛一慟休。（錄自〈訃音〉）

這位民族詩人的一生，尤其是於乙未割臺以後，那充滿著苦悶的生涯，也正是每個臺灣同胞的苦難，每個知識份子在精神上所受的折磨的寫照。

三、著作

他的著作已出版的共有三部；一是《臺陽詩話》，二是《滄海遺民賸稿》，三是《友竹行窩遺稿》，前兩部是在他生前刊行，後者則是他去世後才付印的。

《臺陽詩話》是光緒三十一年（日明治三十八年）十一月十一日發行，二十開本，線裝，分上下卷，合訂一冊，序四葉，上卷二十三葉，下卷二十七葉，共五十四葉。上卷有〈自序〉，北郭園老人鄭如蘭、日人籾山衣洲、海澄邱煒萲菽園等的序，鹿港洪一枝月樵的題詩，下卷末尾附有林輅存的跋。

這一部是所謂《詩話》之類，是採集臺灣各代的作品加以評介，所集的詩也都是一代的名作，書中論詩論人頗多中肯，且不為谿刻之語。這部《詩話》如連雅堂所說，裨益貢獻於臺灣很大，這在識者之間也早有定評。卷末有「二編續出」字樣，揣原意，似擬續出二集、三集，惟迄未有是書出版，亦未聞是稿已成。

《滄海遺民賸稿》是乙丑年（民國十四年，西元一九二五年）發行，扉裡有「乙丑仲春聚珍倣宋板印」字樣，二十四開本，線裝，序、題序、題詞十五葉。正文〈如此江山樓詩存〉二十五葉，〈四香樓餘力草序〉一葉，〈四香樓少作附存〉七葉。跋、跋附題詞三葉。附錄，壽序、壽詩、筆記、題贈詩、生壙表十一葉，共六十二葉。序為吳興劉承幹、吳曾祺、施士浩、閩海菽園邱煒萲、鄭家珍等所撰，題序為鹿江楚漁子陳淮、陳槐庭所作，題詞為族弟瑤京國垣所作。〈如此江山樓詩存〉所錄的詩共九十首。〈四香樓餘力草序〉則為族伯少濤所撰。〈四香樓少作附存〉所錄的詩共三十二首，跋為林紓所撰，跋附題詞為日本永井甃石、臺南連橫、水月主人所撰，壽序為連橫所撰，壽詩為耐公所作，筆記係錄自邱菽園所著《五百石洞天揮麈》，題贈詩為丘逢甲仙根、林紓琴南所作，〈生壙表〉為閩海邱菽園所撰。另附勘誤表，附有温陵志超王冠群的題詩。

這一部是他年少至五十歲時所作的詩集，這一時期正是他詩興最濃、感情最豐富的時期，所以句句都是遭歷不平之鳴，字字都是涕淚哀傷之紀錄。這部民族意識強烈的詩集是在上海出版，運臺，即被日當局禁止發行。

《友竹行窩遺稿》是他去世後，遵其遺囑，由王了菴編，哲嗣故奎光兄出版的。二十開本，筆者所閱的，欠封面及發行日期、發行人、發行所等尾頁。全書：卷頭遺像一頁，序及題辭八頁，正文三十二頁，哀輓錄十三頁，共五十三頁。序為星洲寓公邱菽園、鄧鈍鐵、臺陽謝汝銓雪漁、臺中王石鵬了菴、少菴李少泉等所撰，題辭為福建海澄邱煒萲菽園、福建同安胡訓魁煥奎、福建同安王盛治來蘇、古閩王良有韞玉、久保得二天髓、李友泉少菴等作。正文錄詩六十九首，附刊：〈六十壽言壽詩〉為劉承幹、陳望曾、王冠群等撰作，並有自撰〈重見天日感言〉，王少濤作〈題友竹兄玉照〉，李少菴作〈題奎光仁兄玉照〉，羅秀惠〈贈奎光世講紀念〉。〈哀輓錄〉首有訃音，輓詩輓聯輓歌甚多。

這一部詩集的作品是《滄海遺民賸稿》以後，即五十歲以後迄去世時的作品，這時期日人對出版物的檢查尺度更緊，料有很多珠玉，不敢編入。本集的詩是屬於晚年的作品，可是他那憂世憤俗的哀感未曾稍減。

筆者承哲嗣承祖族兄的雅意，借閱友竹族叔的全部遺著文件，然而不幸得很，除了一小備忘册子之外，竟未發見親筆的遺作；他在《滄海遺民賸稿》的自序所說的〈內渡日記〉一卷、《餘生記聞》一卷、《編草艸草堂隨筆》三卷等諸作，都無從閱到。那些文件中有一本毛邊紙釘成的抄寫本，封面題為〈詩集〉下附款「如此江山樓」，內抄有有題的及無題的詩多首，但筆跡似乎不是他的，且內中有一頁書寫「王奎光」及其住址，有題目的詩有：〈喜弟自滇至〉、〈龐德公戒賭詩〉、〈文帝百字銘〉、〈小倉山房詩集〉、〈戒殺〉、〈夜吟〉等，不過從其語氣、格調看起來，是不是他的作品，不無疑問。

《三槐堂王姓族譜》中，友竹族叔條附載的是〈自題小照〉、〈即事二首〉，邱菽園的筆記及了菴居士的贈語，前二詩及文均刊《滄海遺民賸稿》，後者似未載任何書刊。

四、早期的詩

友竹族叔於若冠處身清末衰亂之世，繼於乙未又逢臺地割讓之變，晚年則屈於異族統治而終其一生；畢生濟世經綸終未得伸，故其牢騷抑鬱之意，無所發抒，因而韜晦隨遯，假托歌詠以自見。本來這種例子，東西都屢見不鮮。在臺灣，論者則常舉洪棄生月樵和他為例；不過兩人的詩，洪棄生如洪鐘大呂，宏亮大音；他則是在和婉中寓悲哽小雅，而絃外有餘音，這是兩人性格之不同，也是兩人處境之相異使然。另外的一個理由則是他和洪棄生一樣，雖然也是劫餘孤憤，但自日據中葉，日人治臺已遠非昔比，控制綦嚴，故其發洩的方法也自然不同。

友竹族叔的詩，如邱菽園所說：「不工古體，近詩則獨見性情。」也如連雅堂所說：「淵而穆，宏而肆。」每讀到他的詩，覺得清詞麗句，流露行間，很有唐人的風格，其措字用句典雅精深，藻不妄抒，有其獨得的妙趣，迥非凡響。

族譜裡所載的〈自題小照〉和〈即事二首〉恐為他引為表其為人的作品，錄之於左：

自題小照

莽莽乾坤隨遇安，何須困苦載南冠；山林鐘鼎渾無味，漫作尋常半截看。

即事二首

覽奧探幽興不違，每逢佳景樂忘歸；披襟小憩榕根上，指點兒童去路非。

天氣微暄雨乍晴，出門聊為看山行；呼童填盡崎嶇路，免得遊人嘆不平。

《族譜》中附載邱菽園的筆記裡引用的幾首，也都是同一傾向的作品，也是他另一面的寫照，錄之於左：

家居漫興

性本難諧俗，何須氣不平；悲歡如夢境，詩酒破愁城。課子曾重熟，持家法尚生；山妻容養拙，甘為折葵烹。

山中訪友

來路沿流水，開門見遠山；花間携手語，酒後出詩刪。為約三椽築，同消一味閑；敢嫌供給少，滿袖白雲還。

雜感

休說中國事，群雄約叩關；人猶謀仕宦，誰肯念痌瘝。家國愁如海，朝廷債似山；泪盈襟袖濕，不是酒痕斑。

登城東樓

發陣望闕歎拳頭，時事浮雲大海東；繞郭溪聲秋雨後，滿樓山色夕陽中。移家人困偷油鼠，守土民愚負蝂蟲；一片熱腸雙冷眼，搔頭只合問蒼穹。

贈家瑤京弟國垣

人文兩足慰相思，一旦遲過數度催；萬事輸君緣有母，半生愛我只因詩。才華恰是荒年穀，傾倒真如向日葵；深顧半生作兄弟，老天可許再追隨。

（以上各詩並均載《滄海遺民賸稿》，以下略稱《賸稿》）

他的真正面目當然是在《滄海遺民賸稿》和《友竹行窩遺稿》兩集，這兩集的詩都是乙未割臺以後的作品，他到乙未雖然已年近而立，可是這以前的作品，現在已看不到了。他眼看在紛亂之中，故里易色，內心的悲痛和哀傷是無可形容的。兩集處處都是這種情感的流露，摘錄數首以供參考：

感興

和議知非策，瀛東棄可傷；墜天憂不細，籌海患難防。兵燹殃千里，親朋散四方；故鄉歸未得，淚眼閱滄桑。

海上望臺灣

如此江山坐付人，陋他肉食善謀身；乘桴何用頻回首，懶學長沙論過秦。

避亂

不求聞達祇山林，荒盡田園又廢吟；避俗恨無千日酒，著書枉用一生心。百年文物悲塗地，幾姓江山兆採金；畏域愁城朝夕困，那禁霜雪鬢邊侵。

遣興

東南半壁絕通津，那有桃源可避秦；厭世幾如都散僕，憂時曾作太平民。干戈劫外清修驗，石火光中往跡陳；極目山形猶拱北，且收忠骨滿江濱。

這位多感而懷才不遇的詩人，每有所感觸，輒以詩抒其積愫，所以他的集中以記其感慨的詩最多，再摘錄數首於左：

偶感

學書學劍廿餘年，不意瘡痍滿眼前；報國豈宜論在位，當途更少力回天。尋恰為梁甌缺，守節應如趙璧全；從此癡聾無一事，免教洗耳累清泉。

述懷

我本田間一老農，怕提舊事話康雍；何鄉可葬烟霞骨，有酒難澆塊壘胸。憂患轉疑因識字，笑啼不敢若為容；倘非桑梓真堪戀，一葉扁舟去絕蹤。

書懷

生逢割地亦徒憂，烽火連天尚不休；家有兩姑難作婦，國無一士覓封侯。
安危於我何輕重，得失勞人問去留；大局不禁長太息，華夷從此是春秋。

書感

幾許匡時志已灰，中朝偏少出群才；親朋遠別犀望月，兒女無知鴨聽雷。一去王嬙
難復返，三呼宗澤有遺哀；可憐春燕巢林木，桃李如今半廢材。

春日閑居

肥遁兼全寵辱身，香爐茶椀足怡神；不才願作池中物，得意羞看世上人。杜老奇愁
吟苦竹，放翁異夢靖邊塵；舉頭怕見青青柳，抱膝長吟又一春。

感述

滄海遺民在，真難定去留；四時愁裏過，萬事死前休。風月嗟腸斷，山川對淚流；
醉鄉堪匿影，莫作杞人憂。

上面所引的詩都是乙未之役不久，他身處變化，眼看故鄉陷入異族的手裡，那種憤怒和
激昂的傷感。可是大局底定之後，他激動的感情已經鎮定下來，變成一種無可奈何的諦觀和
哀感了。錄數首於左：

山居適興

不求聞達不修仙，縱酒高歌亦偶然；一笑身閑無個事，白雲深處枕書眠。

書感

從來懷古意，須借濁醪澆；辱學淮陰忍，賤憑韋陟驕。凌雲空有志，醉月最無聊；也作英雄語，身閑髀肉消。

和吳水田廣文逢清春日書懷韻

十日晴無一日陰，今年青帝愛人深；看花不離杯中物，諛墓羞藏篋底金。經世有方長落拓，感時無病也呻吟；何時得遂澄清志，獨立蒼茫耗壯心。

（上載《賸稿》）

五、晚期的詩

前面也已說過；大概《滄海遺民賸稿》是屬於早年的作品，《友竹行窩遺稿》是屬於晚年的作品的，所以後者已是在境靜心平中之作，感情已沒有昔日那麼激越。這集是他去世後，在故奎光兄的手裡出版。記得故奎光兄生前曾對筆者說過，因為鑑於《滄海遺民賸稿》被禁，這一集裡凡屬於刺激日人的作品，儘量不予輯錄，且為絕後患，大都付之一炬，所以後者之中，這一類的詩很少。茲錄這時期具有代表性的作品數首於左：

九日讌游南郊和韻

結伴歡游野趣長，詩才深恐負重傷；難除今日登高俗，預想明年此會狂。吟興劇防租吏敗，兵災願借菊花禳；中原莫得平安信，憂國還須罷舉觴。

書與

披衣靜坐教雞鳴，知有新詩枕上成；往事追思如昨日，故人入夢若平生。九秋落葉功名薄，萬里浮雲富貴輕；滿腹牢騷何處寫，斯民水火總關情。

極望

極望空明淨四圍，閒來選石坐苔磯；遠雲連水疑無動，高鳥乘空似不飛。一髮中原窮海沒，千程銜尾晚帆歸；我行未已知何世，濯足長流悵落暉。

（上載《遺稿》）

他每逢生辰，都有感言之作，這些詩最能代表他的感慨，也是其精神變遷的紀錄，錄數首於次：

乙未生日感作

我今三十乃如此，便到百年已可知；孤憤惜無青史分，不才閒過黑頭時。太平得壽方為福，離亂全生衹賞詩；此日豈惟毛義感，涓埃未報負男兒。

五十初度

急急韶光五十春，不才容易負君親；幼與性癖耽丘壑，長吉詩篇託鬼神。聞見兩朝慚逸士，滄桑百劫感孤臣；一年一度傷心甚，回首當時母難辰。

爭名圖利總成空，學佛求仙亦不工；老我山林知是福，看人鐘鼎愧無功，寫憂每藉文三上，遺興惟慾酒一中；今日不禁身世感，頭銜自署信天翁。

介子而今願隨綿，貉丘何必辨愚賢；種瓜種豆空身後，呼馬呼牛任目前。水月本來無我相，風塵到處有人緣；靜中勘破循環理，墜溷飄茵聽自然。

海濱鄒魯布衣尊，出處依然古道存；拚以心肝酬戚友，肯將口腹累兒孫。老來不覺羞看鏡，達者何妨效鼓盆；一事難忘東道誼，百花叢裏勸芳樽。

歷盡窮冬兩鬢霜，醉看東海幾生桑；英雄更有難收局，歌舞終無不散場。白髮祇餘貧病在，朱門每為古今傷；知非伯玉吾見愧，成就高陽一酒狂。

（上載《賸稿》）

生日述懷

少小溺帖括，長大事經史；報國用文章，志迂每不喜。馳騁翰墨場，聲名動桑梓；愧無金榜緣，拂袖歸鄉里。既得樂天倫，兼可游山水；捷徑笑貲郎，丈夫寧作此。況值國步難，幾欲東山起；無路可請纓，但願稱善士，家運復中衰，知命任身否；德薄不自殞，蓼莪痛慈妣。三載棘人冠，廢詩悲不已；名心從此忘，怡情書畫裡。詩酒與琴棋，此生長已矣；意外忽滄桑，壯懷空撫髀。避世樂田園，困苦居城市；坐臥群書堆，咿唔聊復爾。窮愁學著書。復恐與謗毀；天意殊茫茫，祇可坐待死。吁嗟平生心，付與山妻誄；倘得假以年，願早干戈止；迴憶母難辰，低徊淚滿紙。

六十述懷

五十曾吟自壽詩。述懷又居杖鄉期；聊將舊事翻新句，差喜連篇不費詞。避地已無乾淨土，俟清難得太平時；那堪回首趨庭日，燈影機聲愴夢思。

損篪寂寞劇堪哀，冊載淪亡剩不才；從古賢愚歸一盡，如今世界莫重來。池塘春草虛前夢，桃李芳園冷舊醅；羨煞眉山多樂事，連床風雨共敲推。

曾記催粧賦夜分，俄驚兒女忽成群；遨游怕到傷心地，離合真同過眼雲。遠禍常規馴傲性，救貧苦勸習時文；枕襟廿載孤淒意，入夢無慚見細君。

黃葉村中一草廬，郵筒絡繹贈雙魚；壽言朝野來珠玉，簡牘華彝訊起居。老病所需惟藥物，家風不墜祇琴書；廚人報道餐無肉，笑答殘牙耐茹蔬。

蠻觸蝸爭又幾年，荆榛萬户接荒煙；匡時偶悟無為道，入世長參不語禪。
失馬塞翁知數定，聞鵑津客洞機先；兒孫耕讀身粗健，明月清風自在眠。

年年此日醉春風，賓客流連興不窮；世上無端爭夢裡，人間何物勝杯中。
早知樗櫟終無物，始識雲煙總是空；過去未來休罣礙，癡聾願學信天翁。

不叨祿仕不談錢，遊戲塵寰負少年；弄筆恥居名士後，著鞭笑讓偉人先。
蹉跎叔世終無補，閱歷今生更可憐；勸世叮嚀應記取，吾家忠孝即神仙。

（上載《遺稿》）

他早年的詩和晚年的詩，我們從上面的引用也可以看得出，傾向是不同的；鄭家珍有一句話最能道其特徵，他在〈如此江山樓詩存序〉中說：「即以是集而論，其興高采烈華若春榮者，即前二十年自豪之友竹也。其思遠憂深淒如秋日者，即後二十年自晦之友竹也。」他還繼續說：「友竹之不污本真，是集不啻為寫照矣。」的確，他的詩每句都有血有肉有淚，沒有半句的無病呻吟。

六、結語

他關於濟世的經綸似乎沒有遺著，祇有上面說過的《臺陽詩話》頗多論詩論人，且獨到之見也多。

他生長於衰亂的清季，中年及晚年又在異族統治下；他的苦悶，他滿腹的牢騷，實在也是當時臺灣千千萬萬的臺灣同胞和士大夫階級的苦悶和牢騷。他號滄海遺民、寄生，有含意的；尤其是顏其居處曰：「如此江山樓」，簡直就是針對當時的社會，顯露他的憤怒，他的嘲罵。陳淮說得很清楚：「如此江山樓者，若曰如此江山付之庸奴而不能守也，付之□（按：疑為異字）族而不能□也，惜乎如此江山也。」他的詩、號、居處，命名都是藉以明志，寄其感慨的。

誰都知道，文學作品是人類的心聲；友竹族叔的詩集既是吟詠那時代而且代表那時代的心聲，無疑地，他將和其詩集永垂不朽！

顏雲年．顏國年

一、前言

臺灣籍人士在日據臺半世紀中，真正以經營實業成功，成為鉅富的，今日回顧起來，實在寥寥無幾。顏雲年、顏國年兄弟在這沒有幾個人之中，或者可以說是首屈第一指的成功者。

無可諱言，日據時期，在事業規模而言，我們倘要在臺灣籍人士所經營的事業之中，找出一個能夠和日人的事業能夠比肩併立而無遜色的，很可憐恐怕也只能舉出顏家的臺陽鑛業公司及其附帶的各種事業，其餘不但相形見絀，根本就太渺小了。

顏氏兄弟出自瑞芳的一寒村，艱苦奮鬥，善能把握時機，際會風雲，卒成臺灣鑛業界的巨擘；其事業首由雲年創建，迨雲年歿後，復由國年繼承守成，益形鞏固，在當時的政治環境下有如此輝煌的成就、實在是不容易的事。

後人每當談及顏家事業的成功，大都指出其要素的最大關鍵，是在雲年、國年兩兄弟才能善能配合；因為創業者雲年生來慧敏，機智縱橫，豪邁果斷，每當處理大事，常得正鵠而不誤。國年則秉性溫和，公正縝密，處事熱心穩健，深謀遠慮，善於計數。主持者有如此事業經營的要素，所以其事業也才能奠立堅固不拔的基礎。

筆者這一小文的目的，是在敘述顏氏兄弟生平事蹟的概略，旁及其事業的發展；至於顏家事業內容及意義的探討，當俟後日的專文。

二、顏家世系

顏氏的先祖，據其家譜，係出自顏回、顏真卿之後，真卿七代後，必達始遷居福建水春。雲年、國年兄弟有三，長曰東年，次即雲年，季即國年；父曰尋芳，兄弟有三，長曰正選，次即尋芳，季名正春，正春日據後曾任鰶魚坑庄長。正選兄弟之父曰斗猛，祖父曰玉蘭，玉蘭之父曰浩安，於乾隆年間率其子姪家眷來臺，卜居臺中大肚溪附近從事農墾，辛苦經營達十餘年，嗣因大饑饉，所穫盡歸烏有。乃返大陸，後卒於安溪縣烏塗鄉黃柏堡。迨嘉慶年間，玉蘭與弟玉賜相攜來臺，居住臺灣梧棲港，半農半漁。後因漳泉械鬥，嘗盡苦難，乃轉遷淡北暖暖的碇內庄。時玉蘭的第三子斗猛最幼，年甫五歲，其後漸長大，與胞兄斗雙及玉賜的兒子，從兄斗于、斗卸、斗博、斗點等四人，從事開墾，辛勤耕作，生活也漸豐裕。兄弟仍同家，不分炊爨，福氣滿堂，眷族益衆。道光二十七年，始開墾鰶魚坑，而仍居住碇內，達五十餘年。咸豐三年之亂，碇內及八堵家宅悉被焚燬，只剩下鰶魚坑耕作時所用之茅屋。及亂平，全家乃遷移於此，竭盡全力開拓此地的田園。同治元年，改建瓦屋，而且次第增建三座，蔚然成為鉅户。疇昔，該地西北山腹，以老楓數十株成列，圍繞他們一族的家宅，如柵門，宛然猶如小孤城，這也正是顏家兄弟的發祥地。

尋芳字萬方，娶翁氏謹娘，生有東年、雲年、國年三兄弟外，尚生一女。尋芳於日據後，光緒三十二年（日明治三十九年）四月去世，享年六十有三。母翁氏於宣統元年（日明治四十二年）去世，享年六十二歲。顏家，世務農，且經營鑛業，是這地方的望族。

三、顏雲年

雲年，亦名燦慶，號吟龍，生於鰈魚坑。他自幼有奇氣，慧敏穎悟，好讀書，年甫八歲人季父正春設於牛埔坑口的書房，攻讀三年。十一歲時，從鄉中的林萬選繼續攻讀。十二歲，安溪同族顏心聞茂才東渡來臺，乃從之課讀。十四歲，延王安甲茂才習文，始攻八股科舉法二年，應觀風之試入選。年十七，再聘黃燭照茂才，致力經藝。二十歲，隨正春長男永年遊錫口，就學林希張茂才，頗有進境。二十一歲時，大龍峒名貢生周蘊玉設學舍於水返腳街蘇樹森家，乃復隨從兄永年前往受業，再應小試，遂得入道考。然文名未酬，正當磨礪待發時，甲午一役，割臺定議，雲年為謀自衛，糾衆族組織鄉團。迨乙未，清日專使海上授圖，日軍澳底登陸，臺灣遂歸日人掌握，雲年求取功名之念亦絕。

日人開府臺北城之後，分兵屯守瑞芳時，各地尚騷擾不寧，謠諑甚盛。雲年季叔正春，被人讒誣為匪，被捕鞫訊，情形頗為危急。雲年乃挺身而出，趨赴屯所，以筆代舌，申訴冤抑。隊長感其膽量及熱誠，且愛其才，釋其叔正春，並留他，任職通譯，輔佐屯務；他處在日軍和民衆之間，善能疏通雙方的意思，排難解紛，且多有所建白，所以很為日方和居民所器重信賴。他在這種環境之下，極力學習日語，作為隨身武器。後日，他卒能自由操縱日語，在他的年輩中算是首屈第一，後日對其事業幫助亦大。到了施行民政之後，設置警察署，欲辭職不得，轉任瑞芳警察置巡查補，仍從事通譯工作。

基隆河的砂金，是在臺灣巡撫劉銘傳架設臺北、基隆間七堵鐵橋時發見的。當時官方曾設立砂金置，規定採取制度，課稅准民採取。日據後，踏襲這種方法，於瑞芳設立官設砂金局，施行鑑牌制度，凡人民須依照這鑑牌制度，始准許採取洗淘。這附近均屬於日人藤田組所有的鑛區。初雲年於業餘租借其中一部份採取，一方面並經常對該組代辦供給物資和伕力。其經營成績斐然，處事有條不紊，故深受該組主人所器重。雲年嗣辭官職，專心事業，歷十餘年，事業大展，獲利亦豐。民國三年（日大正三年），藤田組設備雖多屬新式，可是成績愈壞，遂將全部事業悉委雲年辦理。民國七年（日大正七年）藤田組的這些礦區及設備遂全部賣給雲年。時九份人士感其事業對地方之貢獻，特立頌德碑以為紀念。茲錄該碑碑文於左：

瑞芳鑛山帝國領臺後藤田組請官許專其利顏君雲年世營鑛業居鰈魚坑藤田組識君才招共襄理明治三十二年乃劃一部委君專辦君行開放主義均霑利益一方賴之藤田組以君措理攸宜克盡地利大正三年秋遂舉全部委辦君以蘇君維仁翁君山英為輔廣為招徠成效卓著產金為全國冠貢獻國家社會不淺鑛山人思其德謀為紀事勒石囑余執筆爰為述其概云爾

大正六年歲次丁巳　雪漁　謝汝銓撰

自鑛區讓給雲年之後，金脈疊出，治生於此地者有萬餘人，蓋因從事斯業者很多。採掘炭礦原為顏家父祖傳來的舊業。雲年除了致力金鑛之外，對於炭鑛尤為留意，及見基隆築港計劃成案，益感此業之有利，於是專委季弟顏國年專責搜尋炭脈，大小得五十三區，臺灣的代表炭四腳亭的良炭田也在其掌中。這時侯第一次世界大戰方酣，炭價暴漲，估計五十三區的權利，即值一千萬元。

雲年生平所營事業為金鑛與炭鑛；他並分自己負責金鑛，炭鑛則由國年掌理。其所組織經營的事業計有臺陽鑛業株式會社、基隆炭鑛株式會社、雲泉商會、基隆輕鐵株式會社等，其規模都是臺人中無出其右者。

雲年對於公共慈善事業也很熱心，如捐建基隆公學校學堂五萬元，築基隆貧民公寓博愛團費二十萬元，是其犖犖之大端。

雲年不但學問根柢很好，平生尤尚風雅，時與詩友把酒吟詠；有《環鏡樓唱和集》、《陋園集》之刻，對振興孔聖之道亦極關心，曾與同志組崇聖會以為提倡。

雲年於民國十一年（日大正十一年）十二月二十三日由日本返臺，翌年二月八日遂以傷寒症不治去世，享年僅五十歲。欽賢、德潤、德修、德馨等，即其嗣子。

四、顏國年

國年，生於光緒十二年（日明治十九年），顏尋芳的三子，幼名定，或稱瀛州，雅號富謙。天資敦厚，憐恤甚深，鄉黨知友，受其周濟者頗多，有長者風。六、七歲入鄉里的培德軒就讀，及年長，受季叔顏正春之薰陶，而國年事之亦勤。光緒二十六年（日明治三十三年），正春任鰈魚坑庄長，國年即任該役場書記，輔任庄務，後全力輔兄開展事業。

自二兄雲年投身金鑛事業，大展驥足之後，雲年戮力經營無法旁顧，幸而國年以精細緻密之才，配合雲年創業雄略，所以顏家事業之成功，一半應歸功國年。

顏氏兄弟所經營的事業，是以金鑛、炭鑛為主。雲年負責金鑛、國年是負責經營炭礦。到了民國十二年二月雲年去世時，他只三十七歲，春秋鼎盛，整個事業的責任於是落在國年的肩上，一切由他指揮。但他也不負亡兄所托和衆望，事業於是益見發展。當其與三井公司合營的基隆炭鑛株式會社盛產時，其生產的炭量年達六十萬噸，為臺灣產炭的一半。炭鑛事業在第一次世界大戰後，受了經濟界恐慌的影響，民國十八年（日昭和四年）十二月至民二十三年（日昭和九年）十二月的五年間，經營極盡慘澹，可是國年竟安然渡過這一難關。

國年為廣見聞，於民國十三年（日大正十三年）四月曾偕瑞山鑛山事務所長翁山英，赴祖國華北考察。考察的地方是福建、浙江、江蘇、直隸、山西、河南、山東、奉天、吉林等九省，歷時七十九天。繼於民國十四年（日大正十四年）四月赴歐美考察，歷遊美、英、法、比利時、荷蘭、德國、捷克、奧地利、匈牙利、摩納哥、義大利、印度等十六國；歷時二百二十一天。他不但善能繼承乃兄衣鉢，並且他的事業發揚光大，確立鞏固的基礎。民國二十六年（日昭和十六年）四月二十日竟因宿痾糖尿症及高血壓，不治去世。滄海、滄波、滄濤、滄浪、朝邦等，就是他公子。

陳君玉事略

一、平凡而又不平凡的人

陳君玉和筆者自從去年十一月以來只見過一次面，這是七八年來少有的事。所以當三月四日中午，接到老友李規貞兄的電話，告訴他來臺北，寄居姊夫處就醫時，筆者直覺到他病狀的嚴重性。

這一天因為一些急待處理的事，無法抽身。可是第二天正午，當筆者正要出發去看他時，又接到規貞兄的電話，說是當昨天他和筆者通話的時候，君玉已經去世了。

筆者於是馬上跑到臺北市立殯儀館去。木屋中，他的棺柩寂寞地雜在幾具棺木之中，筆者在他的靈前上了香，竚立了很久，悲痛的情感如噴泉一樣湧上心頭來。這個平凡而又不平凡的老友從此永別了！他會在困窮中結束了一生，本來是不足為怪的，最令人感到意外的是他平素很講究衛生，身體一向也很健康，現在竟然被這尚屬不治之症的肝癌絆倒，僅僅五十八歲便與世長辭，實在死得太早了。

記得去年初冬，他受聘參加臺北市地方戲劇比賽的審判。一個月之間，每天由樹林寓所來臺北，因此時常趁便來找筆者聊天，這時候他曾告訴說正在鬧痢疾。到了農曆年底，聽說他病卧不出，我就特地到樹林去看他，可是這時候他的痢疾已經好了，只有背神經有點痛，此外一切如常，還是侃侃地談天說地，萬不料，這一次竟成了最後的晤面。

二、嚴謹的人生態度

筆者說他是個「平凡而又是不平凡的」的人。是的，他雖然一輩子從事文化教育的工作，但是不但沒有煊赫的文名，也沒有驚人的永垂不朽的作品，更沒有做過顯要的官，這確是平凡的。可是憑筆者所知道，他走過的人生路程，實在是很奇突的。生在困窮而多子的家庭，公學校祇唸到四年級或五年級，就因窮被迫輟學。以後少年時期當小販，當布袋戲的操演副手，學印刷檢字工，然後到祖國大陸的山東東北日人辦的報館當印刷工，半工半自修；廿三歲時返臺仍做印刷工，然後是流行歌作家、唱片公司文藝部長、咖啡室老闆、新劇團專屬作家、北京語講習所創辦人；到了本省光復以後，十幾年來則是中學教員、雜誌編輯、專門養鷄……等等。從他這迂迴曲折的人生路徑也可以看得到，真是坎坷的，崎嶇的，也是多彩的，這豈不是不平凡嗎？況且他根本沒有受過正規的良好的教育，而善能克苦自勵，向上爬去，寫出了許多的詩、歌、散文、小說；創辦「北京語」講習所；當中學教員，從事編輯工作；這些艱鉅的文化工作，更是不平凡中的不平凡了。

故君玉兄和筆者大概是在民國二十二、三年才認識的，那時侯互相都是愛好文學的青年，也都是臺灣文藝協會的會員，不過當時還沒有甚麼深厚的交情。後來筆者遠渡大陸，經過了近十年的歲月，本省光復後，返回故鄉，才偶然而時有過從。到了筆者主持《學友》雜誌編務，他也是編輯部的一個重要角色，天天相處，對他的為人、學識也才有深切的瞭解。我欽佩他自強不息，不斷努力的精神；更欽敬他為人嚴正不阿，嫉惡如仇；處事嚴謹不苟且，對人生態度嚴肅。假如「無行」的文人，「行為浪漫」的作家，才能產生「傑作」的話，那麼他沒有驚人的傑作，或者就是他並非「無行」，「行為」也非「浪漫」，而是個正人君子的關係。

三、國語運動的先驅者

日據時期，以中文寫作的新文藝作家，因為中國大陸和臺灣在隔絕的環境之下，無法經常接受祖國的新文化，而且又受了日文的影響，所以文章大多或多少帶有臺灣和日文的語氣，可是他卻稍為不同，他寫的白話文是較為純正的。

他的作品中，新詩有多少，筆者是不知道的，可是小說並不多。記憶中有一篇在《臺灣新民報》連載的〈工場行進曲〉，這是一篇描寫印刷工人的愛情的小說，較有印象。光復後，在《學友》、《新學友》等兒童雜誌發表的童話、故事很多，幾乎舉不勝舉。這些作品雖然大多數是改寫或翻譯，但是我們可以在那些堅實的筆致中看出他成熟的文章。

我們現在的國語，日據時期是稱為「北京語」的。他的國語和注音字母是在山東和東北學來的，他的國語也很標準漂亮。據他在〈五十滄桑話國語〉（臺北市文獻委員會發行《臺北文物》第七卷第一期）乙文所說，他在廿三歲的秋天返臺後，便有些朋友同學登門求教，後來竟正式掛起「北京語講習所」招牌，招募學生授教，光復前已是臺北市內學生最多，也是全臺數一數二的「北京語」教師。本省光復當初，他所教的已是人人急切需要的工具，他每天真是分身乏術，應接不暇的。現在看起來，他是國語運動的先軀者，他對國語傳播的貢獻是很大的，功績是不可磨滅的。

四、他的本色

他的本色似乎是在臺語流行歌的作詞。臺灣自從有臺語流行歌以來，他就參加這種工作；他是這個園地的開拓者，也是早期的耕耘者；先後擔任過古倫美亞等四家唱片公司的文藝部工作，所作的歌詞也很多。據他在〈日據時期臺語流行歌概略〉（臺北市文獻委員會發行《臺北文物》季刊第四卷第二期〈音樂舞蹈專號〉）乙文所記：初期的作品有：《單思調》、《閨女嘆》、《毛斷相褒》、《大僑行進曲》，後來有：古倫美亞唱片的《跳舞時代》、《蓬萊花鼓》、《摘茶花鼓》、《覬月花竝》、《春香謠》、《春江曲》、《梅前小曲》、《南風謠》。博友樂唱片《風動石》、《一心兩岸》。泰平唱片《阿小妹啊！》。勝利唱片《半夜調》、《月下相褒》、《想啥款？》、《戀愛風》。豪華唱片《月月紅》、《黎明山歌》。文聲唱片《簷前雨》。日本唱片《隔隔兄》、《琵琶春怨》、《新娘的感情》、《賣花曲》、《日暮山歌》。東亞唱片《戀愛列車》、《終身怨》等很多、這些作品很多是當時風行一時的流行歌。他善能運用臺灣民間歌唱方式，如《山歌》、《相褒》以及《花鼓》，來創造他的風格。

現在這些歌詞多無從找到，我們只錄《空抱琵琶》（臺灣文藝協會昭和九年十二月一日發行《第一線》刊載）以供參考：

(1)只恨伊　在早做事　不該無意
糊裏糊塗　答應了終生
那會知　到這時！害得我
啊！　空抱琵琶　永遠爲你傷悲

(2)只恨伊　迎新棄舊　和人走出鄉
全無想看　結髮的情義
恩情重　相像天　害得我
啊！　身不由主　那花草望春期

(3)只恨伊　忍心放阮　給阮含悲屈志
暗中流淚　怨恨著此生
敢尚有　青春期　害得我
啊！　空抱琵琶　永遠爲你相思

臺灣因為客觀條件使然，過去文化基礎薄弱，很難培養出文化人材。尤其是寫作的人材，縱有天稟的人材只發了萌芽，不久便曇花一現，不聲不響地夭折，故君玉兄是不是其中的一人，筆者不敢斷定。

故君玉兄一生都是以中文寫作過來的，這在當時的環境下並非容易的事。今天我們來回顧他的足跡，毫無躊躇地，我們可以稱他是一個民族文化的戰士。臺灣歷半世紀異族的統治，全靠這些無名英雄的奮鬥，我們的民族文化才得保存命脈。不然，臺灣歸返祖國的當初，情形一定會完全改觀，而恢復傳統文化也沒有那麼快吧。

三月十七日早上，參加他的出殯禮的歸途，這個問題一直縈繞在筆者的腦海中。

李騰嶽先生事略

先生諱騰嶽，號鷺村，筆名夢痴、夢星，或署木馬山人。生於淡水廳和尚洲大有莊，即今之臺北縣蘆洲鄉，時為光緒二十一年六月一日。亦即乙未割臺，日人侵臺之最緊張時期也。

先生祖籍福建省泉州府同安縣仁德里十二都兑山，屬仲文派下兑山系統。來臺始祖，名超，字拔侯，乃仲文十六世孫。乾隆中葉，隨乃兄，名探，字取侯，渡臺。初居淡水廳和尚洲土地公厝務農，旋遷大有莊，至曾祖父晏及祖父長梯，三代均於茲從事墾耕，因而置產。家道已康，父福桂乃讀書學儒。母楊太夫人燕，係臺北加蚋仔莊農家楊天助長女。福桂婚後，於岳父居處，即今之西園路，及姊夫居處社子三角埔等兩地開塾授徒。先生有兄一、姊二、妹一，兄長十歲。父福桂卅九歲時，以熱症逝世，時先生甫三歲。太夫人撫孤有成，壽高至八十五歲。

先生自幼聰慧過人，惟以當時風氣未開，至十一歲始入鄉塾啟蒙。十二歲隨母及兄遷臺北，卜居大稻埕依仁里街。又就蔡宜甫讀一年，十三歲時始入日人所設大稻埕公學校，即今之太平國民學校。嗣因成績優異，民國元年五年級時，考進臺灣總督府醫學校。民國六年四月畢業，即入總督府臺北醫院小兒科研究臨床。兩年後，即民國八年五月，於臺北市朝陽街開設宏仁小兒科醫院，懸壺濟世。後遷居太平町，即今之延平北路二段，時先生廿五歲。

先生好學不倦，且夙嚮往祖國文化，在公學校肄業時，利用課餘及暑假，曾就張希袞貢生績讀國文，醫學校時則就趙一山秀才學詩文。民國十五年為求深造，再考入臺北醫學專門學校第四學年級，十六年四月畢業，即臺北醫專第六屆，獲臺灣醫學士。先生於醫事餘暇，再接再厲，民國廿二年續進臺北帝國大學藥理學教室，在杜聰明博士指導下，研究藥理學，歷時七載，著有醫學論文十五篇。廿九年一月向日本京都帝國大學提出論文，主論文為《臺灣產諸種蛇毒對於含水炭素代謝之實驗研究》等六篇。是年三月，獲得醫學博士學位。

先生自民國八年執業醫師以來，垂三十年，慎醫精治，盛名遠播，宏仁醫院常擠滿孩童患者，咸譽為兒科名醫。迨臺灣光復後，出任省醫師公會常務理事，主編會刊《臺灣醫界》，成績斐然。民國四十六年十一月十二日獲第十屆醫師節獎，誠非偶然也。

民國三十七年，臺灣省政府通志館成立，受聘為顧問委員會簡任委員。越年八月，該館改組為臺灣省文獻委員會，歷任編纂、委員。四十四年升任副主任委員，四十九年二月繼任主任委員，主持本省文獻工作，完成《臺灣省通志稿》，鞏固基礎，發展工作，使該會揚名海內外。五十二年三月改任為民政廳專門委員，同年七月奉准退休，自此優游林下。

先生晚歲以年事日高，加以曩昔工作繁忙，患慢性狹心症，幾達廿載。但因診治有方，屢得安渡難關。至六十四年春，舊病復發，藥石罔效，卒於國曆四月二十三日（農曆三月十二日），子時溘然仙逝，享壽八十有一。

先生伉儷甚篤，元配陳阿乖夫人，日據時期臺北第三高等女學校畢業，賢淑有聲。生有三男、五女。長男克鍾，日本醫學專門學校畢業，繼承父業，專兒科，年前赴日。次男伯臻，臺北帝國大學醫學部畢業，現任臺北市大同區衛生所所長，曾於臺北縣三重市執業婦產科醫院。三男敬侯，肄業臺北帝國大學醫學部時，不幸早逝。一門醫學世家。

先生不僅醫學造詣精深，衛生文獻涉獵至廣，世譽為醫學史家，於國學文史，亦深有研鑽，為詩團體星社中堅，對本省史事、民俗、民謠、諺語等，亦深有研究，四十年來撰述著作甚豐，較為重要者計有：(一)醫學論文十五篇，(二)《臺灣省通志．政事志．衛生篇》二卷，(三)《臺北市志．政事志．衛生篇》一卷，(四)〈紅樓夢醫事〉一篇，(五)《九畝園詩存》（未刊），其他分刊於《民俗臺灣》、《臺灣醫界》、《臺灣文獻》、《臺北文物》等報刊甚多。

先生素重視敦親睦族，民國五十三年八月，財團法人李氏宗祠設立，獲選為監事長訖今，興建宗祠時，復襄助巨款。

先生對遊藝方面，頗饒興趣，喜音樂。擅南管、琵琶與洞簫，並與同好結成業餘南管樂團集賢堂。素又好事園圃，民國四十年六月，遷臺北市郊士林區，顏其居曰「九畝園」。晚年恒於此，喜愛休閑養靜，或吟哦，或琴棋，或澆花以自娛。

先生不但從醫縝密，治學細心，儒雄風範，待人謙恭寬厚，笑容可掬，素為親朋所崇佩。

張丙案的特徵

臺灣自來即以難治著稱，「三年小變，五年大叛」就是形容這地方變亂之頻繁的好評語。在清代一百多次的大小叛變之中，張丙之亂，雖然是一件不大不小的事件，但它卻是一件具有特色的叛亂；那就是它自初就沒有標榜「反清復明」，完全是出之糧食問題。滿清當局處理不當的「官迫民變」案，這是很少見的。爰將本案始末敘述於左，以供治臺史者參考。

張丙是嘉義店仔口莊人，這店仔口莊是屬於下茄苳南堡，也就是現在的臺南縣新營的白河鎮，先世本是福建漳州府南靖縣人，移言嘉義，世代從事農業。張丙敬人很豪爽，喜歡周濟貧窮人，幫助弱者，且很重信諾，守義氣，庇護鄉黨鄰近的人，所以鄉民都欽佩他，擁戴他，因此，鄰近幾乎没有人不認識他，近鄉個個都知道他的大名。

道光十二年（西元一八三二年，民前七十九年），這地方亢旱，米谷收成很壞，名庄都約定禁止運出米谷。有個米谷商人叫陳壬癸，貪圖厚利，在店仔口購買米谷數百石，因庄裡有禁約，不能運出，於是賄賂庄上的秀才吳贊庇護，以便運出這地方。這事偶然被吳贊的遠親吳房知道。這吳房是個逸盜，他就和他同夥的詹通商量，在半途堵截劫奪那些米谷。吳贊懷疑這事是張丙的主謀，就向嘉義縣控告張丙通盜。知縣邵用之捉到吳旁，就把他解到臺灣府城治罪處死，還擬逮捕張丙治罪。

張丙獲得這個消息後，十分憤怒，他恨知縣太糊塗，沒有道理，為甚麼不處罰米谷的出境，倒反要處罰禁止的人，於是他想先捉到吳贊加以侮辱。吳贊聽到這個風聲，十分害怕，連忙攜帶家眷逃往縣城躲避。張丙哪裡肯輕易放過他，一直跟在他後面追，可是到了中途，吳贊竟被縣裡派來的縣役保護去。丙看見邵用之這種作風，推測這一定是邵用之受了吳的賄，所以愈加激怒。

這時候，北崙仔庄的陳辨，因為族人被住在雙溪口的粵籍人張凜侮辱，糾集了族人和粵籍人士發生械鬥。陳辨平素和張丙要好，就去請他幫助，張丙慨然答應，率領了三百人去助戰。恰好臺灣鎮總兵劉廷斌正在北巡途中接到報告，即刻嚴懲陳辨的黨人，陳辨倖得逃脫，投奔張丙，把經過告訴他。張丙對知縣邵用之貪賄偏袒，以及知府呂志恒不顧老百姓的死活，假藉賑濟的美名，胡亂發放糶米，早就憤恨不平，現在看見劉廷斌不辨是非的措施，以為這是故意要殺閩籍人士；滿腹的憤怒，於是爆發起來，決定趁這機會大規模發動民衆表示自己的意思，爭執到底。

張丙最得力的輔助人是詹通。他們等到籌備就緒，於是擇定一個吉日正式發難舉事。這一天，張丙把所有的人馬集到店仔口庄，豎起義旗，祭告天地，張丙自任領袖，稱為開國大元帥，建年號為天運，宣布首要清除貪官污吏，四處張貼布告，禁止姦淫搶劫，凡是捉到清軍將官及兵丁一律獎賞。同時斬殺犯著姦淫劫掠罪的部下兩人，來做整飭軍中風紀的警告。對部下則分別封為先鋒、軍師。並且規定店仔口以南為張丙和詹通的地盤，崙仔莊、土庫為陳辨、陳連的守區。全部人馬都予編隊，共分四十二股，每股一百餘人或數百人不等，大家推張丙為總大哥，而各股首都稱做大哥。再下的稱為旗首，其部屬則為旗腳。此外又以派飯封穀來做食糧，並使各莊的人民有無相濟，大家出銀。領銀，來保衛自己的村莊。武器的來源是以攻打汛守斬官所得的軍械來分配。

十月初一日，張丙初次率隊襲擊鹽水港、佳里興的巡檢署，並攻下下茄苳北勢坡、八掌溪等各汛。嘉義縣知縣邵用之接到這消息，親自率領部屬攻打店仔口，可是張丙早已預知有這麼一件事，故意放他們深入，才把他們包圍起來，邵用之寡不敵衆被擒，當場被辱殺。初二日，臺灣知府呂志恒接到邵用之被包圍的報告，即刻率鄉勇二百，偕隊軍馳來救援，南投縣丞朱懋也隨軍前來。張丙在大排竹佈陣等待，一場小接觸之後，清軍敗戰，呂、朱和外委曾聚寶都當場被殺。初三日，張丙圍政嘉義城，於是各路人馬雲集，越來越多，人數約有一萬五六千人，來勢凶猛，城內清軍不敢出來迎戰，只閉城堅守。初四日，張丙分出一部份的人馬政打大武壠汛、目加溜灣汛。這樣，張丙連戰連勝，聲勢愈加浩大。

這時候，臺灣總兵劉廷斌北巡在半途，接獲事急的情報，即刻出府城救援，張丙便命令各股人衆分道堵截邀擊；劉廷斌所帶的隊伍衹有二百兵，續發的兵又是未到，在這衆寡懸殊之下，不支，只好孤軍且戰且退，到了嘉義城附近，叛軍劉仲突然出來襲擊，清軍腹背受敵，十分苦戰。正在危急的當兒，前閩浙提督王得祿的從弟王得蟠，率領民勇入城馳援，才得解圍。張丙自起事以來，連敗官軍，旬日之間，人數已達三萬，南北紛紛相繼響應。十月十二日，彰化縣人黃城和張丙約定，在嘉義與彰化間的林杞埔豎旗起義，自稱興漢大元帥，用明朝正朔，並以僧允報為謀主。鳳山縣也有許成在觀音山豎旗起義，建號天運，封吳歐先為軍師，柯神庇為先鋒。這樣，各路英雄水陸並進，全臺震動。可是終而因為號令未能統一，各路首領也各行其是，互為雄長，分據各莊，而且和李受等粵籍人為仇。況且嘉義、鳳山兩縣城也經過幾次的攻擊未能攻破，這樣遷延時日，誤了戎機。張丙本來告示不侵鄉里，領他的旗就可以自保，可是後來一再攤派，倘不供應，就縱放部下掠奪；因此民心漸離，且十月下旬在鳳山埤頭竹圍、鳳山縣署、灣內莊、嘉義城的幾次戰鬥，連戰失和，以致銳意喪失。

福建方面接到臺灣的報告後，滿清當局即調派福州將軍瑚松額為欽差大臣，陸路提督馬濟勝帶二千兵前往馳援。十一月初一日抵鹿耳門，初七日在茅港尾擊敗張丙的股衆二千，翌日再擊敗股衆五六千，陳上斬了數百人。十二日，進兵鐵線橋。廿二日，張丙率二萬餘人擁至，親自督戰，士氣甚銳，呼聲震動山谷，自早晨到日中。可是馬濟勝初則按兵不動，等到將近黃昏，始縱兵出陣，尾追數里加以攻擊。本來烏合之衆的張丙股衆遭這意外的猛襲，措手不及，頗形混亂，被擒的五十餘人，被斬的七八百人，溺水而死的枕藉無算。張丙本來是懂得軍事的，馬上收集餘衆據守橋北。翌日再戰，但是銳氣已失，又敗。這時候，金門鎮總兵竇振彪也於初三日由鹿港登陸，向南進擊，於鹽水港與馬軍會師。

張丙自接連敗戰後，軍事漸衰，各莊又多協助官軍，黃城的一支軍雖然一度在竹圍擊敗清軍，可是大勢已去，無法挽回。各路只有東竄西奔，惶惶不安，張丙終於十二月被捕。不久，黃城，陳辨、詹通等重要人物也相繼被捕，叛軍於此全面崩潰。次要的人物都被他們解送臺灣府城斬首示衆，各地被株連斬首者有數百人。北路平定後，未幾，南路也告平定。

道光十三年正月，福州將軍瑚松額、總督程思洛先後來到臺灣，緝捕餘黨，被處死刑的三百餘人，徒刑的在一倍以上。張丙和詹通、陳辨、陳連等人，則押解北京處磔刑。滿清治臺二百餘年間，這一抗清革命是林爽文之役以後，規模最大的一次，前後歷時一年餘，它的影響是深而且鉅的。

（附記：本稿係十年前應某雜誌草成未刊之舊稿。民國六十四年一月廿五日）

臺灣光復前後旅居廣州的臺胞

一

羊城的氣候和臺灣差不多，到了八月，還是那麼燠熱，尤其是白天日正當空，的確令人有點難受。自七月杪以來，旅居廣州的日僑，好像這種天氣一樣，反映著已接近尾聲的、無可挽救的戰局。每個人的心情，都很焦躁、空虛、沉重，惴惴不安。幾千的臺灣同胞的心緒，雖然和他們不同，但卻也有點迷惘，對渺茫的前途，不知所措。日軍的敗象當然不是近日才顯然，日本軍閥在法西斯意大利墨索里尼、納粹德國希特勒潰滅之後，命運已註定。除非奇蹟出現，他們勢將自食其果，要接受歷史峻嚴的審判，這僅是時日的問題，絕難避免的。《波茨坦宣言》的發表，廣島、長崎投擲原子彈，蘇俄參戰等一連串戰局的新發展，不過是提早它的時間而已。

日本求和的傳說，本已輒有所聞，但自八月以來，這種消息更多，而且不脛而走，這華南最大城市的居民、凡是對戰局稍有關心的人，幾乎無人不知。筆者是在日人創辦的一間報社工作。這家報社原是由日本軍方於侵佔廣州時創立，後來移由臺灣總督府的一個分支機構善隣協會經營，規模不大不小，員工有三、四百人，出有中日文兩種日刊報紙，算是日人的喉舌。工作人員包括粵、臺、日人及守衛的印度人。報人對時局當然比較任何人更為敏感，報社裡的日人對刻刻迫近的戰火，即將臨頭的大禍，當然不無所感，所以他們的工作情緒鬆懈，顯得懶洋洋，無精打采。不過他們雖然個個都憂心戚戚，可是誰也不願意講出口，甚至不約而同，對熾烈的戰局，節節的敗退，故意充耳不聞，不願去提它，你知道，我也知道，互相心照不宣就是了。

進入八月中旬，市上謠傳著在緬甸戰線的我新一軍即將由空陸兩路進攻廣州，外國電報和廣播又都在報導日本政府透過瑞典政府表示願意接受《波茨坦宣言》。向盟軍投降，雙方正在折衝條件。從各種跡象看來，這種消息並不是空穴來風，大概是可靠的。況且盟機的廣州空襲如入無人之境，有增無已，日見加強；地氈轟炸已在這城市造成恐怖，飽經戰火的這陷區的居民，個個都終日惶惶，誰都覺得這場戰局已將近結束。

就在空氣這樣緊迫的一天，——記得是八月十二日，筆者因事到日本的駐廣州總領事館。這總領事館同時也是所謂「興亞院」廣州駐在所。一進大門，一切情形似乎有點異樣，只見那正館前的大庭院當中，燃燒著一大堆火，四週團團圍住著好多個日人，並且有總領事館的日本警察在監視，那些人不斷向火堆投擲文書書類去燒，熊熊的火勢，好不猛烈。筆者不覺地也站著觀看了一會兒，腦海裡直覺著外電所傳日本決定投降的消息一點也沒有錯。

情勢雖然這麼危急，這麼險惡，這些被軍閥驅使的日僑以及臺灣同胞，萬一的時候應該採取何種態度，如何處理自己？不但報社方面對工作人員沒有任何表示，就是統率日僑的總指揮部的「廣州日本人居留民團」，以及總領事館，也絲毫沒有交代；他們衹在依樣畫葫蘆，忙看召開甚麼「隣保班」，舉行甚麼「大詔奉戴日」，空喊著「昂揚戰意」、「一死報國」等類空洞的騙人的口號，讓僑民暗中空自焦急。

二

八月十四日，東京電報含糊地報導說明天正午日本政府將有重大聲明，請國民屆時收聽廣播。大家雖然直覺這當然與戰局和談有關，不過內容無法預料。於是過了不安的一夜，十五日這一天，上空仍是那麼晴朗，天氣還是那麼炎熱。報社的一切如常，依照規定的時間，營業部首先於八時開始工作，到了十時許，編輯部的人也陸續上班，於是編的編，採訪的採訪，寫稿的寫稿，校對的校對；工廠方面，檢字的檢字，排版的排版，印刷的印刷，各自開始工作。到了近十一時，日人K社長由日華南軍司令部回來傳言，東京電報導的今天正午日本政府重大聲明，將由日皇裕仁親自廣播。「天皇親自廣播！」這種日本史上沒有前例的新例子，在日人看起來是天大的事。因為「天皇陛下」一向被日人尊崇為神，這高在天上的神，竟破例以「金枝玉葉」之身，要親自向國民廣播，這一定是不尋常的重大的事。消息傳出，大家緊張萬分。十一時許，大家各懷複雜緊張的心情擁到社長室，今天的人特別多，除了日、臺籍職員之外，日、臺籍的工人也都不召而來，使這小房間擁擠不堪。大家坐定站定之後，社長竟然破例沒有講話，也默默地坐著。將近十二時，K社長自己動手扭收音機的開關，可是今天很奇怪，收音機老是響著吱吱沙沙的聲。於是十二時到了，日本國歌後，接著播音員的報告，繼由日皇裕仁廣播。大家緊張得鴉雀無聲，可是收音機老是那樣吱吱沙沙地響著，到底他在講甚麼話，聲明甚麼，「事至此」、「終戰」等一兩句聽得較清晰外，整個內容是聽不清、摸不出來的，不過語氣很陰沉，卻是顯然的。日皇裕仁之後，是首相鈴木等人，但仍然聽不清楚。祇是他們的播講中，時常也夾有「終戰」等一類的語句，其外是在講甚麼，也都不清楚。就是播講人來說，日皇和首相鈴木以外，還有誰也不明，不過從全部的廣播的空氣推測起來，這是在聲明「終戰」，卻是很明白的。

時間雖然已是下午一時許，大家還是楞坐著，默不作聲，也不肯定，有的且在啜泣。「終戰」顧名思義，當然是「戰爭」已經「終結」之意，但是到底要怎樣「終」結了「戰」事，還是不明，語句很含糊。這個疑問盤旋在在座人的腦裡。經過一會兒，K社長大概是打電話去詢問過同盟通信社或是日本軍部，他返座來，就對大家說，日皇等人的廣播是宣佈日本願意接受盟國所提的條件，要結束戰爭，廣播的全文，要過了一些時間才能譯出來，他還結語說日本是「敗戰」了，同時還宣佈，今天的報紙不出版了。

大家走出社長室，默默無語，日人員工個個垂頭喪氣，有的似乎還在哭，掏手巾抹眼。臺籍的員工這時候心情是很複雜的，也喜也憂，喜的是從此可以擺脫異族統治的桎梏，回到祖國的懷抱，恢復主人翁的地位，並且可以公然和眼前的祖國同胞促膝言歡；憂的是在這交通癱瘓下，不知道甚麼時候才能夠回到臺灣的故鄉，重整家園？這其間在失業狀態下飄零異鄉，此後生活要如何維持？

我們走回編輯部，粵籍的同仁多為探聽消息，尚未下班，一見我們，一窩蜂圍攏過來問，我們把剛才的經過報告後，他們的臉上起初也顯出和我們相似的表情，不過轉瞬間，他們的面色忽又開朗起來，個個都喜形於色。

筆者邀同幾個同鄉和粵籍的朋友，到報社附近的大三元酒家喝茶，吃點心。街上、酒家一切如常，平靜而熱鬧。

三

第二天上午，K社長召集日、臺、粵籍員工，舉行會議，宣佈中日文兩報都從此廢刊，所有員工一律發遣散金遣散，日、臺員工暫時留用，以整理社務。他並一再強調，對於社方的生財要好好地妥為保管，以待中國政府派人來接收發落。他還感慨地說，今後的亞洲將由中國來領導的，這是新的歷史的開始。散會後，日人編輯A跟在筆者的後面，走出了社長室，他拍拍筆者的肩膀說：「王兄，以後要你們來領導了，你們的時代來了。」翌日，全體員工各自領了最後一筆的款子，於是幾百人作鳥獸散。前後十年日人在華南地區這家最大的喉舌，最大的發言機關從此跟著大局宣告瓦解。

我們幾十個的臺籍和日籍員工留在這廣大的冷冷清清的建築物整理殘務。其實，所謂殘務是很簡單的，不消一兩天的工夫便可以弄妥。大家本可以任意行動，可是心情不好，每一個人都有他的心緒，所以都仍廝守著報社，聽消息，靜觀演變。這時候，我們臺籍員工最大的話題就是國土重光的臺灣，大家都說故鄉一定萬衆歡慶光復，感謝上蒼，同時還想像一向作威作福的異族統治者下臺的可憐相。

整個廣州市，自八月十五日那天起，刻刻都在變化，而且變化得很劇烈。日本軍雖然奉聯軍中國戰區蔣總司令的命令，在我方大軍接收之前，暫時負責維持治安，可是這敗戰之軍，不但已喪失了侵略者的兇焰，且沒有統制力，因此莠民紛起，搶劫時生，社會秩序很亂，臺籍舖户被劫，日有數起。就在這樣情況之下，臺籍人士創立了「廣州臺灣同鄉會」，組織了自衛隊藉以保護臺籍居民，支撑我方大軍尚未來接收的這一段時期自己的安全。

大概經過六、七天之後吧，日人集中的前一天，K社長召開了最後一次的會議，他含糊地吩咐各人要摒擋一切在家靜候，明天有車到每一個人的家接往集中地熱，以待歸返「故鄉」。我們臺籍員工誰都知道這集中是限定日人，與我們無關，可是誰也不願出口質問。

第二天，果然不出所料，日人的車並沒有來接臺籍人士。他們就這樣偷偷摸摸和我們永別，胡裡胡塗地去集中營。據説報社日籍員工除了公開的遣散金之外，還各發有金條，不過這是後日才知道的事。我們也從那一天起不再到那報社去，以後那一家報社是由誰看管，由哪一機構接收，我們毫無所悉。K社長本是日本人中的老臺灣，素以民主自由人士著稱。這樣的人，對久年相處的臺籍部屬，臨別尚且不說老實話，撒了一個大謊，置臺籍部屬的生活於不顧。

我們經過了八個月之後，到了卅五年四月，才回到故鄉臺灣。這其間，吃盡苦頭，真是一言難盡。不過在歷史的大轉變中，處在特殊情形下的人，這是難免的，為了鄉土臺灣的光復，我們並無異言，也不怨天尤人。

往事如煙，今日回憶二十年前的舊事，令人不無感慨！

懶雲做城隍

懶雲在臺灣新文學運動裡是一位最有成就的人，建立了輝煌的路程碑，同時也是一位反日民族解放運動的戰士，這可以說是誰都知道的事。

懶雲是彰化市的開業醫生，市仔尾的他底診所幾十年如一日，每天都有成百的病人出出入入，以普通的醫生來說，這麼繁榮的醫生造成的財產是相當可觀的。可是到了本省光復前年，他逝世為止，他雖不至「身後蕭條」，可是還是沒有甚積蓄。這是他的收入除了暗中資助抗日運動之外，凡是貧苦的病人，大抵是不取分文的。聽說：因而有很多窮苦的覺得過意不去，於病中或病後拿了養的鷄鴨，或是生產的東西要送給他，但他都拒而不收。

他歿後，八卦山上的坆墓，經常有人到那裡去拜，那是感他恩德的人底一種感謝行為。這或者不足奇，最奇怪的是他的墓上始終沒有甚麼雜草，始終是光淨的。這到了後來才知道，原因是無知的民衆不知從那裡傳來的荒唐話，說他的墓草可以醫好病人，所以墓上才經常被拔得光潔。最近這竟愈傳愈奇，不但墓草經常被人當作藥用，還傳他已做了高雄的「城隍爺」。彰化市近鄉的神棍，並且利用他，廟裡的童乩「舉」這「和仔先」（他本名賴和，一般民衆叫他為和仔先）的乩，大醫人病，大賺其錢。

地下的懶雲倘若有知，定必苦笑，而作他那慈祥而不形於色的憤慨。

謝汝銓先生去世

謝汝銓先生於十月廿八日，竟以八十三歲的高齡，在大稻埕寓所去世。先生，臺南人，若年中秀才，已未改隸後，深察時勢，入日人之國語學校攻讀。本省以前清時代科舉人物而受日本教育者，前後僅有先生一個人。臺灣日日新報社創立後，即受聘為該社漢文部記者。追民十七年（昭和三年）《昭和新報》創刊，復應聘主該報筆政。近年來老病纏身，深居簡出。先生文才素為世所欣佩，尤以詩華著聞，日據末期，曾以宋方巨山原韻，作七律詩十首，以明心志。茲錄其二首如左：

其一

拔劍高歌斫地哀　愁城酒力不能開　龍蛇山澤自生聚　烏兔乾坤任去來
禮佛漫云超地獄　遇仙真欲到天臺　饋魚親向池中畜　洋圉纔知得所哉

其二

負嵎有虎衆心驚　孰下馮車攘臂攖　議政主張公論重　杖鄉賓飲俗緣輕
東山絲竹懷安石　南國離騷感屈平　毀棄黃鐘鳴瓦缶　可憐正樂不聞聲

北市日人的碑和像

一、前言

日人據臺五十一年間，在其政治經濟中心的臺北市所建立的碑和像不多，計碑有十三，像也有十三；碑的種類有銅碑、石碑、人造石碑；像有銅像、大理石像等。碑沒有例外地，都是對他們自己的「功勞者」歌功頌德的紀念碑；像則有兩尊外國人之外，其餘全部是日人，也是他們治臺的「功勞者」。這些碑和像，本省光復後，當局在清除日人遺毒的前提下，大多數已予以毀棄，現在或已換立我國像碑，或尚有臺座，或已蕩然無存。關此，本刊各期雖略有散見，然尚無法窺視全豹，茲根據日人資料分誌於次，以供後人參考。至碑文現都已無法找出，像的部份也附有傳略或建立緣起，但均已無法找到。這只有待後日再補了。

二、碑

(1)日本海戰捷紀念碑

形狀：砲身塔碑
建立時間：宣統二年（日明治四十三年六月）
地點：劍潭山臺灣神社內
主倡者或建立者：荒井泰治外二十四名
建立事由或經過：以時之日陸軍大臣，後之總理大臣齋藤實所捐獻的日明治二十七八年日俄戰一役，日海軍所獲的俄式六吋砲身，建設此一戰捷紀念碑。

(2)警察官招魂紀念碑
形狀：銅製豐碑
建立時間：光緒二十九年（日明治三十六年）十一月
地點：劍潭山臺灣神社內
主倡者或建立者：委員長大島久滿次
建立事由或經過：日據臺後，凡警察職員因從事鎮壓抗日義軍，征剿生番而陣亡及因瘴癘病死者，均合祀於此

(3)臺北縣警察官表忠碑
形狀：天然石造碑
建立時間：光緒二十五年（日明治三十二年）六月
地點：臺北市中山北路（圓山町）動物園內

主倡者或建立者：臺北州知府知事村上義雄
建立事由或經過：臺北自置縣以來，歷三年之間，服務警務工作人員，計殉職：警部十一人、巡查三十二人，病死者：警部九人、巡查四十八人，均合祀於此。

⑷陸軍墓地之碑
形狀：花崗石碑
建立時間：光緒二十七年（日明治三十四年）十月
地點：圓山公園陸軍用地
主倡者或建立者：日陸軍經理部
建立事由或經過：合祀日陸軍軍人及軍屬。

⑸憲兵忠魂碑
形狀：人造石碑
建立時間：民國二十一年（日昭和七年）五月
地點：圓山公園陸軍用地
主倡者或建立者：日憲兵中佐那須太三郎
建立事由或經過：合祀日據臺以來陣亡病歿之憲兵，每年五月九日於此舉行祭祀。

⑹乃木母堂及乃木總督夫妻遺髮碑
形狀：花崗石碑

建立時間：宣統元年（日明治四十二年）
地點：臺北市南京東路（三橋町）共同墓地內
主倡者或建立者：主倡人木村匡
建立事由或經過：景仰乃木總督之遺德，合建其母及妻之碑（墓碑三基）

(7)明石總督之碑
形狀：花崗石碑
建立時間：民國八年（日大正八年）十一月
地點：臺北市南京東路（三橋町）共同墓地內
主倡者或建立者：委員長下村宏
建立事由或經過：明石臺灣總督於任職中病故，由全臺官民部份人士捐建此碑。

(8)臺灣日日新報社員等塚
形狀：自然石造碑
建立時間：民國三年（日大正三年）九月
地點：臺北市中山北路（圓山町）圓山公園內
主倡者或建立者：臺灣日日新報社
建立事由或經過：埋該社社員及與該社有緣故之文人不用禿筆，以慰故人之靈。
碑題乃由棲霞後藤新平揮毫勒之。

(9)明治天皇紀念植樹之碑

形狀：花崗石造碑
建立時間：民國三年（日大正三年）七月
地點：臺北市博愛路（書院町）軍司令部前三線道路
主倡者或建立者：臺灣日日新報社
建立事由或經過：日明治天皇死後，週年祭時，植樹以資紀念，並立此碑。

⑽埋立地紀念碑
形狀：天然石造碑
建立時間：民國八年（日大正八年）五月
地點：臺北市成都路、康定路交叉處（壽町），西門國民學校前西角
主倡者或建立者：委員代表北村吉之助
建立事由或經過：昔日江瀕街等十三街（西門町方面）沿淡水河一帶，地勢低窪，污水停滯不通，蚊蟲滋蔓，成為風土病之窠巢，乃填高地面以絕其患，迨工竣，乃立以紀念之。
附記：中興大橋竣工，此一帶拓寬引道，木碑乃移立於西門國校內西角。

⑾故深圳大尉外十四名戰死者之碑
形狀：砲彈形製碑
建立時間：光緒二十六年（日明治三十三年）三月
地點：臺北市信義路（東門町）曹洞宗別院內

主倡者或建立者：建碑委員高瀨四郎

建立事由或經過：日深堀安一郎上尉等十五名為探險縱貫鐵路路線，行經番地合懽山附近，突遭生番襲擊陣亡，乃立碑合祀之。

(12)鈴江團吉之碑

形狀：花崗石造碑

建立時間：宣統元年（日明治四十二年）三月

地點：臺北市桂林路老松國民學校校庭

主倡者或建立者：代表劉克明、魏清德、楊潤波、王名受

建立事由或經過：鈴江於光緒二十六年（日明治三十三年）三月任臺灣總督府師範學校教授，兩年後之光緒二十八年（日明治三十五年）三月，因學制改正，轉任國語學校教授，兼任第一附屬學校校長。萬華、大稻埕之省籍人士乃立碑以紀念之。

(13)鐵道工夫戰死之碑

形狀：天然石碑

建立時間：不詳

地點：松山火車站內

主倡者或建立者：臨時臺灣鐵道隊鐵道班員

建立事由或經過：光緒二十二年（日明治二十九年）一月一日，義首詹振所率義軍進

攻錫口街（現松山區）縱火，襲擊鐵路工人宿舍，斬殺日籍鐵路工人十九名、軍夫三名，後立碑以祀之。

三、像

(1)臺灣總督府民政長官水野遵銅像

形狀：銅製全身立像

建立時間：光緒二十九年（日明治三十六年）八月

地點：臺北市中山北路（圓山町）圓山公園內

主倡者或建立者：主倡人後藤新平外官民贊同者

建立事由或經過：光緒二十二年（日明治二十九年）水野出任初代民政長官來臺。翌年退職，任貴族院議員。光緒二十五年（日明治三十二年）六月十五日亡故，臺灣官兵乃立此銅像以紀念之。

(2)臺灣總督兒玉源太郎壽像

形狀：白色大理石全身立像

建立時間：光緒三十二年（日明治三十九年）五月

地點：臺北新公園內

主倡者或建立者：主倡人辜顯榮、李春生、王慶忠、林爾嘉建立事由或經過：光緒二十九年（日明治三十六年）臺灣部份居民以第四代總督兒玉源太郎任職甚久，乃向意大利囑訂雕刻其壽像數尊，分立於臺北、臺中、臺南等地，本壽像即其中之一。

(3)臺灣總督府民政長官後藤新平銅像

形狀：銅製全身立像

建立時間：宣統三年（日明治四十四年）

地點：臺北新公園內

主倡者或建立者：臺灣官民建立

事由或經過：後藤新平為第三代民政長官，任職甚久，臺灣官民乃立此像以紀念之。

(4)臺灣銀行頭取（董事長）柳生一義銅像

形狀：銅製全身立像

建立時間：民國七年（日大正七年）九月

地點：臺北新公園內

主倡者或建立者：委員長木村匡外一百二十餘名

建立事由或經過：柳生一義任職臺灣銀行頭取（董事長）多年，對臺灣經濟界影響甚大。民國五年（日大正五年）因病辭任離臺返日，全臺官民乃立此壽像紀念之。

(5)臺灣總督府民政長官祝辰己銅像

形狀：銅製全身立像
建立時間：宣統三年（日明治四十四年）十月
地點：臺北市衡陽路成都路御接處（西門町）橢圓公園內
主倡者或建立者：主倡人內田嘉吉、柳生一義
建立事由或經過：祝辰已為臺灣總督府第四代民政長官，主倡人等為顧彰其建樹，乃立像以紀念之。

⑹臺灣總督府民政長官大島久滿次銅像
形狀：銅製全身立像
建立時間：民國二年（日大正二年）十月
地熱：中正路中山路交叉路口（臺北州廳前三線道路）
主倡者或建立者：委員長龜山理平太
建立事由或經過：大島久滿次為臺灣總督府第五代民政長官，為頌其建樹，乃立此像以紀念之。

⑺鐵道部長長谷川謹介銅像
形狀：銅製座像
建立時間：宣統二年（日明治四十三年）十二月
地點：臺北火車站前臺北鐵道飯店前西北角
主倡者或建立者：鐵道部關係部份人士建立

事由或經過：長谷川謹介於鐵道部長任內完成臺灣縱貫鐵路，宣統二年（日明治四十三年）十二月，改任鐵道院技師，調西部鐵道管理局長，臺灣官民為表彰其「功績」，乃立此像以紀念之。

(8)臺灣總督樺山資紀銅像

形狀：銅製全身立像

建立時間：民國二十四年（日昭和十年）十二月

地點：臺灣總督府正門內右邊

主倡者或建立者：代表人平塚廣義

建立事由或經過：樺山資紀為初代臺灣總督，為表揚其任中之「勳功」，乃立此像紀念之。

(9)三澤糾先生之像

形狀：青銅製胸像

建立時間：民國十九年（日昭和五年）十月

地點：臺北市和平東路省立師範大學（古亭町臺北高等學校）庭內

主倡者或建立者：校友會長下村虎六郎

建立事由或經過：三澤糾為初代臺北高等學校校長，當其退職，校友會乃立此像紀念之。

(10)藤根吉春之像

形狀：銅製腳像
建立時間：民國五年（日大正五年）三月
地點：臺北市羅斯福路（富田町）農事試驗所庭內
主倡者或建立者：臺灣總督府農事試驗場教育部（臺灣農會）楊漢龍外四十九名
建立事由或經過：藤根吉春為臺灣總督府農事試驗場初代主事，受其薰陶之門下生，乃立此像以資紀念。

⑾船越倉吉之像
形狀：銅製胸像
建立時間：民國二十二年（日昭和八年）十一月
地點：臺北市中山北路（圓山町）圓山公園內
主倡者或建立者：臺北消防組長岡今吉
建立事由或經過：船越倉吉為第二代臺北消防組長，為頌其任職中之建樹，乃立此像以資紀念。

⑿福里銅像
形狀：銅製胸像
建立時間：民國六年（日大正六年）十一月
地點：臺北市南海路（南門町）林業試驗所內（即植物園）
主倡者或建立者：臺灣總督府囑託早田文藏

事由經過：福里為法籍宣教師，亦為植物採集家。再度來臺，於各地從事傳教，並採集植物，對斯學貢獻厥功甚多。不幸得病，於民國四年（日大正四年）十月四日去世。

⒀W・K・巴爾敦銅像

形狀：銅製胸像

建立時間：民國八年（日大正八年）三月

地點：臺北市水源路自來水水源地

主倡者或建立者：主倡人臺灣總督府技師濱野彌四郎

建立事由或經過：巴爾敦於光緒二十二年（日明治二十九年）八月，應臺灣總督府之聘來臺，從事衛生工事之調查及臺北自來水之調查研究中。光緒二十五年（日明治三十二年）八月六日，客死臺灣。

編後

洪宜勇

《王詩琅全集》十一卷，張良澤先生編輯，德馨室出版社於民國六十八年六月至六十九年三月間陸續發行。

這回，海峽學術出版社再次印行，由於原來的《卷一／鴨母王／臺灣民間故事》、《卷二／孝子尋母記／臺灣歷史故事》，已交給玉山社出版公司出版；因此，《全集》改編為《選集》，將其餘的九卷，合輯為七卷。

原版本的第十卷《夜雨》，分別編入第三卷、第四卷。第十一卷《喪服的遺臣》，則編入第二卷、第五卷。

七卷版的《王詩琅選集》，封面改採王詩琅先生的畫像，來紀念這一位研究臺灣文史的前輩。

此外，著有《幌馬車之歌》、《沉屍・流亡・二二八》等描述白色恐怖時期作品的作家藍博洲先生，在採訪蕭道應先生時，有了一個意外的發現——王詩琅先生曾在蕭先生的介紹下，加入中國共產黨在臺的地下組織。

這個新發掘的史料，尚待進一步的證實或釐清。為了忠於史實，藍博洲先生寫了一篇

〈歷史的漏洞〉，擺放卷首，以俟來日史家之論證。

再次出版王詩琅先生的文字，相隔已過廿載。猶憶《王詩琅全集》編印之際，我還曾多次與詩琅先生書信往返。當時，他的身體狀態不佳，眼疾尤其嚴重，斗大的字體、歪扭的書寫，他費心盡力地認真寫著每一個字。

如今，哲人其萎，徒留懷念。

二〇〇三、四、十一　臺北客居

《王詩琅選集》七卷目次：

第一卷《艋舺歲時記——臺灣風土民俗》
第二卷《清廷臺灣棄留之議——臺灣史論》
第三卷《余清芳事件全貌——臺灣抗日事蹟》
第四卷《三年小叛五年大亂——臺灣社會變遷》
第五卷《臺灣文學重建的問題》
第六卷《臺灣人物誌》
第七卷《臺灣人物表論》

臺灣人物表論

著者：王詩琅
編者：張良澤
發行人：黃溪南
主編：洪宜勇
出版者：海峽學術出版社
登記證：局版台業字第五九六三號
地址：（一一六）台北市景興路一九三號四樓之七
電話：（〇二）八六六三一五五九　傳真：（〇二）八六六三一四六六
電子信箱：sreview@ms47.hinet.net
台灣總經銷：問津堂書局
地址：（一〇〇）台北市羅斯福路三段二四〇巷三號一樓
電話：（〇二）二三六八二五二五　傳真：（〇二）二三六九八二二二
香港總經銷：問津堂書局（香港）
地址：香港新界沙田火炭坳背灣街三〇之三二號華耀工業中心十四樓一〇室
電話：（八五二）二六八七五八九八　傳真：（八五二）二六八七五〇〇五
澳門總經銷：一書齋　澳門高地烏街三七—三九號地下
電話：（八五三）五八一四一八　傳真：（八五三）五八一四二五
排版所：宜豐電腦排版有限公司　（〇二）二三六六一七四五
印刷所：興海印刷有限公司　（〇二）二二一七三三六四三
出版：二〇〇三年六月
定價：三〇〇元（平裝）
ISBN 957-2040-54-5
劃撥帳號：一九三八九五三四　海峽學術出版社

※缺頁或裝訂錯誤，請寄回更換

國家圖書館出版品預行編目資料

臺灣人物表論／王詩琅著, 張良澤編.

台北市：海峽學術, 2003〔民92〕

面；　　公分（王詩琅選集；第7卷）

ISBN 957-2040-54-5（平裝）

1. 臺灣 — 傳記

782.632　　92009144